U0726843

布朗神父探案集·1

[英] 吉尔伯特·基思·切斯特顿 著　张丽娟 译

Wuhan University Press
武汉大学出版社

图书在版编目(CIP)数据

布朗神父探案集．1 /（英）切斯特顿著；张丽娟译．—武汉：武汉大学出版社，2014.8

ISBN 978-7-307-12664-0

Ⅰ．布… Ⅱ．①切… ②张… Ⅲ．侦探小说－小说集－英国－现代
Ⅳ．I561.45

中国版本图书馆CIP数据核字(2014)第001976号

责任编辑：袁　侠　　　责任校对：管思梦　　　版式设计：张金花

出版：**武汉大学出版社**　（430072　武昌　珞珈山）

发行：**武汉大学出版社北京图书策划中心**

印刷：北京毅峰迅捷印刷有限公司

开本：880×1300　1/32　　印张：8.25　　字数：182千字

版次：2014年8月第1版　　2014年8月第1次印刷

ISBN 978-7-307-12664-0　　定价：29.80元

目录 Contents

1. 阿波罗的眼睛

当太阳升到威斯敏斯特的上空时，泰晤士河上那团神秘的、孤零零的、如轻烟般的亮点显得有点混乱，但又无比地清晰。渐渐地，亮点挣脱了灰色的笼罩，变得更加灿烂。

两个勾肩缩背的平民，一个高个子和一个矮个子，他们正穿过了威斯敏斯特大桥。高个子的官方注册名字是莫·赫尔克里·弗兰博，是一位私家侦探。此刻他正走向他的新办公室，办公室的位置是在面对西敏寺入口的一排新公寓内。矮个子的正式名字是杰·布朗神父，刚从坎伯韦尔的死人床前离开，去看他朋友的新办公室。布朗神父就职于坎伯韦尔的圣·弗朗西斯科·泽维尔教堂。

高耸入云的大楼、电梯、尚未擦掉机油的电话等精密机械设备，这一切的景象都充满着美国味。大楼刚刚竣工，目前只有三家住户搬进来。弗兰博头顶和脚底下的办公室都被占用了，上面的两层和下面的三层也都被占用了。在弗兰博的办公室除了一些脚手架的残余痕迹外，其外面靠上方的地方还能看到一个耀眼的东西——一个巨大的人眼镀金雕像，四周环绕着金光，有两个办公室窗户那么大。

“那究竟是什么？”布朗神父问道。

“一个新宗教，”弗兰博笑着说，“有点像基督教科学派，通过你说从来没有做过什么的方法来原谅你的过错。有一个叫卡隆的人要了我上边的房间，两个女打字员要了下面的房间，住在我上面的卡隆就是这个新宗教的狂热信徒，他崇拜太阳，自封为阿波罗新神父。”

“让他小心点，”布朗神父说，“太阳是诸神中最厉害的，可是深邃的眼神又是什么意思呢？”

“我记得他们的教义中有这样一条，”弗兰博回答说，“一个人只要意志坚定，就能忍受一切。太阳和睁大的双眼就是他们的两个象征，据说如果一个人真正健康，他就能直视太阳。”

“如果一个人真正健康，”布朗神父说，“他就能直视太阳？”

“嗯，这就是这个新教所有的内容了，”弗兰博继续说着，“当然，这门新教也宣称能医治所有的疾病。”

“它能医治精神疾病吗？”一本正经的布朗神父好奇地问。

“什么精神疾病？”弗兰博笑着问。

“哦，就是认为他自己非常健康的那种。”神父笑着说。

弗兰博是一个头脑清醒的南方人，可他对新宗教并没有多大兴趣，对人倒是很感兴趣，特别是相貌好看的人。而且楼下的两位女士都各有千秋。那间办公室由一对姐妹拥有，她们都身材苗条、肤色黝黑。其中一个又高又引人注目，像鹰一样行色匆匆。这种女人，她们的兴趣在于她们真正在乎的不是表面的职位。人们总喜欢从大致描述中，想象出一些像武器一样简明轻快的边角轮廓，她奋勇前进着，就好像要在生活中为自己劈出一道裂缝一样。她的眼睛惊人地明亮，但那是钢一样锋利的光芒，而不是宝石一样熠熠发光；她那挺直苗条的体形太过僵直，反而遮盖了它的优美。她的妹妹就像她的影子，只是更加黯淡一些，苍白一些，更加不被人注意。她们都训练有素地穿着小男式黑衣，有袖口和领子。在伦敦的办公室里有成百上千个这样唐突而精力充沛的女士。实际上姐姐波琳·斯泰西本人就是一大笔财产，一个家族饰章和半个郡的女继承人。直到无情的仇恨促使她，去取得她认为的更艰难更高贵的存在价值。

事实上，她并没有抛弃她的钱，因为她的浪漫或修道士般的放弃，在本质上是和她那专横的功利主义紧密相连的。她拥有财富的目的也是为了把这些钱用于社会实际事务，而她把一部分钱投放在了她的事业之中，这个事业是以打字市场为核心的；她还把一部分钱捐给了不同的团体，以促进女性工作发展的事业。

然而，她的妹妹兼合伙人简，却分享了她的这种有点无聊又没人可以确定的理想主义。简有一种像狗一样紧随主人的忠诚，这有些悲剧色彩。在某种程度上可以说，这比姐姐坚定不移的崇高精神更加感人肺腑。当弗兰博第一次进入这幢大楼时，波琳那一丝不苟、麻利动作和冷冰冰、不耐烦的神色，使他暗自发笑。他徘徊在电梯外的大厅里，等候那个把陌生人送入不同楼层的开电梯的小子。但这个双眼像猎鹰般明亮的姑娘，公然拒绝忍受这种冠冕堂皇的耽搁。她尖刻地说她知道电梯的一切，她不会依赖小子们——也不会依赖男人们。尽管她的房间只在三楼上，她也要在上升的短短几秒内，试图以一种唐突的方式告诉弗兰博她的许多基本观点，大意是说她是一个现代职业女性，也喜欢现代工作设备，当有人指责机械科学，要求回到浪漫氛围中去时，她明亮的黑眼珠就会燃烧着难以言说的愤怒。

她认为每个人都应该能操纵机器，就像她能操纵电梯一样。她对弗兰博给她开电梯门这件事有点憎恶，而绅士风度的弗兰博对这位急性子的姑娘难免会产生某种复杂的感触。他哈哈大笑着走向自己的办公室。当然，波琳还有一副活泼而实际的脾气，她瘦小而优美的手所做出的姿势，无不显示出果断与命令的气质。

一次，弗兰博因为一些打字工作走进她的办公室，发现她正将她妹妹的眼镜摔到地板中央，用力地踩下去。她口若悬河地发表着关于道德的长篇演说，谴责“令人厌恶的医学概念”和现代医学器具所暗示的对可怕的人类自身缺陷的承认。

她暗示她妹妹再也不要把这种人为的、不健康的情绪带到这儿。她问她是否希望戴着假肢、假发和玻璃眼睛。她们说这些东西使眼睛像水晶一样可怕地熠熠发光。弗兰博对这种偏激的信念大惑不解，情不自禁地问波琳小姐（用直接的法国方式），为什么眼镜会成为比电梯更具缺陷的病态的象征？如果科学可以帮助我们在某一点上取得进步，为什么就不能在别的方面也帮助我们。

波琳小姐傲慢地说：“那大不一样，电池、发动机和其他事物都有人力的痕迹——是的，弗兰博先生，也有女人的痕迹！我们女人也有机会去改进那些吞掉距离的机器、那些和时间赛跑的机器，这才是崇高而辉煌的——真正的科学。可是医生们推销的令人讨厌的器具和塑料，那只是懦弱的标志。医生们停留在腿和手臂上，似乎我们天生就是跛子，就是疾病的奴隶。但我天生是自由的，弗兰博先生！人们认为他们需要这些东西，仅仅是因为他们在恐惧中训练而不是在力量和勇气的训练中长大的，就像那些愚蠢的护士告诫小孩子不要正视太阳，弄得他们不眨眼就不敢直视。但是为什么在璀璨群星之中，只有这一颗星是我不能正眼观看的呢？太阳不是我的主人，不管什么时候我都将睁开双眼直视它。”

弗兰博像向外国人鞠躬那样鞠了一躬，说：“你的眼睛会使太阳黯然失色。”他乐意恭维这个奇特而僵直的美人，部分原因是这种恭维可使她略失稳重。但当他拾级而上，回到自己的办公室时，他深深地吸了一口气，嘘了一声，心想：“那么她已落入楼上金眼睛魔术师的手掌了。”因为尽管他对卡隆的新宗教知之甚少，也不太关心，但他早已对他奇特的和太阳对视的理论有所耳闻。他不久就发现，楼上楼下的联系很密切，而且正在不断加强。

自称为卡隆的人是一个神奇的家伙，就体形上看他足以成为阿波罗教主。他和弗兰博一样有高高的个子，但那圈金色的胡子和深蓝色的眼睛，还有像雄狮一样向后飘扬的长发使他看起来英俊得多。在身体构造上他可以说是尼采理论中的白肤金发的野兽，但天赋的智力和灵性使这种动物般的美变得更高尚，更明亮，也更柔和。如果说他看起来像一个伟大的撒克逊国王，那么这个国王必定是个圣徒。

他的办公室坐落在维多利亚大道一幢大楼的中层；他的职员（衣着一样领口和袖口的年轻人）坐在他和阳台之间的外间，他的名字被刻在一块黄铜板上，他所信奉的宗教镀金象征物像眼科大夫的广告牌一样悬挂在街道上空。不管他周围的环境和伦敦东区是多么地不和谐，所有的粗鄙都不能给这个自称卡隆的人造成任何灵魂和肉体上的压力。当所有的一切都真相大白时，人们仍能在这些江湖骗子的表象中感到一个伟人的存在，甚至当他在办公室里穿着松松垮垮的尼龙夹克时，他也是一个迷人的、令人无法拒绝的人物；而当他每天身着长长的大法衣，头戴金光灿灿的圆环，向太阳顶礼膜拜时，他实际上看起来是如此地完美，以至街上人群的嘲笑声有时会因为他的出现而突然消失。

这位新太阳教的教徒每天三次走到他的小阳台上，面对整个威斯敏斯特，向光芒四射的上帝祈祷：清晨一次，黄昏一次，正午一次。此刻，国会和教堂塔楼的时钟刚刚敲打出正午时分，弗兰博的朋友布朗神父抬起头来，第一次看到了阿波罗教的神父。弗兰博经常看这些信徒的每日敬礼，他转身走进这座高大建筑的门廊，甚至没有邀请布朗神父和他一块进去。布朗神父不知道是出于对宗教仪式的职业兴趣，还是出于对这种愚蠢行为的个人兴趣，停下来凝视着太阳礼拜者站立的阳台，就像注视着滑稽的驼背木偶一样。

先知卡隆早就站立在那里了，披着银色的法衣，高举双手。他对太阳连连祈祷，他所发出来的声音富有神奇的穿透力，使下面整个繁忙的街道都能听得到。喧嚣的声音中，他心无旁骛，眼睛专注地盯着那燃烧的圆盘，此刻他是否还看得到地球上的任何物体或任何人，也只有他自己知道。但毫无疑问，他绝对没有看到下面有一个五短身材、圆圆脸盘的神父正与拥挤的人群一道，眯缝着眼睛注视着他，这可能就是这两个大相径庭的人之间最惊人的差异吧！

布朗神父不眯眼就看不到任何东西，而阿波罗教的神父却能一眨不眨地仰视正午的火球！一阵尖锐不停的惊叫，打断了这种如同火箭翻转一样飞速的狂热呼吼。三个人冲出大厦，另有五个人同时冲入大厦门口，很长时间里他们似乎对彼此毫不理会，仿佛有一种突如其来的、摄人心魂的恐惧感，伴随着什么消息在整整半条街上弥漫。这是一切坏消息中最坏的一个，因为没有人知道发生了什么事。在这场突发的混乱中只有两个人一动未动：阿波罗教的神父站在高高的阳台上，而基督教神父就站在他的下面。终于，弗兰博的高大身影和惊人的号召力出现在了大厦的门前，控制了这场骚乱。

他用他那号角一样粗而响亮的声音喝令，要人们赶快派一个人把医生叫来；当他转身融入黑暗，挤进入口时，他的朋友布朗神父在他身后若无其事地溜了进去，谁也没有理睬他。当布朗神父埋下头潜入人群时，他仍能听到太阳教神父那单调却充满魅力的语言，听到他喋喋不休地呼唤喷泉和花朵的朋友——快乐天主。布朗神父看到弗兰博和另外六个人站在一处空间的周围，那里通常是电梯升降的地方。但是此刻并没有电梯降下来，倒是其他的什么东西掉下来了，那是一种应该由电梯传送的东西。

事发后的几分钟里，弗兰博已经下去仔细看过了，他看到了一个脑浆迸裂、血肉模糊的尸体，他毫不怀疑那就是否认悲剧存在的美丽女人——波琳·斯泰西。虽然已派人去请了医生，他能够十分肯定的一件事是：她死了。他不能确切记起他是喜欢她还是讨厌她，似乎两者都很强烈。但她曾是他面前活生生的人，一种自然而然的哀伤像匕首一样刺痛了他，犹如感受到了丧亲之痛。一种死亡的恐惧突然使先前的神秘一下子变得清晰起来，使他瞬间忆起了她那可爱的脸庞和一本正经的话语，事故就发生在仅仅一刹那间，就像晴天霹雳，像不知从何处降临的暴雨。

那个叛逆的美丽躯体已掉入敞开的电梯之中，在底部跌得粉碎。这是自杀吗？一个乐观主义者似乎不可能选择这种耻辱的方式。那么是谋杀？但有谁会在几乎没人的公寓里杀人呢？在一连串急促沙哑的话语中——他本想说大声些，但突然发现自己的声音很微弱——他问卡隆那家伙刚才去哪儿了，一个低沉、饱满的声音向他保证在刚才的十五分钟里，卡隆一直在向他的天主敬礼。弗兰博听完这句话之后，感觉到了布朗神父的手。他转过黝黑的脸，出人意料地说道："如果他始终在上面，这是谁干的呢？"

"也许我们可以上楼找出凶手，在警察来之前我们还有半个小时的时间。"布朗神父说。

弗兰博把被谋杀的女继承人尸体留给医生。然后冲入楼梯，奔进写字间，发现里面空无一人，于是他又冲进自己的办公室。当他的朋友看到他时大吃一惊，因为弗兰博的脸色从来都没有这么苍白过。

"她的妹妹，"弗兰博心情沉重、表情严肃地说道，"她的妹妹好像出去散步了。"

布朗神父点了点头，"依我看，她可能上楼去了太阳教教主的办公室，如果我是你的话，就会马上去证实，然后我们再在你的办公室里讨论一下。"他似乎想到了什么，突然加了一句，"唉，我要什么时候才会抛掉我的愚蠢？当然，我们还是先去楼下她们的办公室看看吧。"

弗兰博盯着小个子神父，但还是跟着他下了楼，急匆匆地赶往斯泰西姐妹俩那空荡荡的房间。在那里，令人难以捉摸的太阳教神父坐在一把红皮大椅子上——正好在入口处，一眼便可看尽楼梯和楼梯的平台——正不慌不忙地等着。

事实上他也没有等得太久，仅仅四分钟之后，三个人就一同拾级走下楼梯。三个人唯一相似的地方是他们那严肃的神情。走在最前面的是简·斯泰西，死去的女人的妹妹——她刚才在楼上阿波罗神的临时“神庙”里；第二个是阿波罗教神父自己，他结束了连续不断的祈祷，在完美中昂然地走下空荡荡的楼梯——他身穿白色法衣、胡须飘然，一副多雷画笔下基督离开普雷托利姆时的形象；第三个就是弗兰博了，他皱紧眉头，一副大惑不解的模样。简·斯泰西小姐黑黑的皮肤，扭曲着脸，头发颜色灰得略微过分了一点。她径直走向自己的办公桌，拿出一叠原封不动的白纸，这个简单的动作使所有的人都清醒过来。

如果简是一个罪犯的话，她肯定相当冷血。布朗神父脸上挂着一丝古怪的笑容，注视着她看了一会儿，然后才开口说话，目光丝毫没有从她身上移开。

“先生，”他似乎在对卡隆说，“我希望你能讲讲你的宗教。”

“我将很自豪地为你介绍，”卡隆说道，同时低下他仍戴有金冠的头，“但我不敢确定，你会完全肯定和理解我的意思。”

“嗯，它就像这样，”布朗神父用他坦白的怀疑方式说道，“我们都受到过这样的教导，即如果一个人开始就道德败坏的话，那么相当一部分过错都得从他自己身上去找原因。但尽管如此，我们仍然能够分清哪一个是昧了良知的人，哪一个是或多或少地拥有着诡辩良知的人。现在，你真的以为谋杀完全是一种错误吗？”

“这是指控吗？”卡隆非常冷静地问。

“不，”布朗同样平和地回答，“这是辩护词。”

在室内长久的、令人压抑的沉寂中，阿波罗教的鼓动者像太阳一样慢慢站了起来，在此刻特别沉寂的陪衬下，他的光亮和活力支配了整个屋子，人们可以感觉到，他或许可能会同样轻易地让自己的魅力占据整个索尔斯堡平原。他的长袍服饰似乎将整间屋子都挂满了古典布料；他的英雄史诗般的动作，似乎将其自身无限地扩散到了更广阔的前景中去。

“我们最终还是碰面了，凯尔利亚斯，”太阳教的信徒说，“你和我的教堂是这个世界上唯一的现实，我崇拜太阳，而你不是。你现在怀疑和诽谤我的工作，这都对你的立场和信条有利，你的教堂就像是一个警察机构；而你是其中的一个间谍和侦探，在有罪的忏悔中摸索着将人们撕得粉碎。你可以宣布人是有罪的，我也可以宣布他们无罪；你使他们相信那是罪恶，而我可以使他们相信那是美德。”

“在打碎你毫无根据的噩梦之前，我还有一句忠告，一句对你来说并不难于理解的忠告。我对你是否判断我有罪毫不在意，被你称做可怕的绞死之类的事，并不比一个成年人对少儿连环画里的吃人巨妖更觉得害怕。”

“你说你正给我辩护，但我对这些生命中的海市蜃楼毫不关心，因而我将给你告发的理由。这儿只有一件事可以说对我不利，我将自己说出来。死去的姑娘是我的爱人，我的新娘，我们的结合方式，不是因为那种接受了过分崇敬的教堂认可才是合法——那是你所推崇的。我们结合所依据的法则，比你所能理解的更纯洁更严肃。她同我一道，从你的世界走向另一个世界，当你孜孜不倦地穿过砖头砌成的通道和走廊时，我们行走在水晶的宫殿里。我知道警察、神学家和其他人不久就会对有爱情的地方产生不满，因此这地方可以形成你告发的第一要点。但是第二要点更有力，我并不吝于给你，不仅波琳爱我是事实，而且就在今天早上，在她死之前，她在她的桌上留下了一份给我和我的教堂 50 万的遗嘱，这也是事实。来吧，手铐在哪儿？你认为我会担心你对付我的那些愚蠢办法吗？刑罚的苦役只像是道旁的车站在等着带我去找她，绞架只是一辆令我向她匆匆奔去的车子。”

他以一个演说家的令人失去自主的权威口气与方式说话，弗兰博和简则几乎是惊讶而崇拜地望着他。布朗神父的脸上只有极端困惑的神色，他盯着地面，痛苦地紧皱眉头。太阳教的神父安详地靠在衣架上，继续说道：“短短的几句话我就把对我不利的情况摆在了你的面前——对我不利的仅仅可能存在的案情，我再多说几句话就将把这些不利击得粉碎，直到没有一丝痕迹存在。至于我是否杀了人，事实胜于雄辩，事实就是判决：我本来就不可能杀人。”

“12 点 5 分波琳从这层楼摔到地上，至少有上百人可以涌入证人席，证明我从正午到一刻钟后的时间里一直站在上面我自己房间的阳台上——一个我公开祈祷的例行时间。我的职员（一个来自克拉彭的值得人尊重的年轻人，他和我没有任何关系）将证明我整个早上坐在外面的办公室里，也没有和任何人打交道。他将证明我比祷告时间整整提前十分钟到达，比事件的传出早十五分钟，而且整个时间里我都没有离开办公室和阳台，没有人有过这样完整的不在现场的证据。我能传唤威斯敏斯特一半的人来做我的证人，我想你最好再次拿开手铐。但最后，为了使空气中再也没有一丝怀疑的气氛，我可以告诉你你想要知道的一切，我相信我还不知道我那不幸的朋友是如何走向死亡的。”

“你可以为此而责备我，责备我的信仰和哲学；但你不能因此而拘捕我。所有认识高等真理的学生都知道，历史上某些专家和自称有特殊智力的人曾得到在空中飘浮的能力——那就是，在空空的大气中自己支撑自己，这只是完全征服我们隐秘智慧的主要本质的一部分。我想，可怜的波琳是冲动的，雄心勃勃的。说句老实话，在某种程度上她过高地估计了自己的神秘力量；她也常对我说，就在我们同坐电梯下去时，如果人的意志足够坚定的话，人可以像一根羽毛那样毫发无损地缓缓飘下。我坚信在一种崇高思想的狂喜中，她试着去创造奇迹。她的愿望或信仰，在那关键时刻使她走向了死亡，低级的物质法则恐怖地复了仇。这就是整个故事，先生们。我非常悲伤，就像你们所认为的，也非常专断邪恶。但我肯定没有犯罪，本案也和我没有任何关系。在警察法庭的记录中，你最好把它称为自杀。但我将称它为科学进步的英雄的失败和向天国的缓慢爬升。”

这是弗兰博第一次看到布朗神父被征服了。他仍呆在那儿，盯着地面，痛苦地紧皱眉头。像为了什么而感到羞耻。倡导者长了翅膀的话语散布着一种感觉，人们不可能躲开它，但这儿有一个职业怀疑者，他郁郁不乐，被天生自由而健康的精神支配了，被自豪和纯净的精神征服了。最后他开口了，就像感到身体刺痛似地眯着双眼：“那么，如果那样的话，先生，你可以带着你提到的遗嘱走了，我不知道这可怜的女人把它放在哪儿了？”

“在门边她的桌子上，我想，”卡隆用一种极端无辜的语调说，似乎在宣告他完全无罪，“她特别嘱咐我今天早上她会写好那份遗嘱，并且我坐电梯去我的办公室之前，看到她正在写。”

“那时她的门开着吗？”神父问道，眼睛盯着地上垫子的一角。

“是的。”太阳教神父卡隆不慌不忙地说。

“啊，它一直都是开着的。”天主教神父布朗一边说一边研究着垫子。

“遗嘱在这儿，”严厉的简小姐说，声音怪怪的。她已经穿过大门走到她姐姐的书桌旁，手里拿着一张蓝色的大页纸，脸上带着不适合这种场合与事件的难看的笑容。弗兰博看着她，皱了皱眉。卡隆面带着那种曾经使他左右逢源的高贵无动于衷，站得离遗嘱远远的。

但是弗兰博从小姐手里拿走遗嘱，以极大的兴趣读了起来。这份遗嘱的开头确实以遗嘱的正式形式开始，但在“我把我死后所有的财产都馈赠给——”这句话之后，字迹突然终止了，只剩下一系列的涂写，也没有任何遗产继承人名字的痕迹。弗兰博将这张奇怪的没有结尾的遗嘱递给他的神父朋友，后者浏览过一遍后，又不动声色地递给了太阳教神父。片刻间，这位主教袍服飘荡，气势咄咄地两大步跨过房间，十分暴怒地望着简，蓝色的眼珠似乎要蹦出眼眶。

“你在这儿要了什么把戏？”他嚷道，“那不是波琳写的全部东西。”

大家都惊奇地听他用一种新的嗓音，带着美国佬尖利的声音说话。他所有的伟大之处和良好的英国绅士派头，都像披风一样从他身上掉了下来。

“她桌子上就只有这张纸。”简说，坚定地面对着他，脸上挂着同样美丽而邪恶的笑容。

突然他迸出一连串亵渎神灵的话，滔滔不绝地说出了他的种种怀疑。他剥掉面具时是如此地令人吃惊，就像人们真正的脸面给剥落下来一样。“看那儿，”当他上气不接下气地连声咒骂时，他那浓重的美国口音表现得淋漓尽致，“也许我是一个冒险家，但我看你像一个女杀人犯。是的，先生们，这儿就是你们对死亡的解释，没有任何飘浮在空中的尝试，那可怜的姑娘正在写我的遗嘱时，她该死的妹妹进来了，抢了她的笔，把她拖向深井，在她完成遗嘱前将她扔了下去，看在上帝面上！我认为我们还是需要手铐。”

“正像你说的那样，”简阴沉而冷静地说，“你的职员是一位很值得尊敬的人，他知道誓言的性质；他也将在任何法庭上证明我姐姐摔下去之前五分钟和之后五分钟，我一直在你的办公室打字，弗兰博也可以证明他是在那儿找到我的。”

一片死寂。

“嗯，那么，”弗兰博大叫道，“波琳摔下去时是单独呆着的，这是自杀！”

“她摔倒时确实只有一个人，”布朗神父说，“但并不是自杀。”

“那么她是怎么死的？”弗兰博不耐烦地问。

“她被谋杀了。”

“但她始终是一个人呆着。”弗兰博反对道。

“就是她一个人呆着时被谋杀了。”神父回答。其余的所有人都盯着他，但他仍以那种令人沮丧的态度坐着，宽宽的额头上有一道皱纹，表现出异乎寻常的羞耻和悲痛。他的声音空洞而哀伤。

“我想知道的是，”卡隆吐出一句咒骂，嚷道，“警察什么时候来带走这沾满鲜血的邪恶妹妹，她杀了她的同胞姐姐，抢了我50万，那

50万和神圣的矿场一样——”

“算了吧，先知，”弗兰博打断他，冷笑着说，“请记住，这个世界的一切都是海市蜃楼。”太阳教的圣师努力想爬回他的宝座，吼道：“这不仅仅是钱的问题，尽管那些钱能装备整个世界的事业，那也是我深爱一个人的愿望。对波琳来说，一切都是神圣的。”

布朗神父这时猛地站起来，身后的椅子也摔倒在地上。他的脸死一般苍白，浑身燃烧着希望，眼睛闪闪发光。“那就是了！”他清楚地说，“那就是开始的方式，在波琳的眼里——”

高大的先知在几乎神情激动的神父前瑟缩着：“你什么意思？你怎么敢？”他唠唠叨叨地嚷道。

“在波琳的眼里，”神父重复说，眼睛越来越明亮，“继续——以上帝的名义，继续。被恶魔驱使所犯的罪行在坦白的交代后也会变得轻些，我求求你坦白交代吧。继续，继续——在波琳的眼里——”

“让我走，你这个怪人！”卡隆暴跳如雷，像被缚住的巨人那样挣扎着，“你是谁，你是个间谍，在我的周围精心编织蜘蛛网，然后再偷偷摸摸地盯着我。让我走！”

“要拦住他吗？”弗兰博一下子弹到出口，问道，因为卡隆已经把门打开了。

“不，让他走吧。”布朗神父长叹一声，好像是来自渺茫的宇宙深处，“让凯思走吧，因为他属于上帝。”

他离开房间后，是一阵长时间的沉默。对弗兰博来说，这是一个受到审讯的漫长历程。简·斯泰西小姐仍非常冷酷地整理桌子上的纸。

“神父，”弗兰博最后说，“那是我的责任，并不仅仅是好奇心——

去查出是谁犯了罪。”

“哪一桩罪行？”布朗神父问道。

“当然是我们正在处理的这桩。”他的朋友不耐烦地说。

“我们正在处理两件罪行，”布朗说，“性质十分不同的罪行——分别由两个不同的罪犯所犯的罪行。”斯泰西小姐已整理好她的文件，接着锁上了抽屉。布朗神父继续说着，像是视她如空气一样，也不关心她的行动。“两桩罪行，”他评论道，“那是针对同一个人的同一缺陷干的，为了争夺她的钱，犯大罪的人被犯小罪的人阻碍了，而犯小罪的人得到了钱。”

“哦，不要像演讲一样说话，”弗兰博呻吟了一声，“用几个字简单地说出来。”

“我能用简简单单的话语说出来。”他的朋友答道。斯泰西小姐把她那单调的黑帽子随便扔到头上，干巴巴地对着一面小镜子，厌恶地蹙了蹙眉。当他们说话时，她不慌不忙地拿起手提包和雨伞，离开了房间。

“事实上只有一句话，一句很短的话，”布朗神父说，“波琳·斯泰西是瞎子。”

“瞎子？！”弗兰博重复了一下，慢慢伸直他那高大的身材。

“她们的血液里就有瞎的倾向，”布朗说道，“要是波琳允许的话，她妹妹已经戴眼镜了；但由于她奇特的哲学认为，人不能屈服于这样的疾病来鼓励疾病的蔓延。她不承认视线模糊，或者她试着用意志力来驱除它，因此她的眼睛由于长期疲劳越来越坏；但最糟糕的疲惫来了，是和这个珍贵的先知一同来临的，就如他自称的教她用裸眼凝视灼热的太阳那样。这被称之为迎接阿波罗。

顿了一顿，神父继续用柔和甚至令人心碎的声音说：“不管那个人是否故意让她变成瞎子，毫无疑问他故意利用她的失明杀了她，罪行简单。你知道他和她在电梯里不要管理员帮助而上上下下，你也知道电梯滑动得多么畅通而且无声无息。卡隆把电梯停在那姑娘所在的那一层，从开着的门外看到，她正在以她那缓慢摸索着的方式，书写许诺他的遗嘱。他向她兴奋地说他已经为她准备好了电梯，她写完以后就可以出来，然后他按了一个按钮，无声无息地升到他自己的那一层。穿过他自己的办公室，来到阳台外，当众面临着大街祷告，而那可怜的姑娘做完她的工作后，来到她的情人和电梯接她的地方，一步跨了出去——”

“不要！”弗兰博大叫。

“按了那个按钮，他本应得到50万。”小个子神父在讲到这里时话音似乎有几分悲切，他接着说：“但是希望粉碎了，因为这儿碰巧有另外一个人也想要钱，也知道可怜的波琳眼睛的秘密。

关于遗嘱我想有一件事没有人注意到：尽管它没有完成，没有亲笔签名，另一个斯泰西小姐和姐妹俩的一些仆人已经作为证明人签了字，简第一个签了字，说波琳以后能完成它。简的心里怀着一种典型的对法律的蔑视，她希望她的姐姐在没有真正的证明人时签下遗嘱。为什么?我想到一个原因——失明，而且确实感到她想要波琳独自写完遗嘱，因为她根本就没有想到她会写下这样的遗嘱。

“斯泰西姐妹这样的人通常用自来水笔，但这对波琳是很难做到的，但由于习惯和强大的意志力，也由于她的记忆使她能写得和她没失明时一样好，不足的是她不能辨别什么时候钢笔需要吸水。因此，平时的钢笔被她的妹妹小心地吸满了水——除了这支，这支笔她妹妹故意不让它注满，残留的墨水只能写几行字，然后全都用完了，这样在人类历史上先知第一次无利可图地进行了一场最残酷最精彩的谋杀，反而没有得到 50 万英镑。”

弗兰博走到开着的门边，听到了官方警察上楼的声音。“你肯定在十分钟内就已经知道卡隆犯罪的事实了。”

布朗神父吃惊了。“哦，对他，”他说，“不，我是找到简小姐和那支自来水笔之后才最终肯定的，但我跨进前门之前就知道了卡隆是罪犯。”

“你肯定是在开玩笑吧！”弗兰博嚷着。

“我十分认真，”神父答道，“我告诉你我知道这是他干的，甚至在我知道他之前干了什么。”

“为什么呢？”

“这些教徒的禁欲主义，”布朗沉思着说，“常常由于力量不足而失败，下面街上传来碰撞声和尖叫声时，阿波罗神父一点都不吃惊，也不往下打量，我不知道发生了什么事，但我知道他在期待着。”

2. 伯爵生死谜案

布朗神父来到一片灰色的苏格兰山谷的尽头，观看格伦盖尔的奇特城堡。山谷或峡谷一直贯穿到洼地的一端为止，好像一条死胡同，径直抵到了世界的尽头。用淡绿色石板砌成的屋顶和尖塔，以古老的法兰西及苏格兰城堡的式样峭然挺拔，不免使人想起苏国神话中女巫头上那充满邪恶的尖顶帽。绿色塔楼周围的桦树林摇曳生风，衬托着塔楼，黑黝黝的一片，恍若一群数不胜数的乌鸦围在四周，挥之不去。

然而，这种如梦如幻，几乎催人入眠的魔法表象，却并不仅仅是来自对天光山色的奇妙幻想。因为在这个地方，有一种傲慢、疯狂、神秘而哀伤的阴云，笼罩在苏格兰贵族们的头顶上，比笼罩在任何其它地方其他人头上的阴云都要沉郁得多。因为苏格兰受着两种传统意识的困扰：贵族血统意识和加尔文教派的命运意识。布朗神父抓紧利用一天的时间，到格拉斯哥来会见他的朋友弗兰博。此刻，弗兰博这位业余侦探正在格伦盖尔城堡和另一个比较正式的警官搭档，调查已故的格伦盖尔伯爵的生死之谜。这个神秘人物乃是一家世族的最后代表，他生养于此的世族，早在十六世纪就已经凭借着勇武、狂热、狡狯，使他们国家的所有邪恶阴险的贵族们感到栗栗可畏。在格伦盖尔城堡，好几个世纪以来就没有再产生过一个勉强说得过去的爵爷了。

早在维多利亚时代，人们就确信，格伦盖尔家族再也不可能重创奇迹再显辉煌。然而，今天这最后一位格伦盖尔，却终于满足了世族的传统，干下了一件唯一留给他干的事——失踪了。这里不是说他到海外去了，而从各方面推测，如果他还在人世上什么地方的话，那他就只会在城堡里。尽管他的名字还写在教堂的登记簿上，用大红字写的贵族名字，可是在阳光之下，从来就没有人再见到过他这号人了。

如果说有人看到过他，那么就一定是那个孤独的男仆，一个介乎马夫和园丁之间的人。他聋得厉害，比较讲求实际的人认为他是哑巴，而更有洞察力的人则认为他是弱智。他骨瘦如柴，一头红发，尖下巴，深蓝色的眼睛，名字叫伊斯雷尔·高。他是这个荒凉庄园的一个沉默寡言的仆人。如果社会人士想要进一步证实伯爵是否在庄园里，这个仆人就总会坚定不移地说：他不在家。他挖土豆的劲头，他进厨房的规律性，仿佛都在加强人们的这样一个印象——他正在给上司准备饭，而那位古怪的伯爵仍然藏在庄园里。

一天早上，主管长官和牧师（格伦盖尔家都是长老会教徒）在庄园里发现了这个园丁。当时，这个马夫兼厨师的人在他那众多的职业中，又加上殡葬这一行：他已经把他的高贵主人钉在了棺材里。但无论进一步的查询是多是少，这件事终归这么搁下来，使人们一直没有弄明白。因为直到两三天前弗兰博准备北上的时候，也从来没有人合法地调查过这件事。现在，格伦盖尔爵爷的遗体已经在山上小教堂的院子里，神秘地躺了好长一段时间了。布朗神父走过昏暗的花园，来到城堡的阴影下时，天上更是彤云密布，空气潮湿，像是要打雷了。

对着云缝中落日透下的最后余晖，他看到一个黑糊糊的人的侧影，是一个戴着黑色高顶大礼帽的人，肩上扛着一把大铲子。这二者不伦不类的结合，暗示着他是一个管理教堂、钟和墓穴的教堂牧师。但是布朗神父很自然地便想起了那个挖土豆的聋子仆人。显然，扛铲子的人对苏格兰农民有些了解，知道为官方搞调查，穿黑衣服才显得尊重，他还知道不能为调查而损失一小时挖掘的这种常识。他在神父走过时吓了一跳，两眼疑惑地注视着神父，这也正符合他那种人的警觉和戒备心态。弗兰博亲自为布朗神父打开大门，和他一起迎出来的是一个瘦削的人，长着铁灰色的头发，手里拿着纸张。他就是伦敦警察厅派来的克雷文督察。

大厅已经被搬光，但是墙上还留着一两幅油画，画中人从黑色的假发下向下张望着。布朗神父随着他们走进里边一间屋子，他发现他的这两位盟友先前一直坐在一张橡木长桌跟前的桌子上，桌子一头摆着一些写有潦草字迹的纸张，两边是威士忌酒和雪茄。桌子的其余部分被一些间隔堆放的，各不相干的东西占据着。这些东西看起来非常莫名其妙：一件看起来像是一小堆闪闪发光的碎玻璃，一件仿佛一大堆棕色的尘土，而另一件则似乎是一根平常的木杖了。

“你们似乎在这里办了一个地质学博物馆。”他一面坐下，一面很快地向那堆棕色尘土和那小堆亮晶晶的碎块望去。

“不是什么地质学博物馆，”弗兰博回答道：“姑且算是一个心理学博物馆吧。”

“哎呀，看在主的份上，”警方侦探笑着说道：“我们别用这种长篇大论开始。”

“你难道不知道心理学是什么意思吗？”弗兰博带着善意的惊奇问，“心理学就是头脑发疯。”

“我还是不明白你的意思。”官员说。

“嗯，”弗兰博果断地说，“我的意思是，我们对格伦盖尔爵爷已经查明了一点：他是一个狂人。”

戴着高顶礼帽、扛着铲子的黑色侧影走过窗子，他的轮廓在渐渐黯淡的天色中，可以模糊地分辨出来。布朗神父冷漠地注视着它，应声说道：“我可以理解，这个人一定有些古怪的地方，不然他不会活着就把自己埋藏起来，死了又急促地下葬。不过，你怎么会想到这是心理失常呢？”

“嗯，”弗兰博说道，“你快看看克雷文先生在这房子里找到的全部东西的清单吧，看看就明白了。”

“我们得找根蜡烛，”克雷文突然说，“快要起暴风雨了，天太暗，看不清楚。”

“在你找到的这些奇怪东西中，”布朗微笑着说，“你发现过蜡烛吗？”

弗兰博脸色严肃起来，黑眼睛紧紧地盯着他的朋友。

“这也是怪事，”他说，“找到二十五根蜡烛，却没有一个蜡烛架。”

外面，风刮起来了，房间里迅速地暗下来。布朗沿着桌子走到那些零乱杂物中的一堆蜡烛前。走到那儿后，他很随意地弯下腰来，看看那堆红棕色的尘上，突然一个大喷嚏，打破了寂静。

“嘿，”他说，“鼻烟！”

他小心地点燃一根蜡烛，然后走回去把它插在一只威士忌酒瓶上。呼呼的夜风从摇摇欲坠的窗子吹进来。吹得烛光东摇西摆的。他们可以听见城堡四周几英里方圆内，犹如黑色海潮围着礁石在翻腾、在咆哮的松林涛声。

克雷文拿起纸来，郑重其事地说：“我来念物品清单，这张清单上记的是我们在城堡里找到的零散堆放物，尽是些莫名其妙的东西。你还得明白，这个地方曾经被人拆过，被人抛弃过。但有一两个房间，明显地一直被什么人将就着住下去，而这个人还并不是仆人。听吧，清单如下：

第一项，一块相当大的珍贵的宝石板，几乎全是钻石。板子是松动的，没有任何镶嵌物。当然，这家人的祖先自然应该有家族珠宝，可是这块板上的珠宝，却几乎全是那种始终用作特别装饰品的珠宝。这家人的祖先似乎曾经把它们零散地放在衣袋里，像装铜子儿一样。

第二项，成堆成堆的鼻烟，不是放在牛角鼻烟盒里，也不是放在鼻烟袋里。而是一堆一堆地放在壁炉上、餐具柜上、钢琴上，到处乱放。看起来好像是这位老绅土不愿麻烦自己，去衣袋里摸或是去揭开牛角鼻烟壶的盖子。

第三项，房子里到处都是小堆小堆的金属碎块，有些像钢的弹簧，有些像显微镜的齿轮，好像是从某种机械玩具里取下来的。

第四项，蜡烛。蜡烛不得不插在瓶子里，因为没有任何其它东西可以插。

就我们曾经在心中预想过的谜团而言，一眼就看出来，有些地方对于已故伯爵来说不大对劲。现在我希望你能注意到，所有这些都比我们预料的要奇怪得多。我们到这儿来，是为了查清伯爵是否还真的生活在这儿，或者说他是否真的死在了这儿，是否这个埋葬了他的红头发仆人与他的死亡有关。但设想一下所有这些当中最坏的一方面吧，设想一下最可怕最富有传奇性的答案吧。假如仆人真的杀了主人，假如主人不是真的死了，或者假如主人装扮成了仆人，或者假如仆人被当做主人给埋葬了。尽管编造你所喜欢的科林斯式的悲剧吧，但你仍然无法解释为什么有蜡烛而没有蜡烛架，或者为什么一个出身世家的老绅士会把鼻烟撒在钢琴上。随你怎样想象，人类的头脑也无法把鼻烟、蜡烛、钻石和钟表零件有机地联系在一起。我们可以想象，这个故事的核心，可能就是这些鸡零狗碎的小事物，它们才是神秘难解的。”

“这个格伦盖尔对法国大革命是十分反对的，对革命前的旧秩序却十分热忱。但没法完完全全再现最后波旁王朝的家族生活。他有鼻烟，因为那是十八世纪的奢侈品。有蜡烛，因为那是十八世纪的照明用具。铁的机械小玩艺儿代表路易十四的锁匠癖好。他的钻石则是为了代表路易十六的王后玛丽·安托瓦内特的钻石项链。”神父说，“所以我想我看到它们之间的关系了。”

另外两个人瞪圆了眼睛望着他。“多么不寻常的怪念头啊！”弗兰博叫道，“你真的认为事实就是这样的吗？”

“我完全认为——不是这样的。”布朗神父回答道，“只是你们说没有人能把鼻烟、钻石、钟表机械和蜡烛联系起来，我才随口给你们说出这个联系。真正的事实，我敢肯定，要深刻得多。”他停了一会儿，听着晚风在塔楼里的哀鸣声。然后他说：“已故的格伦盖尔伯爵是个强盗。他过着亡命天涯的强人所过的充满阴暗的第二生活。他没有蜡烛架，因为他只需把它们截短放在携带的小灯笼里。鼻烟是照着最凶恶的法国罪犯所用的手法，研磨成像辣椒粉一样细的东西，在密集的人群中突然投到抓他的人或是追他的人的脸上。但是，最后的证据还在钻石和钢齿轮的巧合上，这肯定会为你们揭开罩在每件物事上的神秘面纱。钻石和钢齿轮是人们可以用来划开玻璃的唯一两种工具。”

林间树梢上的狂风时猛时弱地冲击着他们身后的窗玻璃，仿佛在摹仿夜盗，一棵松树被风吹断了。但是他们没有转身，他们的眼睛紧盯在布朗神父的脸上。

“钻石和小齿轮就是你对那些零碎东西的真正解释吗？” 克雷文沉思着重复道。

“我还不认为这就是真正的解释。”神父平静地说，“当然，真正的故事比这要平凡乏味得多。格伦盖尔在他的庄园里发现了或者以为发现了珍贵的宝石，有人用这些多面形钻石哄骗他，说是在城堡的深凹处找到的。小齿轮是切钻石的好玩艺儿。他只需找几个放羊人或者粗汉子，在山上小规模地一找就行了。鼻烟是这些苏格兰放羊人的一件大奢侈品，你只有用这玩艺儿才请得动他们。他们没有蜡烛架，因为他们不需要那东西。他们探索出洞时，蜡烛是拿在手里的。”

“就这些吗？”弗兰博停顿了好久才问，“我们终于对这件扑朔迷离的事找到了答案，是吗。”

“哦，没有。”布朗神父说。风像嘲笑一般长啸着，消失在了远处的松林里。布朗神父面部毫无表情，继续说道：“只是因为你们说一个人不能把鼻烟、钟表机械、蜡烛和发亮的宝石合情合理地联系起来，我才这么说的。十条虚伪的哲学理论可以适合于世界，十条虚伪的庸俗理论也可以适合于格伦盖尔城堡。但是我们需要的是对城堡和世界都适合的解释，难道就没有别的东西了吗？”

克雷文笑了。弗兰博也微笑着站起来，走到长桌子的尽头，说：“第五、六、七项等等是丰富多彩而没有一点启发性的。这是一组奇特的收集品，不是铅笔，而是铅笔芯。一根毫无意义的头上裂开的竹棒，这也许是犯罪用的工具，只是没有什么罪行。仅有的其它东西是几本旧的弥撒经本和寥寥无几的天主教画片。我想，这些东西应该是这家人的祖先从中世纪留传下来的——他们的家族自豪感比他们的清教徒生活准则还要强烈一些。我们只能把这些东西放进博物馆，因为它们已经被破坏得体无完肤了。”

屋外，强劲的暴风驱动着一堆堆可怕的云团，贴着格伦盖尔城堡漫过，使整个城堡和松林都变成一片黑暗。布朗神父这时拿起几张被烛光照亮的纸头，但并不给予检查。他在乌云尚未过去之前讲话了，但是那是一个全新的人的声音。“克雷文先生，”他的话声仿佛使他年轻了十岁，“你有一份准许检查那座坟墓的搜查令，是吧？我们搜查得越快越好，把这件可怕的事追查到底，不可延缓。我要是你的话，现在就动手。”

“现在？”侦探吃了一惊，说道，“为什么现在？”

“因为这非常严重，”布朗回答，“这不是弄碎鼻烟或弄松碎石子的事，那样做可能有一百条理由。我们这样干，我知道只有一条理由：这些宗教画给搞成这样，可不是小孩子或敌视基督教的人因为没事干或一时兴发，或是因为抱有成见而蓄意把它们弄破、撕破或抓破；它们是被小心地弄坏的——而且给弄坏得很奇特。幸免于破坏的唯一地方是耶稣对圣婴头上的光环，咄咄怪事啊。因此，我说，让我们带着搜查令，拿着铲子和小斧头，赶快去弄开那口棺材。”

“你是什么意思？”伦敦警察官追问道。

“我的意思是，”神父回答说，他的声音在大风怒吼中稍微提高了一点，“我的意思是，世界上最大的恶魔这个时候也许正坐在城堡的塔楼顶上，像一百头象那么大，像《圣经》‘启示录’上的末日魔鬼一样在吼叫，而这底下的什么地方有黑魔法。”

“黑魔法，”弗兰博低声重复道。因为他太有知识，不能不懂这种事，“不过这其它东西有什么意思呢？”

“哦，我想是一些可诅咒的东西吧，”布朗神父颇不耐烦地回答，“我怎么就应该知道呢？我怎么能猜出这底下的谜团呢？也许你能用竹子和鼻烟来折磨人，也许疯子贪求蜡烛和钢锉，也许有一种使人发疯的药品正是用铅笔芯做成的。我们揭开奥秘的捷径就是到山上去掘开那坟墓。”

他的同事们几乎是情不由衷地服从了他并跟着他走。走到花园里的时候，一阵大风几乎是劈面吹来，使他们顿时清醒过来。不管怎么说，他们像自动化机器一样地服从他。克雷文找到一把小斧拿在手里，搜查令放在了贴身口袋里。弗兰博扛着古怪园丁的沉重铲子。布朗神父则拿着那本镀金的书，天主的名字已经从上面撕去了。

风吹得人们走路时似乎特别吃力，使上山到教堂院落的小路显得长了许多。他们爬上斜坡，看见远处都是松林的海洋，重重叠叠，无边无际，在风力之下，树冠齐齐地都歪向一边。可以想象，松林发出的这种声音，简直就如同是那些失落的，在这片失去理性的森林中游荡，永远找不到重返天堂之路的异教徒的呼喊与哀号。

“你们看，”布朗神父用低沉而轻松的声调说，“在苏格兰存在之前是一群古怪的人。实际上他们现在也仍然是一群古怪的人。我想他们在史前时期是崇拜基督的。”他顿了一下又说，“但这也许就是他们为什么会欣然接受并求助于教神学的缘故吧。”

“我的朋友，”弗兰博有点冒火了，“你这一套有什么意思？”

“我的朋友，”布朗神父同样绷着脸说，“所有真正的宗教都有一个标志：唯物主义。现在，魔鬼所崇拜的是个十足的，名副其实的宗教。”

他们走上了一个光秃秃的山顶，这一块不毛之地处在呼啸怒吼的松林之外。一堵简陋的围墙，一半是木料，一半是铁链，在风暴中哗啦哗啦地响，仿佛在告诉他们已经到了大地的边缘，到了督察克雷文怎么也想象不到的角落。弗兰博把铲尖插在地上，身子靠在铲把上。这时，他和克雷文两人几乎都像那摇摇晃晃的木料和铁丝一样在震动着，脚踏着又高又大的、已经衰败得变成银灰色了的野草冠毛。有一两次，这种冠毛被风吹起，飞过克雷文的身边时，总是被像挑开箭一样轻轻挑开。弗兰博顶着风的尖叫，把铲尖插进下边的湿土里，然后又停下来，像靠着手杖一样靠着铲把。

“接着挖呀，”神父很温和地说，“我们只是想发现事实，你怕什么？”

“我怕发现它。”弗兰博说。

伦敦侦探突然很高兴地大声说：“我奇怪伯爵为什么会真的把自己这样藏起来？我想肯定有些讨厌的难于言表的原因，莫非他是个麻风病人？”

“比这还要坏。”弗兰博说。

“那么你以为是什么？”另一个人问，“会比麻疯病人还坏？”

“我想不出。”弗兰博说。他沉默不语地狠狠挖了几分钟，然后以哽塞的声音说：“我想恐怕他已经变了形。”

他心中感觉盲目，但却继续狠劲地挖。风暴已把浮在山峰顶上，遮得天空十分低暗的灰色云团吹散开，露出一片一片有微弱星光的灰色夜空来。正当此时，弗兰博把一口没有加过工的粗木棺材清理出土，把它搬到草叶稀疏的泥地上。克雷文手持斧头走向前，一根树梢碰到了他，使他退缩一下。然后他便坚定地大步上前，像弗兰博一样用劲地连劈带扭，直到把棺材盖打开。

棺材里所有的一切都在灰色的星光下闪闪发光。“骨头，”克雷文说，跟着又补上一句，“是人的。”仿佛这是出乎他意料之外的事。

“他，”弗兰博以起伏不定的奇怪声音问道：“他一切都正常吗？”

“似乎如此。”伦敦官员声音嘶哑地说，然后弯下腰去看棺材，看那模糊不清、已腐烂的骨骼。

“等一下。”身躯庞大的弗兰博这时忍不住胸部剧烈地起伏，“现在我终于想到了，这简直就像一个无神论者的梦。”

“天主呀！”棺材旁边那个人喊道，“他可是没有脑袋的！”

其他两人都还僵直地站着时，布朗神父突然表现出令人惊愕的关注神色。“没有脑袋！”他重复道，“没有脑袋！”好像他期待的本该是缺少其它器官。一个无头年轻人藏在这个城堡里，或者一个无头的男人在这些古老的大厅里或者古怪的花园里漫步。这些傻气十足的景象好像全景画一样闪过他们的脑海。他们的思想已经从脑筋中脱缰而去。但是即使在这令人发僵的一瞬间，这个故事也没在他们的思想上生根，因为太不理智。他们呆呆地站在原地，听着波澜宏伟的松涛和空中尖啸的风声，像几头筋疲力尽的动物。

“有三个没头脑的人站在一座挖开的坟墓周围。” 布朗神父说。伦敦侦探面色苍白，张开嘴要讲话。然而就像一个乡巴佬张着嘴那样。风的一阵长啸撕破了夜空。他望着他手中的斧头，仿佛不是在他手里，于是任凭它落到地下。

“神父，我们怎么办？” 弗兰博用他很少用的婴儿似的声音说道。

朋友的回答来得像发射炮弹那么迅速。“睡觉！”布朗神父大声说，“睡觉！我们这条路走到头了。你们可知道睡觉是怎么回事吗？你们知道每一个睡觉的人都相信天主吗？这是一件圣事，因为它是信与德的行为结合，是我们的粮食，我们需要这么一件顺乎自然的圣事。有些很少落在别人头上的事落在了我们的头上，也许最坏的事才会落在别人的头上。”

克雷文张开的嘴合拢来说：“你是什么意思？”

神父回答的时候头转向城堡：“我们发现了真相，但这真相却没有意义。”他在他们前面走下小路，脚步前后错乱，这是他很少有过的。回到城堡后，神父果然就立即酣然入睡了。布朗神父尽管对睡眠致以神秘的颂扬，他却是除了沉默的园丁之外，比任何别人都起得早的人。他抽着大烟斗，注视着这园国艺专家在家庭菜园里无言地劳动。

快到天亮的时候，惊心动魄的风暴停息了，代之以哗哗不休的大雨。园丁似乎想和他讲话，但是一眼看到侦探，就沉着脸把铲子插进一块菜地里，只说了几句有关早餐的话，就沿着一行一行的白菜走去，把自己关进厨房里。

“他是个令人钦佩的人，”布朗神父说，“他种的土豆让人惊奇，不过，”他以不抱成见的慈悲心又说，“他也有他的错误，我们谁没有错误？譬如说，他的这一行就没有挖得匀称。”他突然在一个点上跺起脚来，说道：“这里的土豆我很怀疑。”

“为什么？”克雷文问。

神父回答说：“因为园丁自己对它也怀疑。他在每个地方都很有秩序地下铲子，只有这里没下。这里想必有个特别出色的土豆。”

弗兰博抄起铲子，迫不及待地插进那个地方，翻起一铲子土，带起一个看来不像土豆而有点像煮得过火的怪异的蘑菇。蘑菇碰到铲子后，龇牙咧嘴地对着他们，发出一种奇怪的咋达声，像个球一样地滚动。

“格伦盖尔伯爵。”布朗神父哀伤地说，面色沉重地向下望着那个头骨。沉思了一会儿之后，他从弗兰博手里拿过铲子来，说道：“我们得再把它藏起来。”然后他们把头骨埋进土里。神父的矮小身躯和大脑袋靠在铲子的大把上，铲子硬挺地插在土里。他目光茫然，额头上满是皱纹，喃喃地说道：“但愿能悟得出这最后一件怪事的意思。”说着身子靠在大铲子把上，手抚前额，就像人们在教堂里做祈祷时那样。

这时天一片银蓝色，四周都亮了起来。鸟儿在小花园里的树上唧唧啾啾，声音响亮，仿佛在跟自己讲话。但这三个人却沉默无言。“唉，我完全放弃，”弗兰博最后吵吵嚷嚷地说，“我的脑筋和这个世界格格不入，这算到头了。鼻烟，扯坏了的经本，还有这个八音匣里的玩艺儿——怎么——”

布朗猛地抬起前额，不耐烦地拍打铲把，这对他来说是很不寻常的。“兄弟，行了，行了。”他叫道，“所有这些都是一清二楚的。我今天早上一睁开眼就对鼻烟啦，钟表机械啦，全都想明白的。从那时起，我从园丁身上弄清楚了。这个园丁既不那么聋，也不像他装得那么傻。那些零散的东西没有错误，我也误解了那本撕坏了的弥撒经本，那没有什么罪恶意图。这是最后一件事。挖墓，偷走死人头——肯定有罪恶意图吗？这里边肯定有魔法吗？这和鼻烟、蜡烛这些十分简单的事联系不起来。”他大踏步地来回走动，情绪低沉地抽着烟斗。

弗兰博自嘲式地说："我的朋友，你对我得小心点，要记住我曾经是个罪犯。这个庄园的最大好处就是它的荒凉，我可以自己打定主意，想什么时候行动就立刻行动。等待这种侦探方法，对我这个没有耐性的法国人来说是受不了的。我一生，好也罢，坏也罢，总是立刻就要干起来。我总是第二天早上就决斗，我总是当时付清了账，从来就不推迟去看牙医——"

布朗神父的烟斗从嘴里掉出来，落在砂砾路上被摔成三段。他站在那儿，眼珠滚动着，十足一副白痴相，"主啊！我是一个什么样的呆瓜啊！"他继续说，"主啊！什么样的呆瓜啊！"然后多少有点像醉了的样子，哈哈大笑起来。

"牙医！思想陷入深渊六个小时，全是因为我没想到牙医！这样一个单纯、美妙和宁静的想法。朋友们，我们在地狱里过了一夜，现在太阳升起来了，鸟儿在歌唱。牙医的光辉形象给世界以安慰。"他重复道。

"我要把这弄个明白，"弗兰博大步向前喊道，"即使使用宗教裁判所的酷刑，也要弄他个明白。"布朗神父现在只想在阳光照耀的草坪上跳舞，想像个孩子一样欢呼喊叫，他尽力抑制住了这似乎是一时的情感冲动。说道："哦，让我再蠢一点吧。你们不知道我曾经多么地难过。现在我明白了，这件案子里根本没有大不了的罪恶，只有一点精神错乱，也许——谁去管那些！"

他又转了一圈，然后庄严地看着他们。

"这不是一个犯罪的故事，"他说："而是一个奇特得变了形的真诚品质的故事。我们也许是在和世界上的这样一个人打交道。这个人凡是他不该得的，他分文不取。这是原始生活逻辑的一个典型，也曾经是这个民族的宗教。”

神父接着说道：“当地关于格伦盖尔家族有这么两句古老的话：“像夏天的树那样有活力，格伦盖尔祖先有赤金。”这既是照字面讲的，也是隐喻。这不仅仅是说格伦盖尔家的人寻求财富。从字面讲，他们聚集了黄金也是真的。他们收集了一批黄金装饰品和黄金器皿，实际他们是群吝啬鬼。他们的财迷已成天性。从这一事实的启发，可以贯穿于我们在城堡里所找到的一切。钻石不在金戒指上，蜡烛没有金蜡烛架，鼻烟没有金鼻烟盒，铅笔没有金铅笔盒。一根手杖没有金把手，有钟表机械而没有金表，也没有金钟。一切听起来都像是发疯，圣像上的光环，弥撒经本上天主的名字，因为都是真金的，所以都被取走了。”

当这个不可思议的故事讲出来时，花园似乎亮了起来，在越来越强的日光下，草儿一片欣欣向荣。弗兰博在他的朋友继续讲述时，点燃了一支烟。“都被取走了，”布朗神父接着说，“是拿走——不是偷走。强盗从来不会留下这样的谜。强盗会拿走金鼻烟盒和所有鼻烟，拿走金铅笔盒和所有的铅笔。今天早晨，我在那边的家庭菜园里，找到这位狂热的道德家，从他那里了解到了整个故事。我们得对付的是一个有特殊良心的人，但肯定是有良心的人。

阿奇巴尔德坚定不移的道德观使他成为一个适世者， 他也是格伦盖尔家出生过的最接近好人的人。他对他父辈的不诚实心中感到忧郁不快。因此，不知怎么的，他广而言之，把所有人都看作不诚实。更特别的，是他既不想当慈善家，也不从施舍。他发誓说，如果他能找到一个完全正直的人了，那么格伦盖尔城堡的所有黄金，就都是这个人的了。既然对人类产生了这样的看法，他就把自己封闭起来，一点也不希望与人往来。

有一天，一个耳聋又似乎有点愚蠢的男孩从远处的一个村庄给他带来一封延搁已久的电报。格伦盖尔一时高兴，居然给了他一个新法郎，至少他认为他是这样做的。但是，当他再翻查他的零钱时，发现那法郎仍然还在，而一个沙弗林却不见了。这一意外之事使他对人类的整个前景加以嘲笑。在他心中看来，这孩子会表现出人类的贪婪来。其反应二者必居其一，或是从此不见了，成了一个偷钱的贼；或是以道德诚实的面孔，带着沙弗林回来，以图得到报酬。小人啊小人，十足的小人。但在那天半夜，格伦盖尔爵爷在床上被敲门声吵醒，他是独居的——不得不亲自给那个聋子白痴开门。白痴带来的不是那个沙弗林，而是不多不少十九个先令，十一个便士，三个法郎。

于是，这一行为的一丝不苟的性质，像一团烈火，留在了他狂热的脑海中。他曾经发誓要找到一个诚实的人，现在终于找到了。他立下一份新的遗嘱，那文件我看到了。他把这个刻板的年轻人带到他那被忽略的大宅邸，训练他，使他成为他的唯一仆人，并通过一种奇怪的方式，又成为了他的继承人。不管这个奇怪的人懂得些什么，他绝对懂得，他的爵爷有两个坚定而不可移的主意，第一，这份权利证书就是一切；第二，他本人得了格伦盖尔的所有的黄金。

至此为止，整个故事就是这些，也就这么简单。他把这宅邸里的所有黄金都拿光，但严格地遵循非黄金一丝不拿的命令，就连一丝鼻烟也不拿。他从旧圣像上的弥撒丝本上剥下金叶，其余完全不动。这些我都明白了，但是我不明白头骨是怎么回事，我对把人头埋在土豆地里实在感到不安。这使我受不了。直到弗兰博说出那两个震醒梦中人的字眼——两个可爱的字眼‘牙医’，它当时像仙人的笑声一样突然在我耳畔响起。“这就对了，他是要把牙齿上的黄金取下来之后，才把头骨送回棺材里去。”

同一天早上，弗兰博穿过山峰的时候，又看到了这个怪人，这个一丝不苟的守财奴，正在挖那个受到亵渎的土豆园地。围着他脖子的花格呢披风在晨风中飘动，暗淡的高顶礼帽戴在头上。

3. 忏悔终生

一道电光仿佛要在刹那间记下世间万物，使昏暗树林里的每片树叶变得煞白，每样东西像是要熔化，又像被镀上了一层银色。它照亮了野餐的人扔下的废弃残物和那条蜿蜒的小路以及小路尽头停着的那辆白色汽车。远处有一幢建有四个尖塔的大房子，像座城堡。在阴暗的夜晚，城堡朦胧的墙垣像一片不规则的乌云，跃入人们的眼帘。那屋顶像在严阵以待，空白的窗户密切注视着外界。闪电确实有种神奇的力量，能使聚在树下的人把它淡忘，又能把它展现在他们面前。

有个人像那座塔楼一样一动不动地站着，闪电的银光同样地照在他的身上，那是个高个子男人，正站在一个土堆上，其他人不是坐在草地上，就是弯腰收拾着杯碟、篮子。他披着一件别致的、有着银链钩的斗篷。在闪电光的照射下，链钩像星星一样闪着光。他那头黄色短鬈发富有光泽，金色的头发使他看上去更年轻。他有一张鹰脸，很帅气。可是在强光下看，已经起了皱纹，失去了弹性，这可能是长期化妆的缘故。因为雨果·罗曼是当今最有名气的演员。在闪电照亮的一刹那，他那金色的鬈发、苍白的面容和银色的饰物都闪着光，使他看起来像穿着一套盔甲。直到他的身影暗下来，变成一张阴暗天空下的剪影。

闪电突然发亮时，所有人都不约而同地惊了一下。只有罗曼静静地站着，像尊雕像。虽然天空乌云密布，人们知道大雨即将来临，可这毕竟是第一道闪电。在场的唯一一位女士，灰白的头发梳成很优雅的样式，典型的美国女人，她不由自主地闭上双眼，尖叫一声。她的丈夫，奥特兰将军，一位笨手笨脚的盎格鲁—印度人，秃顶，留着老式的连鬓胡。他也猛地一抬头，又接着去忙着捆他的东西了。

有个小伙子，叫马罗。他身材高大，却十分腼腆，长着一双狗一样的棕色眼睛。不小心摔坏了一个杯子，他赶忙尴尬地道歉。第三个男人的衣着更讲究，脑袋棱角分明总是向上翘起，像个好奇的小猎犬，粗硬的灰白头发梳向后面。他就是报业巨子约翰·柯克斯本爵士。这位多伦多人嘴里毫无顾忌地骂着，当然了，用的不是标准的英国口音。那披斗篷的高个儿男人简直像座雕像一样站在黄昏的暮霭里。在闪电下面，他连眼皮都不抬一下，他的鹰脸就像罗马皇帝的半身塑像一样。

过了一会儿，苍穹下响起一声惊雷，雕像复活了。他转过头，漫不经心地说："闪电和雷声之间相差一分钟，我看暴雨就要来了。在树底下躲避闪电可不明智，但过会儿下雨我们还得靠它遮雨。我看会是一场倾盆大雨。"

小伙子有点紧张，他看了一眼女士，说："难道就没有地方可以躲一下吗？那边好像有幢房子。”

“那儿是有幢房子，”将军没好气地说，“但那可不是好客的酒店。”

“真是奇怪，”他妻子不高兴地说，“我们会遇上暴雨。周围除了那幢房子就再也没地方可去了。”

她的口气使小伙子不敢再说下去，他十分敏感，很会体察人意。可是，什么也挡不住那位多伦多人。

“那房子怎么啦？”他问，“看上去像座废墟。”

将军干巴巴地说：“那房子是马恩侯爵的。”

约翰·柯克斯本说：“呀，我听说过他，一个怪人。去年还上了《流星》杂志的头版，文章的名字叫‘无人知晓的贵族’。”

“对，我也听说过他。”小伙子低声说，“他这样把自己藏起来，外面有好多奇怪的传说。听说他戴着面具，因为他有麻风病。还有人正经地告诉我说，这家人被咒语咒住了，有个可怕的畸形儿被关在一间黑屋里。”

罗曼一本正经地说：“马恩侯爵有三个头。每隔三百年，侯爵家就要生出一个三头人。没人敢走近被诅咒的房子，除了一队默默行走的帽商。他们是来送帽子的，但是——”他的声音一下子变得阴森恐怖，“我的朋友们，那些帽子的形状都不是人戴的。”

美国女人皱着眉头，讨厌地看了他一眼，好像他的声音真把她给吓住了。

“我讨厌你的恐怖玩笑。”她说，“希望你别再这样。”

“遵命。”演员回答说，“您也不准我说明原因吗？”

她回答道：“原因是，他不是无人知晓的贵族，我就知道他。至少，三十年前，当我们都还年轻的时候，他在华盛顿的英国使馆工作，我跟他相当熟。他没戴面具，至少和我在一起时没戴。他不是麻风病人，他只有一个脑袋和一颗心，一颗破碎的心。”

“肯定又是一个不幸的爱情故事。”柯克斯本说，“不过，我的《流星》仍然可以用它。”她沉思了一会儿，说：“你们总以为，男人的心都是给女人弄碎的。这真是对我们女人的极大恭维，世间还有许多珍贵的感情。你们难道没读过《悼念》吗？难道没听说过大卫和乔纳森吗？使马恩心碎的是他弟弟的死。那是他表弟，同他一块儿长大，俩人比亲兄弟还亲。我认识马恩侯爵时，他还叫詹姆斯·梅尔，年龄稍长，总把他表弟莫里斯·梅尔当神一样崇拜。在他眼里，莫里斯·梅尔就简直是个奇才。不过，詹姆斯其实也毫不逊色，他在政界干得很不错。可是，假如莫里斯愿意，他同样能取得詹姆斯那种成绩。除此之外，莫里斯还是出色的艺术家、业余演员、音乐家等等。詹姆斯长得很帅，高高的个子，强壮、热情，高鼻梁。他把浓密的连鬓胡子梳理成维多利亚时代的流行样式，现代的年轻人见了，一定觉得很古怪。而莫里斯的脸却刮得干干净净。从照片上看，他打扮得像个男高音歌手，非常英俊。詹姆斯老是问我，说他朋友难道不是个奇才吗，难道会没有姑娘爱他吗，等等。到后来，我对他的问题都感到厌烦了。可有一天，一切都成了悲剧。他的整个生命就是为这偶像而活的，而这偶像却像瓷娃娃一样在一天突然倒下，彻底破碎了。在海边着凉，使一切都完了。”

小伙子问：“从那以后，他就这样把自己封闭起来了吗？”

“开始，他躲到了国外，”她回答道，“在亚洲，在加勒比岛，还有天晓得什么地方。致命打击对不同的人有不同的影响。对于他，就是把自己与一切，甚至传统和所有的记忆，彻底斩断。对往事哪怕是稍稍有点触及，一张照片、一段旧事，甚至是一个旧友，都会使他受不了。他甚至不能为他举办一个像样的葬礼。他渴望逃离。他在海外待了十年。我听说，他后来有了一些好转，可一回到老家，又旧病复发，得了严重的忧郁症，可以说是完全疯了。”

“有人说，神父们控制了他。”老将军嘀咕道，“我知道，他曾拿出几千镑来建一个修道院，自己也像个修道士或者说像隐士一样生活。真不明白，那样有啥好处。”

“可怕的迷信。”柯克斯本愤愤地说，“应该把这种事曝光出去。瞧，这儿有个人，也许在帝国和世上会大有作为，可那些吸血鬼却控制了他，吸干了他的血。我敢打赌，依照他们毫无人性的观点，是不会让他结婚的。”

女人说道：“他从未结过婚。我认识他时，他实际上已经订婚。我看这对他无关紧要。当一切烟消云散时，他的婚事也不了了之。像汉姆雷特和奥菲莉亚一样他抓不住生命，当然也就抓不住爱情。我认识那姑娘，实际上，我现在还跟她有来往。请不要说出去，她叫奥维拉·葛雷荪，老海军上将的女儿，她也至今未嫁。”

“真丢脸，太不像话了。”约翰爵士跳起身来大声说道，“这不仅仅是场悲剧，这简直是在犯罪。在二十世纪的今天居然还有这等荒谬的事情，我有责任要让世人知道。”

由于说得太激动，他几乎把自己呛住了。过了一阵，老将军开口说道：“噢，我可不敢说对那些事很了解。可我看那些神父应该懂得一句话——让死去的人死去吧。”

“可是，不幸得很，这件事就是这样的。”将军夫人叹口气说，“这就像个恐怖故事，死人一遍又一遍不停地掩埋着另一个死人。”

“暴雨好像放过我们了。”罗曼说道，他的脸上露出一种难以捉摸的笑容，“你们用不着去那幢房子了。”

将军夫人忽然一惊，大声说：“噢，我可再也不去了。”

马罗看着她大声问：“再也不去了？难道您以前去过？”

“嗯，我去过一次。”她不无自豪地说，“可我们不用再去了。现在雨还没下，咱们快上车去吧。”

他们一行朝汽车走去。马罗和将军走在后面，将军小声说道：“我不想让柯克斯本听到。既然你问，我就告诉你吧。在这件事上，我不会原谅马恩。不过，我看是那些修道士把他弄成这样的。我夫人是他在美国时的好友。她到他家时，他正在园子里散步。他像修道士一样用一块头巾把脸遮住，然后看着地上。看上去他就像戴了块古怪的面罩。她已经递上了自己的名片，正好就站在他走的小路上。他连话都没说一句，甚至连看都没看她一眼，就这么走过去，好像她是块石头。他简直不是个人，而是一架可怕的机器，我夫人称他为死人。”

“这太奇怪了。”小伙子一脸不解的样子，“这跟我想的一点都不一样。”

小伙子马罗从那沉闷扫兴的野餐回来后，就开始考虑要去找一个人。他不认识什么修道士，可他认识一位神父。他很想把那天下午听到的事情讲给他听听。他想，神父一定会乐意去揭开马恩家那件，就像下午笼罩在他家房子上的乌云似的神秘外衣。

跑了许多地方以后，终于在一个有着一大家子人的罗马天主教教友家里找到布朗神父。他很快走进屋子，发现布朗神父正坐在地板上，神情专注地把一顶帽子往一只玩具熊上戴，而这顶帽子是属于一个洋娃娃的，长的花里胡哨的样子。

马罗觉得时机有点不太适合，但满腹的疑问使他不想再拖。他摆脱了下意识里的犹豫不决，一股脑说出了从将军夫人那里听来的马恩家的悲剧，还有将军和报业大亨的评价。听到报业大亨时神父一下子警觉起来。

布朗神父不在乎自己的姿势是不是好笑也不知道自己此时此刻是什么姿势。他仍旧坐在地板上，他的大脑袋和短腿使他看上去就像是一个孩子在玩玩具。他的灰色眼睛里流露出一种神情，在漫漫一千九百多年的历史长河中，许多人的眼里都有这种神情。只不过那些人不是坐在地板上，而是坐在国会的议席上，坐在教会大会的席位上，或者是坐在主教和红衣主教的宝座上。这是一种深远、谨慎的眼神，这种深远、焦虑的眼神只有掌着圣伯多禄大船的舵，穿过千里风浪的人才会有，由于深感责任重大而显得极为沉重。

“你把这些告诉我，真是太好啦。”布朗说，“非常感激，我们可以做点什么。如果只有你和将军这类人知道这件事，我会以为这是私人的事，不想去管。可如果约翰·柯克斯本爵士想利用这件事在他的报纸上大做文章——呵，他可真是多伦多的奥朗日人，我就绝不能袖手旁观。”

“可是，你是怎样看待这件事的呢？”马罗急切地问。

布朗神父说：“首先我要说的是，如你所说，这听起来不像人的生活。为了争论起见，假设，我们都是割舍了一切人间欢乐的悲观厌世者。再假设，我就是一个悲观厌世者。”他用玩具熊碰碰鼻子，突然意识到有点不像样，就把它放下，说：“假设我们割舍了所有人间、家庭的亲情。可当一个古老家族的成员想要摆脱一切时，我们干嘛要去干涉他呢？我们既不要指责这种厌世的态度，也不要去鼓吹这种心情。我看，再多虔诚的教徒也不会如此偏执。宗教不应该增添人们悲观厌世的情绪，而应该给他们一线希望。”

过了一阵，他又说道：“我想和你的那位将军谈谈。”

“是他夫人告诉我这些的。”马罗说。

“我知道。”神父说，“可我更想听听她还没告诉你的那些。”

“你以为将军知道得更多吗？”

“对。”布朗神父口答说，“你说过，他曾说他除了对他夫人的粗鲁外，其他一切都可原谅。那么，什么又是他原谅的呢？”

布朗神父理了理皱巴巴的衣服站起身来。他板着脸，古怪地看着小伙子。接着，他拿起雨伞和帽子，笨手笨脚地走了几条街，穿过了几个广场，最后，来到西区的一幢很体面的老房子前。他向仆人询问，能否见见奥特兰将军。经过一番交涉，他被领进一间书房。这里的书还没有地图和地球仪多。秃顶、留着黑胡子的盎格鲁，抽着一根细长的黑雪茄，还在图表上玩着别针，静静地坐在那儿。

“我这样闯入，实在是冒昧。”神父说，“更有甚者，我忍不住要插手别人家的事了。我想跟您私下谈谈那件事，希望不要公开。不幸的是，有人却硬想把它公开。将军，约翰·柯克斯本爵士，您一定认识吧。”

将军脸上的黑髭须和连鬓胡好像一副面具，遮住了他的下半截脸，很难看出他的表情。不过，可以看出，他的棕色眼睛忽地一亮。

“谁都认识他。”他说，“我和他不过是泛泛之交。”

“那么，别人知道的，您肯定也知道。”布朗神父笑着说，“他想在某个时候把那件事刊登出来。您一定知道我的朋友马罗，他说约翰爵士想根据所谓神秘的马恩，写些伤人并有损宗教的叫‘修道士逼疯侯爵’之类的文章。”

将军回答说：“是他要写，您来我这儿有什么用？告诉您，我可是不折不扣的清教徒。”

“我喜欢不折不扣的清教徒。”布朗神父说，“我之所以来找您，是因为我相信，您一定会把事情的真相告诉我。我觉得约翰爵士不够稳重，希望您别觉得我对人太挑剔。”

将军的棕色眼睛再次闪出亮光，但没说话。

“将军，假如柯克斯本之类的人想在世界上传播有损您国家和荣誉的事，”布朗神父接着又说，“假如他说您的士兵临阵脱逃，您的下属卖国求荣，有什么能阻拦您站出来，用事实驳斥他呢？您难道不会不惜一切代价以正视听吗？我敢肯定那个损人的故事是虚构的，但我又不知道事实真相，我想找出真相，这有何不妥呢？”

那当兵的说不出一句话。神父继续说道：“我已经知道马罗昨天听到的了。我知道，马恩经历了兄弟之死，带着一颗破碎的心退隐人世。我敢肯定，事实远不止这些。我来拜访您，是想看看，您能否再给我多讲一点。”

将军直截了当地说：“不，我不会再讲什么的。”

布朗神父笑容可掬地说：“将军，如果我绕绕弯子，您又会骂我是耶稣会教士了。”

当兵的粗声粗气地笑了。然后更带敌意地咆哮着说：“我就是不说，你又能怎么着？”神父温和地答道：“如果这样，就只好让我来说说真相了。”

棕色眼睛看着神父，这回它们可没发亮。神父接着说道：“您没有一点儿同情心，逼着我说。很显然，这件事情后面还大有文章。侯爵这般忧郁、厌世，不单单是死了一个兄弟的缘故，肯定还另有原因。不知他是不是皈依了天主教。或者，他是在以善行来使良心得到安慰。不过，他肯定不单单是个心碎的伤心人。您太固执了，让我来告诉您使我这样想的理由吧。”

“首先，据说詹姆斯·梅尔已经订婚。可当莫里斯·梅尔死后，不知怎么搞的，他又解除了婚约。身为贵族，仅仅因为一个第三者的死而感到悲痛就解除自己的婚约，这合适吗？他应该从婚姻里找些慰藉，这才合乎情理。无论怎样，他应该经得起这种打击，这才体面。”将军咬着自己的黑髭须，他那双棕色眼睛的神情变得很关注，可他仍旧不开腔，甚至有点紧张。

布朗神父对着桌子，皱了皱眉说道：“第二，詹姆斯·梅尔老是问他的女友，说难道莫里斯没有魅力吗，难道女人不会倾心于他吗？不知道这种问题对那女友是否还有一层意思。”将军站起身，开始在房间里踱来踱去。

“呵，见鬼。”他说，不过，语气里已无恶意。

“第三，”神父又说，“詹姆斯·梅尔悲痛欲绝——他毁掉了一切遗物，遮住了所有的画像，等等。我承认，人们有时确实如此，以表达自己深深的哀痛之情。但是，他这样做，也许还另有用意。”

“去你的吧。”将军说，“你还要说些什么？”

“第四、第五点是总结，”神父平静地说，“尤其当您把它们联系起来看。第一，莫里斯·梅尔作为一个世家子弟，却没有一个像样的葬礼。他肯定是被草草掩埋，或是悄悄掩埋的。最后一点是詹姆斯·梅尔的出走。”

神父继续用同样平静的口吻说道：“所以，如果您想诬蔑我的信仰以此来美化所谓纯洁的兄弟之情，似乎有点——”

“别说啦。”奥特兰斩钉截铁地叫道，“我必须把真相告诉你，要不，你还要往坏处想。告诉你吧，那是一场决斗。”

“噢，”布朗神父像是舒了口气。

“那场决斗可能是英国的最后一场决斗，已经过去许多年了。”将军说。

“这就对啦，”布朗神父说，“感谢天主，这就对啦。”

“比你的想象体面多了。”将军粗鲁地说，“好吧，就算你对这种纯洁、绝对的兄弟之情不以为然，嗤之以鼻，可它是真的。詹姆斯·梅尔真的很爱他叔伯弟弟，他俩就像亲兄弟一样一起长大。当哥哥姐姐的有时就是很喜欢他们的弟弟妹妹，尤其当他们还是小不点儿的时候。詹姆斯·梅尔性格单纯，即便是恨，在他身上也会显得无私。我的意思是说，当他的柔情变为怒火，这种怒火也是客观的就事论事，他自己也没意识到。但可怜的莫里斯·梅尔却是另一种人。他为人友好，很有人缘。但他处处得意却让他身处险境。在体育、艺术等各个方面他都得心应手，总是赢家，并能泰然处之。但是，如果他偶尔有不如人的时候，他那嫉妒之心就开始显露出来。我不用再说，对他叔伯哥哥的定婚他是如何醋意满腹，出于虚荣，他总是不断地使坏。詹姆斯·梅尔有一个体育项目，大家一致公认比他强，那就是射击，这就是悲剧的起因。”

“你是说，悲剧始于悲剧的幸存者。”神父说，“我以为，无须需要修道士来唤起他的痛苦。”

“我看他根本用不着如此悲痛。”将军说，“我说过，那是场可怕的悲剧，但毕竟，那是场面对面的公平决斗，而且是由詹姆斯提出的。”

“你怎么知道？”神父问。

将军呆呆地说：“因为是我亲眼所见，所以我知道。我是詹姆斯·梅尔的助手，我亲眼看见莫里斯被射倒在沙滩上。”

“希望您讲详细点。”布朗神父若有所思地说，“那么，谁又是莫里斯的助手呢？”

“他的后台更体面。”将军一本正经地说，“雨果·罗曼，那位大明星，你认识的，是他的证人。莫里斯迷恋表演艺术，那时他才崭露头角，正在拼命奋斗。他竭力给罗曼捧场，给他提供经济资助。作为回报，他跟他学习表演，作为自己的一项业余爱好。我猜，罗曼当时实际上要靠着这位有钱的朋友，虽然他现在比哪位贵族都有钱。所以，他出面当证人并不能表明他对这场决斗的真实想法。他们以英国方式决斗，每人只有一位证人。当时我想，至少应该要有一位外科大夫到场。可莫里斯不干，他说知道的人越少越好。如果真的需要，到时候再去请。‘在不到半里外的村子里，有位大夫。’他说，‘我认识他。他有一匹本地跑得最快的好马。我们可以把他找来，可目前还没必要。’你看，我们都明白，莫里斯是在冒险，因为射击不是他的强项。他说不要大夫，谁也不会去勉强。决斗是在苏格兰东海岸的一片沙滩上进行的。决斗的场面和声音被一排长满野草的沙丘和一小块像高尔夫球场的场地挡住，虽然那时还没有英国人知道高尔夫球，村子里不会听到也不会看到。那排沙丘有一处深深的沙弯经过这里，我们来到沙滩上。一切仿佛又回到我眼前，我先看见一片宽阔的深黄色，然后是一条稍窄的跟死者流下的鲜血一般的深红色。

一切发生得太快了，像一阵龙卷风刮过。随着一声枪响，莫里斯·梅尔陀螺般旋转了两下，就像九柱戏里的木桩一样扑倒在地。奇怪得很，我那时一直在为他担心，可当他一死，我倒对杀害他的凶手同情起来，直到此时此刻。我知道，我朋友的情感钟摆从此将停止摆动。无论别人怎样找些理由来原谅他，可他永远永远也不原谅自己。不知怎么搞的，一直浮现在我脑海，我永远不会忘记的，不是硝烟和枪声，也不是那倒下的躯体，这些早已是过雨烟云。我当时看见并永远留在脑海的，是可怜的吉姆奔向倒下的朋友的样子。他脸色煞白，棕色胡子显得发黑，大海映衬着他鲜明的面部轮廓，他疯狂地朝我打着手势，让我赶快到沙丘后的村子去找大夫。奔跑之中，他早已把枪扔下，另一只手拿着手套边跑边做出呼叫的手势。这就是我永久记忆中的画面：一排长长的沙丘、大海、像石头一样躺着的死者以及身着黑色服装的证人。证人神情严肃，纹丝不动地站在地平线上。”

“罗曼站着纹丝不动？”神父问，“我想他该跑得更快。”

“也许在我离开后吧。”将军回答说，“这是我的瞬间印象。接着，我就消失在沙丘之中，他们再也看不见我。呵，可怜的莫里斯真地选了个好大夫。虽然他来迟了点儿，可还是比我希望的要快些。这位乡村大夫是个怪人，红头发，坏脾气，但行动果断、敏捷。只见他翻身上马，一溜烟就朝事发现场奔去，把我远远地甩在后面。就在那一刻，我突然对他这个人抱着很大希望，我希望决斗开始前就该把他叫来，因为我相信，他一定会设法阻止这场决斗的。他以极快的速度穿过那片沙丘，在我靠着两腿回到海边之前，他已很快把一切处理停当。暂时将尸体埋在沙丘上，说服伤心的凶手赶快去逃命——这是凶手唯一能做的。他沿着海岸，逃到一个港口，然后又设法逃出国去。其他的你都知道了。可怜的吉姆在海外呆了多年。这件事被渐渐淡忘后，他回到使他伤心的城堡，自然而然地继承了爵位。从那天起至今，我一直没有见过他。可我知道，在他内心深处，用红字深深刻着什么。”

“我明白。”布朗神父说，“有人曾设法去见他，是吗？”

“内人一直在努力。”将军说，“她不甘心让一个人就这么与世隔绝。坦白地说，我是赞同她的。八十年前，人们把这类事情看得很正常。杀个人而已，又不是谋杀。内人与那位不幸的小姐是密友，她是这场争斗的起因。内人以为，只要吉姆肯见维奥拉·葛雷荪一面，相信她已既往不咎，这或许能使他恢复常态。明天，内人要召集大伙一起商量此事。她的精力实在充沛。”

布朗神父玩弄着放在将军地图旁边的别针，好像心不在焉的样子。他的头脑十分敏锐，当实实在在的武夫被表面现象蒙蔽时，他已看透了事情的阴险实质。他看见了沙滩上的深红色，这是屠宰场的颜色，他看见倒在地上的死者，还有弯腰跑着的凶手，他正极其懊悔地用手套打着手势。神父老是想着第三个人，但无论怎么想，他都觉得不合情理。死者的证人纹丝不动地站着，就像海边的一座雕塑，这真太奇怪啦。在神父看来，那僵硬的身影就像一个巨大的问号，别人可能不觉得有什么。

按理说，作为一个助手，自然应该有反应，更不用说他和死者还是朋友。为什么罗曼会纹丝不动？即便他耍两面派或是有更隐秘的动机，但也该做做样子呵。无论如何，事情发生后，他这个助手应该自然而然地在另一个助手离开前有所行动。

“这个罗曼的动作是不是很慢？”他问。

“真奇怪，你会问这么个问题。”奥特兰不满地看了一眼神父说道，“实际上，他要是真想动的话，他会动得很快的。今天下午打雷的时候，我见他也像那样纹丝不动，我就感到奇怪。他披着有银色链钩的披风，一手叉腰，跟他多年前站在血染的沙滩上一模一样。闪电把我们的眼睛都弄花了，可他连眼都不眨一下。当周围又暗下来后，他还站在那儿。”

“我看他现在不会还站在那儿吧？”布朗神父问，“我是说，他总有动的时候吧？”

“当然，当雷声大作时，他动得特别快。”将军说，“他好像在等它，因为他告诉我们，说闪电和雷声之间相隔——你怎么啦？”

“您的别针把我刺了一下。”神父说，“希望它没坏。”说完，他就闭上了眼睛和嘴巴。

“你病了吗？”将军看着他，问道。

“没有。”神父回答，“只是我没有您的朋友罗曼那么洒脱。打闪电的时候，我会不由自主地眨眼睛。”

他转过身去拿自己的帽子和伞。走到门口，他好像又记起什么，转回来，走近奥特兰，抓住他的外衣襟，用死鱼般的眼珠盯住他，几乎是耳语地对他说：“将军，看在天主份上，别让您夫人和那女人再坚持去见马恩。就让熟睡的人躺着吧，否则，您会放开地狱里所有的人。”

将军重又独自坐下来，玩着别针。他的棕色眼睛里是一片迷惑。将军夫人招集了几个富有同情心的人，准备到城堡去找那位厌世者。可当他们在实施这一善意的计划时，遇到的事情却使他们大惑不解。首先让他们惊讶的是，旧悲剧里的一个角色莫名其妙地缺席。当他们如约聚在城堡附近一个冷清的酒店时，却不见雨果·罗曼的踪迹。后来，从他律师那里发来的一封被延误了的电报说，大明星突然出国了。其次，当他们准备进攻城堡，传话进去，紧急求见城堡主人时，从那扇阴森的大门出来，代表主人接见他们的人又使他们吃惊不小。他们觉得，这个人与阴森森的城堡和古老的礼仪一点都不相衬。那不是什么庄重的男仆式管家，也不是神气十足的总管，更不是身材高大的门卫，而是又矮又寒酸的布朗神父。

“看你们，”他用简短，令人讨厌的口吻说，“我说过别管他。他知道自己在做什么，这只会使大家不愉快。”

奥特兰夫人轻蔑地，冷眼看了看这小个子神父。她身旁站着一位身材修长、衣着素静、风韵犹存的女人。想必她就是当年的葛雷荪小姐了。

将军夫人说道：“说真的，先生，这是别人家的私事儿，我不懂，你跟它会有什么联系。”

“请相信，神父与别人家的私事儿都沾点边。”约翰·柯克斯本爵士大声武气地说，“你们还不知道吗？他们藏在幕后，就像老鼠躲在护墙板里，偷偷溜进别人的房间。瞧吧，他已经控制了可怜的马恩。”他有些生气了，因为他的贵族朋友刚刚说服他，不要对外宣扬此事，条件是让他彻底了解这个贵族社会的秘密。他从来不问问自己，谁才是护墙板后面的老鼠。

“呵，那么好吧。”布朗神父不安地说，“我已经跟侯爵谈过，他只跟我这么一个神父有联系。他的宗教信仰被你们渲染过分了。我说，他很正常，我请求你们别再管他。”

“你是说，就让他这么愁眉苦脸，了此一生？”奥特兰夫人声音有些发抖，她大声说道，“仅仅因为他在二十五年前的决斗中不幸开枪射中了一个人吗？这就是你所谓的基督的慈悲吗？”

“对，”神父冷冷地回答，“这就是我所谓的基督的慈悲。”

“这就是你们从那些神父那里得到的慈悲，”柯克斯本尖刻地说，“他们就是这样来宽恕那些干了蠢事的人的，把他活活关起来，让他节食，修炼，用地狱之火威胁他，直到他死去，仅仅就因为那颗子弹偏了点。”

奥特兰将军也说：“布朗神父，说实话，您真的认为他罪有应得吗？这就是您的慈悲吗？”

将军夫人温柔地辩解说：“真正的慈悲，应该是理解一切，宽恕一切，能记住也能忘却的博爱。”

小伙子马罗也认真地说：“布朗神父，我基本同意你的观点。可在这点上，我死也不会同意你。决斗中的一枪，并非罪大恶极，何况他已经懊悔不已。”

“我承认，”布朗神父说，“他的过错比你们想的更严重。”

“让天主去软化你的铁石心肠吧。”陌生女人第一次开口说，“我要同我的老朋友说话。”

她的声音好像惊醒了那幢灰色大房子里的幽灵。房间里传来一阵走动的声音，随后，一个身影出现在高高的石头台阶上面的黑洞洞的门口。他穿着深黑色的衣服，灰白头发显得有点野性，苍白的面容像是大理石雕像的残骸。奥维拉·葛里荪开始冷静地沿着石阶往上走。奥特兰从他那厚厚的黑髭须后面嘀咕道：“他不会像对我妻子一样冷落她吧！”

布朗神父无可奈何地抬头望了望石阶上的人。

“可怜的马恩很清醒，”他说，“我们就放过他吧。至少，他从未冷落过您夫人。”

“你这是什么意思？”

“他根本就不认识她。”布朗神父说。

在他们说话的时候，那位高挑的女子已走上最后一级台阶，与马恩侯爵面对面站着。他的嘴唇动了一下，可还没来得及说，事情就发生了。

一声尖叫从空中划过，在空荡的墙上回荡。那女人快速而痛苦地发出的这声尖叫，应该是很模糊的。但是，它却十分清晰，每个人都听得一清二楚。

“莫里斯！”

“怎么啦，亲爱的？”奥特兰夫人叫着，也爬上台阶，因为那女人正在摇晃，就要倒下来。她转过脸，弯着腰，蜷成一团，颤抖着走下台阶。“呵，天啊，”她说，“呵，天啊，那不是吉姆，那是莫里斯。”

“奥特兰夫人，”神父认真地说，“我看您最好还是带着您的朋友走吧。”

他们刚一转身，有个声音像块石头一样从台阶上滚落下来。它好像来自坟墓，粗哑，不自然，像是在荒岛上长期与鸟为伍的人发出的。那是马恩侯爵的声音。他说：“请稍等一下。布朗神父，在您朋友走之前，我请您把真相告诉他们。不管会带来什么后果，我不想再隐瞒了。”

“对，”神父说，“您说得对。”

布朗神父对着那几个满脸疑惑的人平静地说：“他已授权我讲出真相。可我不想按他的讲，我要自己推理。瞧，一开始，我就知道，所谓修道士的摧残都是小说里的胡话。在某些时候，我们也许会劝导一个人定期到修道院去忏悔什么的，但并不会逼他把自己关在一个中世纪的古堡里。同样，我们也不会逼他穿修道士的衣服，因为他根本就不是修道士。我想，也许是他自己乐意穿这种样式的服装，以此把自己遮蔽起来。我听说他是个伤心人，还听说他曾是凶手。这时，我开始怀疑，他把自己藏起来的真正原因并非他是个什么样的人，而是他到底是谁。”

“接着，将军生动地为我描述了那场决斗。我印象最深的，是站在后面的罗曼先生。非常生动，因为他是站在后面的。为什么将军将死者留在沙滩上时，他却站在几码之外，像石头一样纹丝不动？后来我知道，罗曼在等待什么发生时，有个奇怪的习惯。他会纹丝不动，正如他在闪电后等待雷声来临一样。你们看，这个习惯把一切都暴露了。雨果·罗曼当时正等待着什么。”

“一切都结束了，”将军说，“他还要等什么？”

“他在等待决斗。”布朗神父说。

“可我告诉你了，我亲眼看见的决斗。”将军提高嗓门说。

“我说，你根本没看到决斗。”神父说。

“你疯了吗？”将军问，“你以为我是瞎子？”

“因为你被蒙蔽了——所以你没看到。”神父说，“你是个好人，天主原谅你的无知。他把你引开，在你面前设置了一道沙墙，让你看不到那可怕的红色沙滩上发生的事，然后任凭自己由他摆布。”

“快说下去。”将军夫人喘着气，不耐烦地说。

“我会的。”神父说，“我还听说，演员罗曼一直在教莫里斯学表演。我以前有过一个学表演的朋友，他给我讲过他们第一周的训练内容，非常有意思。他要练习如何倒地，怎样一下子倒地，就像真的死了似的。”

“上帝宽恕我们吧。”将军叫道，他抓住椅子扶手，像要站起来。

“阿门。”布朗神父说，“你说事情发生得很快。实际上，莫里斯早在子弹飞出前就倒下了，静静地等着。他那罪恶的朋友和导师也站在后面等着。”

“我们也正等着呢，”柯克斯本说，“我已经等不及了。”

“这时的詹姆斯·梅尔已经悲痛欲绝。他正飞奔过去扶起倒地的人。他早已像丢开脏物一样抛弃了手枪，而莫里斯的手枪却还在手里，而且已经上膛。就这样，当哥哥俯向弟弟，弟弟却用左手撑起身来，开枪穿透了哥哥的身躯。他知道自己的枪法不好，可那种距离是不会瞄歪心脏的。”

大家都站起身来，面色煞白。他们看着神父。

“你敢肯定吗？”约翰爵士终于小声问。

布朗神父说：“我敢肯定，现在，我就把莫里斯·梅尔，如今的马思侯爵，交到你们的慈悲下。刚才，你们给我讲了那么多关于基督慈悲的话。我看，它是那么博大。这个罪人有多么幸运呵，遇到你们这些如此宽容的人，你们能容忍一切人。”

“见鬼，”将军气愤地说，“如果你要容忍这么一个卑鄙阴险的家伙，告诉你，我不会为他说一句好话，让他下地狱吧。我说我可以容忍一个体面的决斗，但绝不容忍一个背信弃义的谋杀——”

“应该悄悄弄死他。”柯克斯本幸灾乐祸地说，“他应该像美国黑鬼一样被烧死。如果真有火刑，他肯定——”

“我讨厌他。”马罗说。

“人的慈悲是有限度的。”奥特兰夫人颤抖地说。

“是呵，”布朗神父说，“这就是人的慈悲和基督的慈悲之间的不同。请原谅，我不在乎你们刚才对我的蔑视，也不在乎你们要我容忍一切的说教。我看，你们只容忍那些你们心里并不承认的罪恶，只容忍那些你们心里并不承认的罪犯。你们只按你们的习惯来判断是非而已。你们能容忍一个习以为常的决斗，就像容忍早已司空见惯的离婚。你们的容忍不是真正的容忍。”

“可是，”马罗大声说，“你总不会要我们容忍这么卑鄙的小人吧？”

“不，我不会，”神父说，“但是，我们必须要能够容忍他。”

他快速站起身来，看了一眼他们几个人，说：“我们要和这种人接触，不要嫌弃他，而要祝福他。我们必须为他说话，以免他下地狱。当你们人间的慈悲抛弃他时，只有我们来拯救他于绝望之中。踏上你们的阳光之路，宽恕被你们称颂的罪孽，容忍你们接受的罪行吧；让我们留在黑夜里，安慰那些真正需要安慰的人吧，他们才干了真正不可饶恕的坏事，不但这个世界不能饶恕他们，就连他们自己也不能饶恕自己。只有神父亲饶恕他们。让我们来安慰真正罪恶的人吧，他们卑贱，令人厌恶，就像圣伯多禄听到鸡叫之前的心情，可黎明还是来了。”

“黎明，”马罗迟疑地说，“你是指他的希望？”

“是的。”神父说，“让我冒昧地问一句，你们都是高贵的先生、夫人，对自己很有把握，你们可以说，自己绝不会干那种卑鄙、肮脏的勾当。请回答我，假如你们当中有谁干了这种勾当，多年以后，当你们年事已高，过着富有、安稳的生活，你们能在良心的驱使下忏悔自己所干过的事情吗？你们也许会说，你们才不会干这种肮脏的勾当呢。可是，你们会忏悔吗？”

布朗神父也默默地回到忧郁的马恩城堡。人们站起来，三三两两，默默地走出了房间。

4. 带翅的匕首

曾经在一段时间里，布朗神父很难将帽子挂在帽钩上，因为他的手止不住地颤抖。这种毛病的起因却是一件复杂案子的一个细节。或许这个细节是他繁忙的一生中唯一能想起的整个案子。这件小事的原因可以追溯到十二月一个特别寒冷的早晨，当时警察局的法医博依恩博士派人来请这位神父。

博依恩博士是爱尔兰人，身材高大，皮肤浅黑，是那种到处都能找到的正在奋斗的爱尔兰人。他会面面俱到地讲述科学怀疑论、唯物主义、犬儒主义。除去他本国的传统宗教之外，他从未梦想过在任何方面提到宗教仪式。很难说清楚他的信仰是表面文章还是根深蒂固的信念。不过只要遇到有关这类问题时，他就会来请布朗神父。

“我知道，我不敢肯定是否需要您，我什么也不能肯定。我如果说得出这是一件医生或是警察或是神父的案子，我就不得好死。” 这是他的欢迎词。

布朗神父说，“哎，我想你既是医生又是警察，我似乎是那少数派。”

医生说：“我承认您是政客们所说的负有特殊使命的少数派，我是说，您不仅干自己的本行，也为我们这一行干过一点事。但是很难说这件事是您的本行，或是我们的本行，或是精神病院长的本行。我们刚接到住在附近山上那所白房子里的房主带来的信，他因为害怕被谋杀而请求保护。也许最好把经过从头给你讲一下，因为据说这事是要发生的。

“在英格兰西部，有一个富有的地主名叫艾尔墨。他结婚很迟，后来生了三个儿子，他们是飞利浦，斯蒂芬和阿诺德。而在他单身的日子里，由于想到会断子绝孙，他收了一个养子，叫约翰·斯特雷克。在他看来，这男孩聪明绝顶，前途无量。斯特雷克来历不明，有人说他是弃婴，有人说他是吉普塞人。后一种说法与艾尔墨晚年沉迷于各种神秘事物有关。他的三个儿子说，斯特雷克在这方面起了推波助澜的作用。三个儿子还说了许多别的事情。他们说斯特雷克是个令人震惊的恶棍，还是个特别喜欢撒谎的人。他是个随时随地都可以编造谎言的天才。他讲的谎话甚至可以骗过侦探。但从所发生的事情来看，这很可能是偏见。或许你多多少少可以想象出发生的事情。老人几乎把他的一切都留给了这个养子。他去世之后，亲生儿子对遗嘱提出诉讼。他们说，父亲是遭到恐吓才放弃财产的。说的隐讳一点，老人已经被恐吓得语无伦次，像个白痴。他们说斯特雷克有最奇特最狡猾的办法接近老人。尽管有护士和家人守着他，但是斯特雷克还是能在病床前恐吓他。于是法院宣布遗嘱无效，全部遗产归亲生儿子所有。因为他们好像找到了什么证据能证明老人的精神状态确实有问题。据说，斯特雷克以最可怕的方式破口大骂，并且发誓要把三兄弟统统杀掉，还说没有人能逃过他的手心。现在轮到第三个了，也是最后一个。阿诺德·艾尔墨要求警察局保护他。”

神父严肃地看着他：“第三个？最后一个？”

博依恩说：“对，前面两个已经死了。”

他沉默一会儿又说：“这就是令人怀疑之处，没有证据可以证明他们是被谋杀的，可是又很有可能。老大接替了父亲乡绅的地位，据说是在自己的花园里开枪自杀的。老二是制造商，在自己的工厂里，头撞在机器上死的。他可能是踩虚了脚，跌倒在机器上撞死的。如果说他们两个是被斯特雷克杀害的，那么斯特雷克还照常上班，真是狡猾透顶。从另一方面来看，整个情况更像是个巧合。我所需要的是，找一个有判断力而不是法官的人，去和这位阿诺德·艾尔墨先生谈谈，提出对他的印象。您知道一个骗人的人是什么样，一个说实话的人又是什么样。在我们把这件事接下来之前，我需要您先去摸摸底。”

布朗神父说：“看来似乎奇怪，你直到现在竟然还没有把这件事接下来。如果事情真的是这样，那现在正是进行谋杀的好机会。他有什么特殊理由在这个时候而不是其他时候来找你？”

博依恩说：“您可以想得到，这我也想过，他说出了理由。但我承认，这件事使我感到奇怪，这是不是弱智怪人的怪念头？他声称他所有仆人都突然罢工离去，他不得不请求警方守卫他的房子。在询问中，我发现山上那幢房子里的所有仆人集体出走了。当然小镇上流传着许多故事，我敢说这些故事都是很片面的。根据仆人描述的情况来看，他们的主人烦躁不安，恐惧万分，而且对他们吹毛求疵，简直让人受不了。他要求仆人像哨兵和医院的值班护士一样熬更守夜地守护这房子，陪伴着他。而仆人们异口同声地说‘他是个疯子’。然后就走了。当然这还不足以证明他就是个疯子。”

“目前看来，一个主人要他的男仆和客厅女侍扮演武装警卫，这好像很离奇古怪。”神父面带微笑说：“因为他的客厅女侍不愿扮演警卫的角色，所以他要警察来扮演客厅女侍。”法医说：“我也认为那很愚蠢，找不到折衷办法之前，我不能承担断然拒绝的责任，而您就是我的折衷办法。”

“好极了，如果你愿意，我现在就去拜访他。”布朗神父爽快地接收了请求。

小镇周围，包括连绵起伏的乡村，都笼罩在一片白霜之中，天空象钢铁一样发出寒光。山上那幢房子在阴暗不详的色彩的衬托下，展现出一派灰色的轮廓。一条曲折蜿蜒的山路穿过山下起伏的地面，一头扎进黑漆漆的灌木丛中，直通往山上。在要到达灌木林的时候，空气似乎变得越来越冷，仿佛在接近北极的冰屋。神父是一个非常务实的人，对幻想从来不报什么兴趣。他只是抬抬眼，望着那房顶上飘浮的白云，欢快地说：“要下雪了。”

他穿过一扇低矮的铁门，铁门是按意大利风格装饰的。进入花园，感觉有点荒凉，这荒凉是由原本秩序井然而今变得杂乱不堪的环境造成的。深绿色的草木披着霜斑变成了灰色，大量的杂草围着花坛，好像破烂的栅栏。房子好像耸立在一片低矮的灌木丛中。说不上郁郁葱葱，倒好像北极的丛林。房子在北海的风雨侵蚀下变得破旧不堪，但建筑结构很别致，带有柱廊，正面是古典式装饰。

布朗神父沿着杂草丛生的阶梯来到侧面的门廊，敲了敲门。约几分钟后没见动静，他又敲了敲，然后在门边静静地等着。天空渐渐变暗，一大片乌云从北方飞驰而来，瞬间遮暗了一切。暮色中的柱子在布朗神父的头顶显得又大又黑。灰暗的天幕带着淡彩色的边缘，好像就要下沉到花园上，越来越低，直到落日余晖逐渐消失。周围鸦雀无声，布朗神父一直在等待着。然后他迈着轻快的步子往下走，转过房子寻找另一个入口。

他终于找到了围墙上的侧门，并用力敲了几下。见没动静，又试了试门把手，发现门栓得牢牢的。神父只好又沿着房子往前走，仔细考虑可能发生的情况，不知是否这古怪的艾尔墨先生把自己关在了屋子里，以免听到别人的招呼声。也许他无根据地认为，无论什么人来，都是斯特雷克复仇的前奏。也可能是仆人秘密逃走时只开了一道门，然后主人就把门给锁上了。

无论艾尔墨对仆人做过什么，在当时那种情绪下，仆人不大可能仔细地替他做好防卫工作。神父继续在附近搜寻，过了一会儿，便发现了自己正在找的东西。几分钟后他来到一扇落地窗前，窗户开着一条缝，一定是谁忘记关上了。于是他来到一间中央屋子里，屋子是用古老的方式装饰的，看上去很舒适。厅的一侧有通向上层的楼梯，另一侧有门通向外边，对面还有一扇红玻璃门。从近代人的风尚来看，这种装饰是华而不实的。看上去像是用廉价彩色玻璃镶嵌的大红袍人像。右边圆桌上还有一个鱼缸，鱼在装有碧蓝色水的缸里游来游去，像在池塘里一样自在。鱼缸对面有棵茂盛的棕榈树。这一切看上去是那么枯燥单调，具有早期维多利亚时代风格。让人多少感觉有些不自然的是，在帷幔的一侧壁角却安置了一部电话机。

“谁在那里？”从染色的玻璃门后传来凝重的发问声。

“我能见见艾尔墨先生吗？”神父抱歉地问。

一位先生开了门，身穿着孔雀绿晨衣，面带审视的神色，头发蓬乱，参差不齐，好像还没睡醒。而从他的眼神来看，人不但是清醒的，而且还处于警觉的状态。布朗神父知道，当一个人笼罩在错觉或危险的阴影下，很可能有这种矛盾的表现。从侧面看，他有一张鹰一样的脸。但从正面看，就连那稀疏的棕色胡须也是乱糟糟的，给人的第一印象就是拖沓、懒散。

他说：“我是艾尔墨，我可没指望有客人来。”

艾尔墨先生那不宁静的眼神促使神父开门见山地说话。如果这个人只是受到一种偏执狂的影响，那他就不会这么愤恨。

布朗神父轻轻地说：“我还在想，您是不是真的从来不希望有人来拜访您？”

“你说对了。”他镇定地说，“我一直在等一位客人，他可能是最后一位客人。”

“我希望不是这样。”布朗神父说，“但我推断，至少我还不大像他，这使我大大地松了一口气。”

艾尔墨先生摇摇头，狞笑着说：“您，当然不像。”

布朗神父直截了当地说：“艾尔墨先生，我对自己的行动感到抱歉，可我的朋友给我讲述了您目前的处境，还请我来看看是否能为您做点什么。实际上，我对处理这种事情是有经验的。”

“根本都没有过这类事情。”艾尔墨说。

布朗神父说：“您的意思是说，您这个不幸家族的悲剧是不正常死亡？”

“是的，这不光是不正常死亡，还是非同寻常的谋杀案。那个要把我们全部杀死的人是地狱之犬，他的能力来自地狱。”

“所有的邪恶都来自一个根源。”神父沙哑地说，“但是您怎么知道这是非同寻常的谋杀案？”

艾尔墨先生向客人打了个手势，示意客人坐到椅子上。然后自己慢慢坐到另一把椅子上。他皱着眉头，双手搭在膝盖上。而当他抬起头时，表情显得比刚才要温和些，显的更体贴一些。

他说：“先生，我不希望你把我想成蛮不讲理的人，我是通过理智得出这个结论的。

由于我父亲具有这些晦涩难懂的书的全部知识，我买了大量有关这些问题的书。而我是这方面的唯一继承人，我还继承了他的图书馆。但是我要对您讲的，不是根据我读过的书，而是我的亲眼目睹。”

布朗神父点点头，那人又继续讲下去，好像在斟酌词语。

“就拿我大哥那件事来说吧，最初我不能肯定，在我大哥被枪杀的地方没有发现任何痕迹和脚印，而且手枪在他旁边。但当时他刚刚收到一封恐吓信，肯定是从我们的仇敌那里来的。信上有一个记号，像是一把带翅膀的匕首。这是凶手充满邪恶的把戏之一。”

一个女仆说，“在黄昏时候看到有什么东西沿着花园的围墙移动，那东西很大，不可能是一只猫。事情就是这样。我想说，如果凶手要来，他就会想方设法不留痕迹。可是，当我二哥斯帝芬死的时候，情况就不一样了。从那个时候起，我就什么都知道了。在工厂的一个塔楼下面，一台机器转个不停，旁边有一副脚手架，我二哥倒在撞击他的铁锤下面之后不久，我就爬到平台上去了，结果并没有发现有别的东西可以打到他的头。不过我看到了我要看的东西。”

“在我和塔楼之间，工厂的烟幕滚滚而来。我从塔楼的一条缝中看到，一个黑色的人影披着一件像是黑斗篷的东西。硫磺色的烟雾弥漫在我和塔楼之间，当烟雾散开之后，我抬头看看远处的烟囱，那儿并没有人。我是一个神志清醒的人，我要问你们这些神志清醒的人，在那令人头晕目眩，无法攀登的塔楼上，怎么会出现黑人影呢？他又是怎么离开的呢？”　　他目不转睛地看着这位貌似狮身人面象的神父，沉默片刻后突然说：“我二哥的脑浆都被打出来了，而尸体上又没有多少伤痕。后来我们发现了一封警告信，就在他的口袋里。

日期是出事的前一天，上面印有带翅膀的匕首的标志。”

他接着说，语气很严重，“那个带翅膀的匕首不是随心所欲画上的，更不是偶然留下的。对于那个令人生厌的凶手来说，没什么是偶然随意的事，虽说那是阴险恶毒的图象。他的脑筋不仅包含着精密的策划，而且还有各种标志和暗语，无声的信号和没有文字的图象。这图像是凶手的象征，是世界上人们所知道的最坏的那种人，他是邪恶的超乎想象的神秘主义者。目前我并不假装识破了这些秘密的信号与图象，但似乎可以肯定，所有不同寻常甚至让人难以置信的事情，必定与这些东西有关。这些可怕的标记，难道和烟囱顶上像斗篷一样的人没有关系吗？”

布朗神父若有所思地说：“您是说他就像飘浮在空中一样？”

艾尔墨回答说：“就像是《圣经》上那个术士西满干的，这是黑暗时代最常听见的预言——假基督会飞。无论如何，恐吓信上有飞着的匕首，不管他会不会飞，反正它杀了人。”布朗神父问：“你注意到恐吓信用的是哪种纸，是不是一般的纸？”

艾尔墨板起面孔说：“你会看到它像什么样子。因为今天早上我也收到了这样一封警告信。”他坐在椅子上，向后靠着，两条长腿从他那有点短的绿色晨衣下面伸出来。

他把手伸进口袋，长满胡须的下巴靠着胸部，用僵硬的手摸出一张纸来，并挥动了几下。整个姿势使人想到一种偏瘫症。但后来，他的脸都变红了，可能是神父讲的一席话对他产生了奇特的效果。

布朗神父看了看艾尔墨给他的那张纸。那是一张罕见的纸，纸面相当粗糙，因为它来源于一个艺术家的速记簿，纸上用红墨水画了一把匕首。上面配的翅膀像是荷尔墨斯神的鞭挞一样，上面写着：“收到本条子的第二天，死神就会降临到你头上，如同降临到你哥哥的头上一样。”

布朗神父将那张纸扔到地上，笔直地坐在椅子上，厉声说：“你不能被这无聊的事吓倒，恶魔总是设法让我们绝望，然后找不到人帮助。”

让神父吃惊的是，这个垂头丧气的人惊动一下，突然从椅子上跳起来，像如梦初醒一样。艾尔墨用神秘而奇怪的声音吼道：“你是对的。你是对的。恶魔将发现我根本没有绝望，也不是没有帮助。也许跟你想象的相比，我更满怀希望，也有更好的补救办法。”

他皱起眉头，对着神父站着，两手伸进口袋。神父沉浸在这突如其来的沉默中，有一阵拿不准这位长期处于险境的人是否脑筋已受到打击。可听他说起话来，又是很严肃，很沉稳的样子。

“我肯定，”艾尔墨说，“我的两个哥哥是因为用错了武器而失败的。菲利浦死后，手中还握着左轮手枪，所以人们认定他是自杀。斯蒂芬有警察保护，可他的感觉使他显得荒唐可笑：他不准警察跟在他身后，当他从楼梯爬上平台，在上面只站了一会就出事了。他们两个都成了笑柄，他们的遭遇使围绕我父亲临终前的那种奇怪的神秘的事物成了人们怀疑的对象。我一直知道，对于我父亲，人们了解得远远不够，他研究魔法，而最终还是倒在斯特雷克这个恶棍的黑魔法之下。这是真的，我的两位哥哥都是因为对抗手段的错误。对抗黑魔法不需要尘世上的智慧，而要用银白法术。”

神父说：“那要看具体情况，您的白法术指的是什么呢？”

“我指的是银白法术。”另一个人低声说，好像在密谋什么。停了一会儿，他又说：“你懂我的银白法术吗？请稍等一下。”

他转过身，打开了中间嵌有红色玻璃的门，走进那边的走道。屋子不像布朗神父想象的那样深，而另一间房子的门在过道的一侧。神父想：无疑这是主人的卧室。主人是身着晨衣从这里走出来的。过道的一边什么也没有，只有一个普通的衣帽架，上面挂了许多褪了色的普通旧外套和帽子，另一边有一些有趣的东西，是一个枫木制的旧餐具柜，里面装了些旧的银餐具，以及一些用作纪念品的古代武器。有一个抬头望着一把老式长柄手枪的人，那就是艾尔墨。

门缝射进来一道白光。过道那边的门几乎是关着的，没有任何装饰。神父天生对自然界的东西反应敏捷，这道异常的白光告诉了他外面发生的事情。他从房子主人身边跑过，主人被吓了一跳。神父打开了门，面对白茫茫的一片。通过门缝看到的白光，不仅仅来自太阳的直射，也是白雪的反光。纷纷扬扬的雪落在乡村的土地上，使大地雪白一片，洁白无暇。布朗神父高兴地说：“无论如何，这就是银白法术。”然后他转过身，一边向厅房走，一边嘀咕道：“我想，银白法术也是如此。”

因为白光照在银器上，黑暗的军械库中的古代铁器也被照亮。面带沉思，头发蓬松的艾尔墨头上似乎有一个银色光环。他在阴影中转过脸来，手里拿着一把奇特的手枪。他问：“知道我为什么选这种老式的大口径手枪吗？因为我可以装上这种子弹。”

他从餐具柜里检出一把银匙，用足了劲把上面的小头像掰了下来，又说：“咱们回到那间屋里去。”

重新落座后，艾尔墨问：“你读过邓迪之死吗？邓迪子爵是苏格兰宗教反对派领袖。他起兵反对英王查里一世和查里二世，他有一匹黑马可以直冲上悬崖。你知道吗？只有用银子弹才能打死他，因为他把自己卖给了魔鬼。你总相信有魔鬼吧？”

“对”，布朗神父说，“我是相信有魔鬼，但我不相信邓迪和黑马这一套。我了解的崇拜魔鬼的人和你说的那个不同。我只举一人为例。他是邓迪同时代人，苏格兰国务秘书斯太尔的伯爵达尔林普尔。他于1692年屠杀了大批天主教徒。他才是把自己卖给魔鬼的人。但他是一个知识渊博的律师，也是一个有理想的政治家，而不是骑着黑马冲上悬崖的人。他的面孔非常聪明机警而美丽。”

艾尔墨叫了起来：“老天可以作证。约翰·斯特雷克的脸正是如此。”

然后他站起来，聚精会神而神色奇怪地看着这位神父，他说：“你在这里等一会，我拿些东西给你看。”他从中间那道门走回去，并随手将门关上。神父想，他是向餐具室或是卧室走去了。

布朗神父出神地盯着地毯，端坐在那里，他在苦思冥想。一两分钟之后，他站起身，并悄悄走到电话旁，给警方总部的朋友博依恩打了个电话。他悄悄地说：“我本来想给你讲讲艾尔墨先生的事。这事很古怪离奇，我想这里面有些名堂。假如我是你的话，我会马上派人来这里，并把这座房子包围起来。要是发生什么事，就会出现一些令人惊讶的东西。”

然后它回到原位坐下，目不转睛地看着深色地毯，上面闪烁着血红色的光芒。这道光是从玻璃门那边来的。那光线里漏出什么东西使他的心思飘浮不定。从关着的门那边传来一个人的嚎叫。与此同时，传来一声枪响。射击的回声还没有消失，门猛地开了，主人摇摇晃晃地走进屋子，大衣从肩膀处撕破了一半。他手里的长柄手枪还冒着烟。发出一种不自然的笑声，四肢却在发抖。

他叫道：“光荣归于银白法术，光荣归于银弹头。这恶魔多次幸免，这次可遭了报应，我终于为兄长报了仇。”他跌坐在椅子上，枪从手中滑落到地上。布朗神父从他身边飞奔出去，穿过玻璃门，走向走道。他跑的时候，把手放在门栓上，好像要进去，他垂下头站了一会，像是在检查什么，然后跑去打开外门。

那片雪地上有一个像个大蝙蝠似的黑色东西，仔细看却是个人。他面朝下躺着，头部被一顶大黑帽完全遮着。蝙蝠的翅膀是一个很大的斗篷，两只宽松的侧边，虽然布朗神父认为看出有一只手在那里，可实际上两只手都遮住了。当他走进一看，才发现斗篷边上有金属武器闪烁着光芒。像雪地上的一只黑鹰。神父在周围踱来踱去，仔细看看遮在帽子下面的那个人，脸上带有怀疑的严峻神色，这正是主人描述过的那张面孔：漂亮，充满智慧。

布朗神父嘟囔道：“我被骗了，这看起来真像个大吸血鬼，像一只猛禽一样猛扑下来。”

“除此以外又能怎么进来呢？”过道那边传来声音。布朗神父抬起头来，看见艾尔墨站在那边。

“难道他是走进来的不成？”布朗神父含糊其辞地问。

艾尔墨用他那长手臂做出扫视这片雪景的姿态，用有点颤抖而深沉的声音说：“看这雪地上一片洁白，几英里都没有斑点，除去这具尸体的黑污渍之外，根本没有别人的脚印。也没有从其他地方到这所房子来的脚印。”

他精神集中，表情古怪地看着眼前这个小个子神父，说：“我要给你讲讲别的事情。他披着那顶斗篷，走起路来显得太长。由于他的个子不太高，所以拖在后面像是王族的裙裾一样。如果你要看，将它从他的身上翻开看。”

布朗神父突然问：“你们两个到底怎么了？”

艾尔墨说：“事情发生得太快了，简直无法描述。我从门那里往外看，正想转回身子的时候，突然卷来一阵风，好像我遭到空中转动的轮子的不断打击，打得我团团转，我便盲目地开了一枪。后来，我什么也没看到，只看到你刚才所看见的。我敢打赌，要不是我的手枪里装着银弹头，就看不见眼前这一切啦。否则，躺在雪地上的就会是另一具尸体了。”

布朗神父说：“顺便提一下，我们是否该让那具尸体丢在这里，或者你愿意将他带到你的屋子里去？我想那就是你的卧室了。”

艾尔墨赶紧说：“不，不，我们得让他留在这里，直到警察过来看过为止。此外，我这回可受够了刺激，不管还将发生什么，我都要去喝一杯。等到警察到来，如果警方愿意，也可以吊死我。”

在中间那套房子里，艾尔墨跌坐在棕榈树和养鱼缸之间的椅子上。当他东倒西歪地走进屋子的时候，差点把养鱼缸弄翻了。他把手伸到几个壁橱和角落里乱摸，最后终于找到一瓶白兰地。他任何时候看上去都不像是井然有序的人，此刻他乱糟糟的，简直乱到了极点。他大口大口喝下白兰地，为了填补这片寂静，他开始有点发烧似的说些什么。

“虽然你亲眼目睹了这一切，”他说，“可你仍然不相信。请相信我，斯特雷克和艾尔墨一家人人心不合的内幕还多着呢。除此以外，你应该相信眼前这一切。你应该相信那些混人称之为迷信的所有事情。噢，老太太讲的有关幸运、魔力，也包括银子弹的故事里是有些道理。难道你对他们还不以为然？你作为天主教徒，对他们又怎么说呢？”

布朗神父微笑着回答："我说，我是不可知论者。"

"废话。"艾尔墨不耐烦地说，"相信这些事是你的本分。"

"是的，我当然相信一些事情。"布朗神父让步说，"但有些事我就是不相信。"

艾尔墨前倾着身子，异常聚精会神地凝视着他，差不多像个催眠术家，"你相信。"

他说，"你相信每一件事。甚至当我们否定时，我们还是相信一切。否定论者相信，怀疑者相信。善与恶围着一个轮子转，神和人是可以转化的。"

布朗神父说："我不相信。"

外面已近黄昏，在这冰天雪地里，大地看起来比天空还亮。布朗神父在走廊的入口处，从半开的窗子可以模糊看见，有个巨大的人正站立着。他偶然从落地窗看到，两个同样不动的人影把窗子遮住了。带彩色玻璃的内门半掩着，在离走廊近的那头，两个人影在傍晚时分的地平线上显得又大又怪，博依恩派人将这所房子包围起来，开始执行他的电话命令。

主人仍像催眠家一样注视着布朗神父，固执地说："说不信有什么好处？你亲眼看到了这永恒戏剧的一部分。你已经看到了斯特雷克威胁要用黑魔法杀死艾尔墨。你已经看到了艾尔墨用银白魔法杀死了斯特雷克。你现在看到艾尔墨活着和你谈话，可你还是不相信。"

"是的，我不相信这个。"布朗神父说，然后从椅子上站起来，好像这次拜访就到此为止。

"为什么不信呢？"主人问。

虽说神父只是稍微把声音抬高了一点，房间的各个角落遍布象钟声一样洪亮的声音。

“因为你不是艾尔墨。”他说，“我知道你是谁。你就是约翰·斯特雷克，你把三兄弟中的最后一个也杀了，他正躺在外面的雪地上。”

主人傻了眼，他眼球突出，想通过最后的催眠术来迷惑和征服他的对手，然后他猛然朝边上动了一下。这时他身后的门开了，一个身穿便衣的彪形大汉平静地把手放在他的肩上。另一只手垂着，但手中握着一把左轮手枪。主人慌乱地往回看，看到寂静的房子里，各个角落都布满了便衣警察。

当天晚上，布朗神父和博依恩博士一起就艾尔墨一家的惨案又做了一次长谈。目前，对本案的事实已不再有疑点了。因为约翰·斯特雷克已经坦白了他的身份，甚至可以说承认了他的罪行。更确切地说，是在吹嘘他的胜利。最后一个艾尔墨死去了，他圆满地完成了他一生的工作。与这一事实比较，对他来说，都不值一提，包括别的任何事，也包括他本人的生存。

布朗神父说：“那个人属于一种偏执狂。他对别的任何事，甚至对别的种类的谋杀都不感兴趣。因此我还要感谢他，由于想到今天下午有许多次危机都平安度过，我真感到宽慰。无疑，你们会想到。他除了编造有翅膀的吸血鬼和银子弹的故事之外，本来可以赏我一颗普通的铅头子弹，然后走出那房子。我老实告诉你，我多次想到这个结局的。”

“我不知道他为什么没有动手。”博依恩说，“我不明白这件事。你到底是怎么发现的，你又发现了什么？”

“哦，你给我提供了很有价值的信息。”布朗神父谦虚地回答，“我是说，斯特雷克简直是个很有想象力，很有创造力的撒谎大王，说谎时镇定自若。今天下午他需要说谎应付紧急情况，他确实恰如其分地应付了场面。或许他唯一的错误就是编造了一个超自然的故事。他想，既然我是个教士，就应该相信任何事，而其他人却没有这种想法。”

“可是，我无法明白事情的头尾。”医官说，“你确实需要从头说起。”

“开始就是一件晨衣。”布朗神父简要地说，“那确实是我碰到过的最完美的伪装。如果你在屋子里碰到一个穿晨衣的人，你自然会想到他是在家里。关于这一点我也是这样想的。可后来，奇怪的小事情开始发生，当他“咔喳”一声取下手枪，伸直手臂咔哒地扳响时，就像一个人想肯定这怪武器中没有子弹似的。我不喜欢他找白兰地或差点撞倒鱼缸的动作。因为一个人家里有这种易碎的东西做摆设时，他应该养成避开那些东西的自然习惯，这些也可能是想象出来的。但真正的第一个疑点是这样的，他从两个门之间的狭窄过道出来，但这过道只有一扇门通往一个房间。所以我想，他是刚从卧室出来的。我试着拉拉门把手，但门是锁好的。于是我从锁眼里窥探了一下，发现屋子里不但没有床，而且别的什么都没有，完全是一间空荡荡的房间。所以他根本不是从房子里出来的，他来自房子外边。当我发现这一切时，我认为我看到了所有的情况。”

“无疑，可怜的阿诺德。艾尔墨是睡着的，或许他睡在楼上，穿着晨衣走下来。在走廊的尽头，他看见了他的仇家，一个身材高大，长着胡须，带着一顶宽边黑帽子，穿着一件下摆特大的大衣的人。他从未见过这种特别的穿着。斯特雷克猛扑上来，卡住他的脖子，或是刺了他。

这点要到验尸时我们才能肯定。斯特雷克站在衣帽架和壁橱之间的过道上，用胜利的眼光看着他最后的敌人。这时他听见客厅那边有脚步声，这点他没有想到。从落地窗那边进来的是我。”

“他的伪装动作之快，简直堪称奇迹。那不是伪装，那是一幕传奇的演出，一个临时拼凑出来的演出。”

“他摘下那顶又大又黑的帽子，脱掉那件黑斗篷，穿上死者的晨衣。这件晨衣比他的身材短，所以后来他坐在椅子上，长腿露在外面，这也引起了我的怀疑。然后他就做了一件令人生厌的事情。至少可以说，他的作案方式严重影响了我的思路。他把尸体挂在衣帽钩上，然后用斗篷将其包上，用他的大帽子把头部全部遮住。他将尸体藏在已锁好门的小过道里，这是唯一的办法。有一次我走过衣帽架，都只以为挂得是衣服，想到这里我就不寒而栗。”

“他可能想到，我随时会发现，衣帽架上挂着尸体是无法解释的。于是他采取了更大胆的办法，自己发现尸体，自己解释尸体的由来。”

“于是这个令人惊奇又令人害怕的灵活头脑想出了替身这个主意，交换角色，他已经承担了阿诺德·艾尔墨的角色，那么他死去的敌人为什么不能承担斯特雷克这个角色呢？这个阴险而富于幻想的人，他的想法五花八门，就像一些可怕的幻想——两个敌对的人彼此打扮成对方，向化妆舞会走来。只不过这个幻想不是化妆舞会，是死神在跳舞。”

布朗神父那灰色的眼睛凝视着空中，他的眼睛不眨眼时是最吸引人的。他继续简单地讲下去。

“一切都来自天主，尤其是理智、想象和思想本身都是善良的，甚至当它们走上邪路时，我们也不能忘记他们的根源。现在这个人以超常的能力走上了邪路。他有讲故事的能力，他简直是个伟大的小说家，只不过他的创作能力用在了实际和邪恶的目的上了。他是用虚假的事实来骗人，而不是用真实的幻想。”

“起初他是用巧妙的借口和有细节的谎言来欺骗老艾尔墨。即使如此，开头也只不过是夸张的故事，跟小孩说他看到英国国王一样都是小小谎言而已。然而不断发生的道德败坏和骄傲自大的邪恶行为在他身上变得不可遏制。他对自己编造故事的敏捷，铺排故事的创造力和巧妙性越来越自负。小艾尔墨们说，他总是对父亲施妖术，那是真的。那是天方夜谭中小说家对暴君施行的魔法。直到最后时刻，他会带着诗人般的骄傲和骗子那种深不可测的虚假勇气走遍全世界。他可以永远编造天方夜谭，即使脖子上套着绞索，他仍要讲。现在绞索已经套上了他的脖子。”

“正像我说的那样，可以肯定，他不仅将此事作为阴谋，而且也作为幻想来欣赏。他开始用错误的方式讲述真实的故事，也就是把死人当成活人，把活人当成死人。他穿上艾尔墨的晨衣，开始进入艾尔墨的灵魂和肉体。他看着躺在冰天雪地中的尸体，好像那就是自己的尸体。他用奇怪的方式把尸体推开，使人想起黑鹰对着猎物猛扑过来的样子。他不止是用那黑色而飘舞的大衣来掩盖尸体，而且用神秘的故事来掩盖它。在故事中，这只黑鹰只能被银弹头打下来。我不知道是壁橱里的银光还是门外的白雪向这位有强烈艺术性格的小说家提供了银白法术。用白金属来对付魔法——这个主题思想，不论他是怎么起的头，他都像诗人一样把它转变成自己的想法，像一个重实际的人一样迅速动手。他把那尸体当成斯特雷克的尸体一样，胡乱踢到雪地上，这样就完成了角色的交换与转变。他尽量把斯特雷克说成是一个令人毛骨悚然的怪物，在空中到处飞翔，爪子可以致人死地。是个哈比式的怪物。由此可以解释为什么雪地上没有脚印以及其他不正常的事。作为一种厚颜无耻的艺术作品，我非常赞赏他。实际上，他是把案情中有矛盾的一点转化为对案情的论证。”

博伊恩博士若有所思地看着他说：“那时你发现实情了吗？”他问，“我想知道的是，你什么时候开始怀疑，又是什么时候开始确定的呢？”

他的朋友说：“我给你打电话时，实际就已经开始怀疑了。不过就是那关着的门里发出的不断变化的光亮，就像是溅上去的血在呼号复仇。这光为什么有这种变化？因为太阳还没有出来，这只能是由于后门时开时关。但如果他是出去看到了他的敌人，他就要提高警惕并进行防卫和呼救。然而他是过了一段时间才大吵大闹的。于是我就感觉他是出去干了什么，或者说是出去准备什么了。但至于我是什么时候弄准的，那是另一码事了。我知道，就是在这最后关头，他想用符咒般的眼光和声音作为黑魔法来催眠我。当然，他以前也常用这种方式来对付老艾尔墨。这不仅是他的言语方式，而且是他的行动方式。这就是他的宗教和哲学。”

医生沙哑而幽默地说：“恐怕我是一个实际的人，对宗教和哲学从来不过问。”

布朗神父说：“直到你动手干的时候，你才会讲实际。听我说，医生，你很了解我，我想你知道，我不是一个心胸狭窄的人。你知道，我了解各个宗教里的各种人。邪教里有好人，正派教中有坏人。但我知道，作为一个讲实际的人我只懂得一个小小的事实——完全实际的观点。这就是我从实际经验中总结出来的。这就像是动物表演的绝技，像好酒的商标一样。我很少见过会谈哲理的罪犯。他滔滔不绝地大谈一个教派，而他本人对这个教派其实并不信仰，所知也很少。他只是为了达到某个目的，而利用该教派作为幌子。这就是流氓哲学。”

博伊恩说：“哎呀，我本来认为，流氓很可能声称信仰他选择的宗教。”

神父赞同地说：“是的，他可以声称他信仰一种宗教。为了某种目的，他还可以用虔诚的话语和伪善的行为，来加深人们对他宗教信仰的认知。但那不会是一个真正的宗教。因为他不可能从真正的宗教信仰中吸取任何对他有用的资料。这个罪犯把魔法和信仰结合起来，狐狸尾巴就更快地现出了原形。”

医生笑着说：“说心里话，我不知道您是在控告他呢，还是在为他辩护。”

布朗神父说：“我不是在为一个自封天才的人辩护，因为艺术家无论如何伪装，总会暴露自己的天才。这个罪犯本来会做出可怕得多，奇特得多的事情的。”

神父往回走的时候，大雪纷飞，冷风刺骨；雪花很快掩盖了他身后的脚印，也把那边雪地上尸体的血迹从他记忆中抹去了。他那一阵混乱的思绪和随后的忧郁心情都被丢在脑后。

他边走边看着这银装素裹的大地，心想：他其实是没找对地方而已，其实那人关于白魔法的说法还是对的。

5. 紫色的假发

爱德华·鲁特先生是《每日革新报》的一名编辑，此刻他正坐在办公桌前处理着一些来信和稿件。他的旁边，一位精力充沛的姑娘正在忙着打字，打字机发出的声音美妙而欢快。鲁特先生穿着衬衫，没有着外套，看起来皮肤白皙，略微有点胖。他的举止似乎很坚决很果断，说起话来一副钉是钉，板是板的语气。在他那圆圆的，很像小孩子的蓝色眼睛中，所显出的却是困惑甚至愁闷的神情，这和他的坚决果断真是格格不入，也和他那整个脸上看来的模糊表情格格不入。他最熟悉的、最恐惧的，就是没完没了的害怕了：害怕别人诽谤，害怕登广告的越来越少，害怕出现印刷错误，当然也害怕被解职。这正如许多新闻行业的官员们所感觉的那样。

他一生都在糊里糊涂地让步——在报纸老板和他之间作出让步。老板是个年老的煮皂工，骨子里深藏着三个根深蒂固的错误想法，而且他已集结了一些很能干的人为他打理报纸，其中有些人经验丰富，不幸的是不少人却热衷于报纸的政治方向。

鲁特先生动作迅速而果断地拿过来其中一封信件，就像平常做的那样。但是他犹豫了好一阵，没有拆开它。而是顺手拿过一份校样稿来，用他那蓝眼睛读了下去，手里握着一支蓝色的铅笔。他把稿子里“通奸”

一词改成了“不恰当行为”，然后把“犹太人”改成了“外地人”，随后拉响铃声，把修改过的稿子传送到楼上去了。然后，他睁着显得更为若有所思的眼睛，撕开那封来自他的一位尊贵撰稿人的信。信封上的邮戳显示寄出的地方是德文郡。信中写道：

亲爱的鲁特：

我想你一定也忙得昏天黑地了吧？我准备为贵报写一篇文章，是关于艾克斯摩尔家族的那些奇特传说，或者说是关于——正如我们这儿那些老妇人所说——艾克斯摩尔公爵的耳朵，你意下如何？你知道的，那个家族的最初主人就是艾克斯摩尔公爵。他是少数现有的真正古板的保守党贵族，一个顽固的老头。不过正好可以借贵报一角把事情闹大。我想我有这事的线索，能把事情搅和搅和。

当然，我是不相信有关詹姆士一世的传说的。至于你，你当然什么也不信，甚至包括新闻学。或许你还记得，那个传说讲的是英国历史上最邪恶的事——诸如女巫的那只叫弗兰西斯·霍伍德的猫毒死了奥佛伯里，神秘的恐怖迫使国王赦免了凶手。那些传说里据说掺杂着巫术，说是一个男仆从锁眼处偷听了国王和卡尔之间的谈话，于是，他那只偷听的耳朵就像魔术般地长大起来，变得丑陋而恐怖，如同他所偷听到的谈话一样恐怖。后来他被赐予良田、黄金以及世袭的公爵之职后，那只丑而怪的耳朵却世代相传了下来。

当然，你是不相信魔术的。就算你真信那个，你也不可能将之用于稿件。如果你的办公室出现了某种奇迹，你会把它掩盖起来当作没发生过似的。但现在很多主教都是不可知论者，不过问题不在这个地方。问题在于艾克斯摩尔和他的家族确实有某种怪异的东西，某种天然的，然而我敢说很不正常的东西。我想，这也包括那个耳朵，那或者是某种标志，或者错觉，或者疾病或者其它什么东西。另有一种没有根据的传统看法认为，詹姆士一世之后的保皇党人开始蓄长发，以便盖住第一个艾尔斯摩尔公爵的那种耳朵。

在我看来，我们攻击贵族们只说他们奢华，我看那是错了。实际上，现在很多人羡慕上流人物，因为觉得他们不知忧愁。但是我认为如果我们说贵族们有多么多么幸福，那难免太迁就。我想建议你读读某些文章，在这些文章中，那些贵族豪宅里的气息和氛围被描写得如此沉闷以及如何紧张。诸如此类的事情可能找到很多例证，而最好不过的例证便是人们传说的艾尔斯摩尔家族的假发下的耳朵。我想这个周末，我能给你搞来整个事实的真相。这便是我要告诉你这些事情的原因。

你的永远的，弗朗西斯·芬恩

鲁特先生看完来信，想了一会儿，瞪着左脚上的靴子发呆。然后他大声喊了起来，声音洪亮，雄劲然而完全没有生气，每个字节听起来都是一样的音调。

他喊道：“芭塔小姐，请打一封信给芬恩先生。”

芬恩你好，我想你的想法可以。请于周六将副本迅速寄来。

你的，爱德华·鲁特

鲁特先生这封经过仔细揣摩的信一气呵成，就像是只有一个字似的。而且芭玛小姐噼噼啪啪把信打出来时也是一气呵成，也仿佛只有一个字似的。然后鲁特先生拿起另外一份校样稿和他那只蓝色铅笔，把稿子里的“击毙”改成了“压制”，将“超自然的”改成了“神奇的”。

在这样愉悦的有益健康的活动中，鲁特先生获得了快乐。随之而来的星期六，鲁特先生又坐在了同一张办公桌前，向同一个打字员口授信稿，拿着同一支蓝色铅笔读着芬恩先生寄来的第一份稿件。信的开端充满了对王子们的罪恶的隐私的猛烈抨击，以及那种上流社会充斥着的绝望。尽管措辞激昂、火爆，但他的英语却用得相当漂亮。但是和往常一样，在做过无数的修改之后，鲁特先生叫人把它分成了几个部分，每部分冠以小标题，因而显得更为尖刻和辛辣了。这些小标题有“贵妇和毒药”“假发下的怪耳”“假发里的假发”之类。芬恩的这篇文章，以有关怪耳的传说为蓝本，在他写给鲁特编辑的第一封信的基础上加以扩充，并加人了他后来有关那些秘闻的发现。文章写道：

“我知道记者们惯常把故事的结局放在文章的开头，名之曰：标题。我也知道新闻类文章很大程度上意味着说谎，如果它说琼斯勋爵逝世，人们或许会信以为真，而他们却万万没有想到琼斯勋爵还活着。你现在的通讯员，即鄙人，认为这和其它许多新闻传统一样是蹩脚的。所以《每日革新报》必须在这些方面进行改革，树立一个良好的榜样。我建议按故事发展的顺序一步一步来写，故事的高潮以及揭示结局的标题将在最后才出来。中间我会用有关当事人的真名实姓，而且在大多数情况下他们都可以随时提供佐证。

我正走在一条弯弯曲曲的小道上，小道穿过一家德文郡的私人果园的，看来是向一家苹果园延伸出去的。走着走着，我来到了一家路边客栈。这是一家宽而矮的客栈，确切地说是由一间小屋和两间没有装饰的大房子组成，全部都用棕灰色的茅草覆盖着，像是经历了不少莽莽岁月似的。客栈的门外竖着一块招牌，名曰：蓝龙客栈。招牌下面摆着一张做工粗糙的长形桌子，就像过去英格兰的那些免费客栈门前常摆着的那样。不过后来，这种悠闲自得的场面被那些绝对禁酒主义者和酿酒商之间的斗争所破坏了。现在，这张桌子旁边坐着三位看起来就像是一百年以前的人一样的绅士。

要让我讲讲他们给我的印象并不困难，因为我比你们更了解他们。那时他们看起来像是三个身强力壮的魔鬼似的。那位居高临下的人（说他‘居高临下’，那是因为他个子最大而且当时正坐在长桌的正中），身材高而胖，一身黑色装束，脸色红润甚至有点像发怒的样子，他的眉毛稀少，眉头紧锁着。我又仔细望了他一眼，严格说来，我说不清是什么东西给了我一种旷古的感觉，除了他那古式的白色教士领结和他那额头上纵横的皱纹之外。

桌子右边那人，他和别处所见的普通人没什么两样：圆圆的脑袋上长着棕色的头发，圆而扁的鼻子，也是穿着一件更为紧身的黑色教士服。只有当我看到那放在他身边的桌子上的宽而皱的帽子时，我才意识到他是一个罗马天主教神父，刚才把他同什么古老的东西联系了起来这个问题也瞬间明白了。

尽管坐在桌子的另一边的那个人个子并不怎么显眼，衣服也是穿得随随便便，但他还是更容易让我联想到远古时代。他身材瘦长，穿着或许我可以说是裹着绷紧的袖套和马裤。他的鹰隼似的脸修长而灰黄，看上去不知怎么让人觉得更加阴郁了，或许因为他那灯笼般圆圆的上下胯掩在衣领和领结里，更像是系着古式的枷锁一般。他的头发却显得离奇地暗淡、赤褐，这和他那黄色的脸映衬着，就显得相当紫而非红了。这并非醒目然而很不一般的颜色于是就显得更为引人注目了，因为他的头发看来极不自然地健康、鬈曲，而那头发又留得这么长。但是，不管怎么说，我觉得当初让我产生一种远古感觉的毋宁说是几只高的旧式酒杯，一两棵柠檬树以及两支陶制的长烟斗，也有可能还有我的这次旧世界之行。

作为一名饱经风霜的记者，在这个公共客栈，我不需要什么客气便在那张长桌边坐了下来，并要了一些苹果酒。穿着黑衣服的大个子看来知识很渊博的样子，然而事实也确实如些。特别是对当地的古文化，他很了解，尽管那个着黑装的小个子谈得很少。更让我吃惊的是他那更为深广的文化修养，所以我和他很谈得来。而穿着紧身裤子的老绅士直到我谈到艾克斯摩尔公爵及其祖先时他才显示出兴趣来。在此之前，他则是一副冷淡而傲慢的样子。

艾克斯摩尔的话题非常成功地打破了这第三者保持的默契，

尽管它让另外两个有点难堪。于是，他谨慎地、带着很有修养的绅士口吻说了起因，并不时抽一口那支陶制的长烟斗。他接下来给我讲了一些我一生中听过的最为恐怖的故事：以前，一位怪耳朵的人怎样绞死了自己的父亲，另一位，把妻子捆在马车后面满村子游街，还有一位放火烧了一座聚满小孩儿的教堂等等。其中一些故事确实不适宜公开出来，诸如有关卖淫的修女的故事，令人作呕的葡萄干布丁的故事，或者在石坑里做的那事等等。

而所有这些滔滔不绝的不敬的话，很难让人相信是从神情严肃的彬彬有礼的薄嘴唇里吐出来的。他一边喝着杯子里的酒一边说着。我看得出来那坐在我对面的大个子曾试着想阻止他，但是他显然相当敬重这位老年绅士，所以最后还是不敢冒然行事。坐在桌子另一边的小个子神父静静地看着桌面不发一言，似乎极为痛苦地聆听着老绅士的叙述，或许真的很痛苦也说不定，因为他样子显得一点也不自然。

我对那位老绅士说道：‘你看起来好像不很喜欢艾克斯摩尔家族。’

他眼睛看着我，不过脸上充满了敌意的温怒，他故意放下手里的长烟斗和酒杯，站了起来。

他说：‘这两位绅士会告诉你，我是否有理由要喜欢那个家族。那个家族曾带给了这个国家深重的灾难，很多人都遭了殃。他们会告诉你在这个世界上没有人像我这样受到它的祸害。’说着他用脚后跟碾碎了地上的一块玻璃，转过身阔步而去，渐渐消失在闪着青翠光芒的苹果树林里。

我对另外两个说：‘他真是个不一般的老绅士，你们知不知道艾克斯摩尔家族对他都做了些什么呢？他到底是谁？’

穿着黑衣服的大个子两眼瞪着我，脸上带着困惑的神情，似乎没有听懂我的话。最后他终于说道，‘你难道不知道他是谁？’

我又重复了一遍‘我不知道’，接下来就是沉默。然后，神父表情很淡定地说了一句话，‘他就是艾克斯摩尔公爵。’

在我还没有来得及理清自己的思绪时，神父又说，像是想要把整个事情弄得有条理似的，‘我这位朋友是缪尔·博士，他是公爵的图书管理员，我叫布朗。’

‘但是，’我结结巴巴地说道，‘如果他就是公爵，那他为什么要那样诅咒自己的家族呢？’

‘他似乎真认为，’布朗神父说道，‘他们给他留下了祸害。’然后他补充道，但却是有点不相干，‘那就是为什么他戴假发的原因。’

过了一会儿我才渐渐明白他的意思。‘你不是指的那个有关神奇的耳朵的故事吧？’我问道，‘我早已听说过那个故事，这是当然的，不过那肯定是被人们以讹传讹，给神化了，事实肯定要简单得多。我有时候想那或许是某些伤残肢体的故事的胡乱翻版吧，十六世纪时经常有一些囚犯被砍掉耳朵的。’

‘我想不是那么回事，’神父沉思着说，‘一个家族频繁出现身体畸形的情况——比如一只耳朵比另一只耳朵大，那肯定是某种普遍的科学或者自然规律作用的结果。’

图书管理员一直把眉头埋在手里，就好像一个人想要想出自己该干点什么似的。

‘不，’他嘟囔着，‘你们误解他了。我是没有理由要为他辩护的，或者说对他保持忠心的。正如对其他人一样，他一直对我很暴虐。不要因为你看见他居然坐在这种地方就想当然地认为他不是世界上最该诅咒的公爵了。如果说还有那种为要取回一码远的一个火柴盒而不惜召回三英里外的人的话，那么，他至少就是那种为了敲一下离他不到一码的钟，而不惜叫人把一英里外的敲钟人召回来，而不愿自己费点举手之劳的人了。他走路时一定要男仆专门给他拿拐杖，看戏时，他也要贴身仆人给他拿着望远镜。’

‘但是他不要仆人给他刷衣服，’神父冷冷地插话道，‘因为仆人想要也给他刷刷假发的。’

图书管理员转过脸去面对着神父，似乎已忘记了我的存在。他非常激动，我想酒精也让他兴奋起来了吧。

‘我不知道你是怎么知道这一点的，布朗神父，’他说道，‘但是你确实说对了。他什么事都让人们给他做，就是不让给他穿衣服。而即使是他自己穿衣服，他也坚持要孤独地进行，就像一个人在沙漠里那样孤独一样。而每每这时候，他总要把仆人都赶出去，不准任何人呆在他的更衣室附近。’

‘他看起来倒是个自得其乐的老人。’我说道。

谬尔博士非常干脆地说道：‘不，我刚才说你们对他不公平也就是指的这个。先生们，公爵确实感受到了他刚才所说的祸害所带给他的痛苦。他，因为羞愧和恐惧，确实在那假发下面藏着他认为人们一旦看见就会震惊的东西。我知道一定是这样的。而且我知道那不是什么正常的伤残，就像囚犯被打残肢体一样，而且也不是什么遗传的失调。我知道事实比那更糟，因为一位当事人确切地告诉我，有个比我更强壮的人曾想要揭露他的隐私，但是后来还是给吓跑了。’

我张开嘴正要说话，缪尔博士又继续说了，好像已忘记了我的存在，‘我毫不介意告诉你这些，神父。因为这与其说是出卖他，还不如说是为他辩护呢。你难道没有听说，曾有一段时期，他差点丢掉所有的财产？’

神父摇摇头，于是图书管理员便接着讲那个故事，他从他的前任图书管理员——也就是他的那位保护人兼导师的人——那里了解了这一切，他显然以为那是可信的。从某种意义上说，这不过是一个富豪家族的财富衰落的平常故事以及一个家族的律师的故事。但是这位律师非常善于诚恳地欺骗。他想他能够来负责掌管那些所有的财产。他没有挪用公爵出于信任而让他管理的那部分资金，而是利用公爵的粗心不知不觉地使那个家族陷入一场财政困境。

或许是考虑到他的头已经很秃的缘故吧，公爵总叫那个律师艾里沙，他原来的名字叫艾萨克·格林，尽管他显然还不到三十岁。格林此前曾一路爬升，但却有着肮脏的开始。他起初是密探或告密者，后来成了放债的，但正如我所说，做了艾克斯摩尔家族的律师之后，他变得狡猾起来，处处表现得老实巴交的样子，直到他做好了准备给它致命的一击。

那是在一次晚宴上，老图书管理员说他永远不会忘记那些灯罩和细颈水瓶的模样。律师神色泰然地笑着，他向公爵提出了和他平分那些财产的要求。此事的结局当然不容忽视，因为公爵闷声不响地突然抓起一个水瓶往那个律师的秃头上砸了过去，那速度之快，就像那天我在果园里见他砸烂那个酒杯一样。这一砸便在律师的头顶上留下了一个血红的三角形伤疤，他还是带着微笑的眨了眨眼睛。

他摇摇晃晃地从座位上站了起来，说道：‘我很高兴，因为现在我就能拿走全部的财产了，法律会把它判给我的。’

艾克斯摩尔公爵眼睛仍然放射着怒火，脸看起来有些煞白。‘法律会把它判给你？’他说，‘但是你拿不到的……为什么拿不到呢？为什么呢？因为那将意味着我的完蛋！要是凭你那点本事能拿得到我的财产，我会把我的假发取下来……哈哈，你这拔光了毛的鸡！随便什么人都能看见你的秃头，但是没有人会活着看到我的秃头。’

是啊，也许人们会说：我又没有亲眼看见，那还不是由你说了谁能把你怎么样。但是谬尔发誓说，事实确实正如他所说的，那位律师摇晃了几下，攥紧了拳头，然后就径直跑出去了，此后再也没有人在当地看见他的身影了。从那以后，身为领主和地方长官俨然又成了一个杰出的搏击家。此时的艾克斯库尔公爵气势依然令人感到畏惧。

现在，谬尔博士继续着他的故事，同时不忘他那激昂的戏剧性的动作，但我觉得他的激情多少带着点偏袒性。我想，这所有的一切也很有可能只是一个年老的好吹牛皮的人肆无忌惮的编造罢了。但是在我结束我的发现的上部分时，我想还是多亏了谬尔博士提供的证据，我先前所了解到的两件事情才得到了证实。我从村子里一位年老的药剂师那里了解到，曾经有位穿着晚礼服，自称叫格林的秃头小伙子，有天晚上找到他，给他前额上的一块三角形的伤疤敷了药。另外一件事情是我从法律记载和旧报纸上了解到的，说是曾有个叫格林的扬言要起诉艾克斯摩尔公爵。”

鲁特先生，就是《每日革新报》的那位编辑，在上述稿件的上端写了一些很不协调的话，而在稿件的侧面也写了一些莫名其妙的符号，然后他以那种同样洪亮然而单调的语气冲着芭塔小姐喊道，“请给芬恩先生打一封信。”

芬恩你好：

你的副本很好，但是我不得不给它加点小标题。同时我们的读者是永远不会容忍故事里有个罗马天主教神父的。你必须留意周围人的感受。我已将他改成了唯灵论者布朗先生。

你的爱德华·鲁特

一两天之后，有一位眼睛似乎睁得越来越大，灵敏、活跃而审慎的编辑又坐在办公桌前，看着芬恩先生有关上流社会秘闻的第二部分。这部分是这么写的：

“我发现了一个会让公众大吃一惊的秘密。因为这个秘密和我当初想发现的非常地不同。我敢毫不虚伪地说，我接下来将要叙述的东西将很快传遍整个欧洲，当然还有美洲和美国东部的十三州。但是我马上要讲的内容，全部都是我离开那片小苹果树林里那张小木桌之前听到的。我得把这一切归功于布朗神父，他是一个不同凡响的人。图书管理员已经离开，或许是因为他那冗长的叙述，也或许是因为忧虑他那神秘的主人如此迅速地消失，总之，他是急冲冲地沿着苹果树林里公爵所走的路上去了。布朗神父捡起地上的一棵柠檬，带着一种奇怪的愉悦神情望着它。

‘柠檬的颜色多可爱啊！’他说道，‘对于公爵的假发而言，我只有一点不喜欢的地方，那就是它的颜色。’

‘我想我不明白你要说什么，’我答道。

‘我敢说他有很好的理由要把他的耳朵盖住，就像希腊神话里的迈达斯国王一样。’神父说道，带着一种欢快的直言不讳的口吻，但是在这种场合不知怎么的总让人觉得有点轻率。

‘我能理解为什么他用假发而不用黄铜或者皮革的饰品遮住耳朵，因为那更为美观。但是如果他想那样用头发来遮盖，那又为什么不把它做的更像头发呢？这世界上绝没有那种颜色的头发。那看起来真像是穿过树林子的晚霞。为什么他不把他那家庭的祸害掩盖得深一些，加上他真是为它感到那么羞愧的话？我告诉你吧，那是因为他并不感到羞愧。他是为它感到骄傲。’

‘为假发感到骄傲——真是一个好笑的故事啊。’我说道。

‘想一想你自己究竟是怎么看这类事情的，’这位奇怪的神父说道，‘我并不是暗示说你比我们其他人更势利更病态，但是，难道你没有隐约觉得如果一个古老家族耀武扬威真能带来祸害，不也是很值得骄傲的事情吗？换了你来，你会感到羞愧吗？或者，如果魔鬼格拉斯的继承人把你称作朋友，如果尊贵的拜伦家族只对你一个人讲述了他们的罪恶的冒险历程，难道你不感到一点点的骄傲？不要太过于要求那些贵族，如果他们的脑袋和我们一样脆弱，加上他们对于自己的悲哀采取媚上欺下的态度。’

‘啊！’我叫起来，‘真是那么回事啊。我母亲的娘家曾有个女妖，啊，我现在想起她了，在多少寒冷的夜晚，她给我慰藉。’

‘再想一想，’神父继续说道，‘想想当你提到他的那些祖辈的时候，当时的情况是不是很残忍。如果他不是出于骄傲，那他为什么见到谁都把他那感受表现出来呢？他没有掩饰他的假发，没有掩饰他的地位，没有掩饰他的家族的祸害，没有掩饰那些家族所犯下的罪行——但是——’小个子神父突然改变了语气，攥紧了拳头，他的眼睛变得又圆又亮，像是刚睡醒的猫头鹰的眼睛一样，他这一切改变得如此突然，就像是桌子上突然发生了一次小型爆炸一样。‘但是，’他说着结束了他的谈话，‘但是他的确掩盖了他的梳妆打扮。’

正在这时，公爵又悄悄地出现在那些闪烁着青翠色微光的苹果树林里，他步履轻盈，头上闪着落日的光芒，在他的图书管理员的陪同下，拐过屋角过来了。这多少结束了我那充满幻想的神经的兴奋了。

在公爵还未走到他的听力所及的范围时，布朗神父又相当泰

然地补充了一句，‘他那紫色假发究竟掩盖着什么秘密，他又为什么要掩盖它呢？因为那并不是我们所想象的那种秘密。’

公爵拐过弯，重新回到桌子边上的位置上来，带着一副尊贵的神情。图书管理员尴尬地站在旁边，像头巨熊似的。公爵说话时一脸严肃。

‘布朗神父，’他说道，‘缪尔博士告诉我说你来这儿是有一事相求的。虽然我已不再信奉我祖辈们的宗教，但是看在他们的份上，以及我们以前相遇过的那些日子的份上，我非常愿意听你说说有什么请求。但是我想你是否宁可单独跟我讲？’

出于对布朗神父请求的强烈好奇，我禁不住站了起来，但是我记者的习惯让我站在那儿沉默着以观事态的发展。我这样僵持的瞬间，神父表情拒绝了我这样的行为。

‘如果，’他说道，‘你的宽宏大量真允许我提个请求的话，或者加上我保留向你提建议的权利的话，我想让尽可能多的人在场。在这个国家，我至少可以找到数以百计的甚至和我志同道合的人，而这些人都困惑于你的神秘，而这种神秘正是我要请求你揭开的东西。我真希望我能让全德文郡的人都来这儿看你那样做。’

‘看我做什么？’公爵问道，皱起了眉头。

‘看你把那假发揭下来。’神父答道。

公爵的脸一动也不动，只是两眼呆滞地瞪着神父，那是我在人脸上所见过的最为恐怖的表情。我能看见那个图书管理员的巨腿颤抖着，犹如水地里某些植物的茎杆摇曳的倒影一般，我禁不住产生这种幻觉：我们周围的那些树林里不知不觉中充满了魔鬼，而不是鸟雀。

‘我不会答应你，’公爵带着残忍的同情的口吻说道，‘我拒绝。如果我给你哪怕是一丁点儿的提示——那些只能由我独自承受的恐怖的重负的提示，你就会尖叫着伏在我的脚下，乞求着说什么也不想知道了，我不会给你提示的。你不会拼写出无名之神的祭坛上写着的第一个字母。’

‘我知道那无名小神，’小个子神父说道，语气中充满了那种坚定如花岗岩塔一般的高昂。‘我知道他的名字，他叫撒旦。真正的神是血肉之躯铸成的，他生活在我们中间。我告诉你，哪里有秘密，哪里就有对它的探寻。如果魔鬼告诉你说某某事看起来太可怕了，那就去看看它究竟有多可怕。如果他告诉你某某事听起来太恐怖了，那你就去听听它有多可怕。如果你觉得什么事太难受了，那就去忍受一下有多难受。我请求你敞开心扉，结束你那梦魇般的恐惧吧，就在这儿，在这张桌子旁。’

‘看在天主的份上，’布朗神父说道，‘把你那假发摘下来。’

我俯卧在桌子上，心里抑制不住地兴奋。听着他们之间非同凡响的对话，一个模糊的念头涌上我的心里。

‘大人，’我叫起来，‘我要求你立即对证。摘下那假发，要不我就打掉它。’

我想我的行为足够被起诉攻击他人，但是我很高兴那样做了。当公爵以同样生硬的声音说‘我拒绝’时，我索性朝他压了过去。他奋力反抗了好一阵，就好像有众多魔鬼在为他助阵一般。但是我竭力使他仰起了头，于是那假发便轻而易举地掉落下来了。我承认假发掉下来的时候，我正禁不住闭上了眼睛搏斗着呢。

缪尔博士的一声惊叫把我惊醒过来，此时他已站到公爵的旁边了。我们两人的脑袋都俯在了公爵那没了假发光秃秃的脑袋上，是图书管理员的惊叫声打破了沉默。‘那会是什么意思呢？啊，他没有什么可掩藏的。他的耳朵和其他任何人的简直没有一点区别啊。’

‘不错，’布朗神父说道，‘那，就是他必须得掩藏的。’

神父径直朝他走了过去，但是非常奇怪，对于他那对耳朵他瞧也不瞧一眼。他以一种滑稽可笑的严肃神情盯着他那光秃秃的前额，然后指着他那早已痊愈然而仍然清晰可辨的三角形疤痕。‘他就是格林先生，我想。’神父礼貌地说道，‘他到底还是得到了所有的财产。’

这个转场——在你看来会是如波斯神话般野蛮而刺激，从一开始就严格地遵循了法律和宪法的准测。这位有着奇怪伤疤和普通耳朵的人不是什么招摇撞骗者，尽管他戴着另一个人的假发，声称有另一个人的耳朵，但他那假发并不是偷来的。这也是我所认为的最奇怪的事情。他的确就是那个律师，也是惟一现存的爱克斯摩尔公爵。事情是这样的：那个老公爵的耳朵确实是畸形，那的确多少是遗传所致。他的确以之为患，而且很可能他那次的确很羞愧，于是便提起那水瓶砸了那律师的脑袋（无疑这已经发生了）。但是公爵和律师之间争斗的结果却非常令人意外。格林坚决索要财产，结果他得到了。一无所有的公爵于是自杀了，没有留下后代就死了。隔了一段时间，英国政府就又恢复了实际上已‘灭种’的爱克斯摩尔贵族的称号，并和往常一样把它赐给了那个最重要的人，即那个已得到财产的格林。最终，格林便理所当然地成了爱克斯摩尔公爵。这个人仿效了那些古老的封建神话中的人物的行为。

或许，在他的媚上欺下的灵魂里，他真的很嫉妒和崇仰那些英勇的人。这样，数以千计的英国穷人便在一个世袭的、戴着罪恶珠宝镶嵌的冠冕的神秘贵族面前颤抖了——而实际上他们为之颤抖的不过是十二年前的一个律师和当铺老板罢了。我想这确实是典型的旨在针对贵族的事例，只要天主再给我们派来勇敢的人，这种事例将来还会有的。”

鲁特先生放下稿件，极不寻常地尖声叫道，“芭玛小姐，请给芬恩先生打印封信。”

芬恩你好：

你准是疯了。我们不能出版这样的文章。我们需要的是关于吸血鬼，关于黑暗中的小社会，关于贵族政治以及迷信的文章。因为他们喜欢这样的文章。但你是知道的，那些艾克斯摩尔家的人是永远不会原谅我们出版你这样的文章的。而且我们的人们会怎么说呢，我倒想知道！天啊，西蒙爵士就是艾克斯摩尔最好的朋友之一。啊！如果发表这样的文章还会严重伤害布拉德福特那位支持我们的艾克斯摩尔的侄女。再说，老索皮萨德去年没有得到他的爵位还在恼火呢。要是我胆敢把你的文章出版，我不被炒鱿鱼才怪呢。而且，杜菲又会怎么想呢？他正在给我们写一些深受人们喜爱的关于“诺曼底人的脚跟”的文章。要是那个诺曼人仅仅是个律师，那他还有什么写头呢？理智点吧。

你的，爱德华·鲁特

在芭塔小姐兴冲冲地打着给芬恩先生的信时，鲁特把那稿件揉成了一团，扔进了废纸篓。然而在他这样做之前，他习惯性地把“天主”一词改为“环境”。

6. 断剑

暗淡的天空中，星星放射出耀眼的寒光。林中的树木伸出几千只灰色的胳臂和百万只银白的手指。这片居民稀疏的郊野，像是被洒落在上边的寒霜所冻僵。树干中黑暗的间隙，就像北欧神话中那冷得出奇的无底的黑地狱。北面那座异教教堂的方形石塔，也像是古代野蛮人在冰岛海礁上留下的遗迹。平时要在这样一个夜晚去寻访一所墓园简直是桩怪事，但是今天看来，也许真值得去探究一番。

林间荒地里，一座座坟墓从绿草皮中拱出来，在星光下看上去呈现出一片灰色。通向教堂的小路陡得像座楼梯。山顶上有块平坦而且引人注目的地方，就是使本地名闻遐尔的那座纪念物的所在地。它与周围简陋得一无足观的坟墓形成鲜明的对照。它出自当代欧洲一位最著名的雕刻家之手，然而艺术家的声望不久就要被湮灭，因为他的光环总是被手制雕像上的那个人的威名所笼罩。

星光闪烁下，一座巨大的铜像躺倒在那里，他那伟大的头颅枕在枪支上，一双手有力地以祈祷的姿势永远伸向空中。那张令人肃然起敬的脸上长满浓密的、像钮可漠上校那种八字的胡须。虽然军装有些地方已被艺术家简化了，但仍能看出他是个现代军人。他右面放着一把失去剑尖的断剑，左面放着一本《圣经》。

明朗夏天的午后，游览马车常满载着美国游客和有教养的郊区居民前来瞻仰这座雕像。虽然有这么多人，大家也会觉得这一大片林地，还有那一座圆形墓园和教堂，都显得那么寂静和荒凉。谁要是在冬天黑沉沉的深夜来到这里，一定会感到自己已经被世人抛弃，能和他做伴的，就只有寒星了。林间一片寂静，忽然，两个穿着黑衣服男子的模糊身影穿过栅栏，只听到“嘎吱”一声，木栅门被打开了，他们走上攀登陵园的那条小径。

星光有些暗淡微冷，很难能看清他们的面容，只知道两人都穿着黑衣服，其中一人身躯魁伟，另一人与他相比有些矮小。他们爬上那万古流芳的战士的巨大陵园，站着看了几分钟。周围荒芜一人，或许连一个活物都没有。看到这种景象，人们会产生这样一个幻觉。这两个究竟是不是人？！无论如何，他们开始的谈话是相当奇特的。小个子打破沉默，对另一个人说：“聪明人想藏起一块卵石，应该藏在哪儿？”

大个子用低沉的声音回答，“藏在海滩上。”

小个子点点头，沉默片刻又说。“聪明人想藏起一片树叶，应该藏在哪儿？”

另一个人回答：“藏在树林里。”

又是一阵沉默，然后大个子说：“你是不是想说聪明人想藏起一颗真钻石，应该藏在一堆假钻石里？”

“不，不。”小个子笑着说：“过去的事情都让它过去吧！”

“我不是在想那件事，我想的是另一桩，特别有意思的一桩。你能替我划一根火柴吗？”他冰冷的双脚用力地在地上顿了几下，又说道。

大个子摸摸衣袋，“嚓”的一声，火焰在纪念碑整个平面上镀了一层金光。上面镌刻着那无数美国旅游者都曾怀着崇敬之情念过的著名碑文：

> “献给英雄与烈士圣·克莱尔爵士、将军，他曾无数次征服敌人，然后又宽恕他们，但最终却被他们无情地杀害。愿他坚信的上帝褒奖他并为他复仇。”

火柴烧到大个子的手指头握着的地方，熄灭了，落在地上。他刚想划第二根，但他那小个子伙伴制止了他。“好了，弗朗波，老朋友！我想看的，都看到了！现在咱俩得步行一英里半，一会到旅馆，我再把一切都告诉你。这么冷的天气，总得烤烤火、喝点儿酒，才会有胆量讲这样一个故事。”

他们走下陡峭的小径，关上铰链上已经生锈的栅门，匆匆往下走去，结满霜花的林间小道上，响彻着清脆的脚步声。走出四分之一英里，小个子才打破沉默，他说，“是的，聪明人会把卵石藏在海滩上。但假如当地没有海滩，又怎么办呢，你知道伟人圣·克莱尔的麻烦问题吗？”

“布朗神父，我对英国的将军们一无所知，倒是对英国的警察还略知一二。我只知道你硬拖着我陪你长途跋涉，走遍了这个人的所有纪念圣地，谁知道他是个什么人！看来他好像葬在六个不同地点。我在威斯敏斯特寺看到过圣·克莱尔将军的纪念碑；伦敦泰晤士河堤上有圣·克莱尔将军的跃马雕像；在他出生的那条街上还挂着圣·克莱尔将军的圆形浮雕。在他居住的那条街上还有另一个纪念像。现在你又连夜拖我到他的葬地——这乡村陵园里来。我对这位伟大人物开始感到厌倦了。特别是因为我对他简直还一无所知。你到底想在这些墓穴和雕像里寻找些什么呢？”

“我只想寻找一句话，”布朗神父说，“一句没有写在上面的话。”

“好吧！”弗朗波回答，“你是不是想告诉我有关他的事呢？”

“是的，但是我必须把它分成两个部分，”神父说，“有一种说法是尽人皆知的，另一种说法就只有我知道。那尽人皆知的说法十分简单明了，但它全都是错的。”

“好吧”，那个叫弗朗波的大个子高兴地说，“让我们从错误的说法讲起，先讲尽人皆知而又全都错了的那种说法。”

“即使不算全都错了，至少也嫌理由不充足，”布朗神父又说：“大家所知道的情况归结起来，不外乎这一些。人们都知道亚瑟·圣·克莱尔将军是英国一位伟大的常胜将军。他在印度和非洲精心指挥过几次战果辉煌的战役，后来，巴西伟大的爱国者奥里维亚向英国发出最后通牒，他就被派去指挥对巴西的战争。听说，圣·克莱尔将军在一次战斗中率领少量军队向奥里维亚的大部队进击，经过英勇搏斗，不幸被俘。他被俘以后，竟被绞死在附近一棵树上，这使整个文明世界都感到震惊。巴西军队撤退后，发现他的尸体在树上打旋儿，脖子上挂着他那把断剑。”

“这个故事大家都知道啊，难道是假的？”弗朗波问道。

“不，”他的朋友平静地说，“就故事本身来说，倒很像是真的。”

“这已经够了！”弗朗波说，“既然这众所周知的故事是真的，那还有什么不解之谜呢？”

他们又穿过千百棵像灰色妖怪般的树木，小个子神父才答话。他咬着手指沉思着说。

“唉，这是个属于心理学方面的范畴，或者说是两种心理之谜。巴西事件中，这两位现代史上最著名的人物都做了违反自己本性的事。你要记住，奥里维亚和圣·克莱尔都是英雄——这是没错儿的；他们棋逢对手、将遇良才，就像赫克托遇见了阿喀琉斯。假如你听说阿喀琉斯是个懦夫、赫克托是个奸徒，你会怎样想呢？”

“讲下去。”大个子迫不及待地说，但他的朋友却又咬起手指头来了。

布朗说：“亚瑟·圣·克·莱尔爵士是个坚信宗教的旧式军人——正是这种类型的军人帮助我们度过了印度士兵起义的危机，他忠于职守，不会盲目进攻；他固然非常勇敢，但确实是位谨慎的指挥官，他决不会无谓地牺牲士兵们的生命。但是，在最后那次战役中，他竟做出了连娃娃都知道是荒谬的事。不必是战略家也懂得这简直是荒唐透顶，正如走路的人不必是战略家也会躲开汽车，不让它撞着一样。好吧，这是第一个谜，这位英国将军的头脑里究竟转的是什么念头？第二个谜是：巴西将军的心里到底想些什么？奥里维亚总统可以称作是位理想主义者、给我们制造麻烦的人，但即使他的敌人也都承认他宽宏大量，简直像个侠客、骑士。他从来都宽恕他的全部战俘，甚至还馈赠衣食。原先仇视他的人也为他的直率和可亲的性格所感动。究竟为什么他在一生中只有这一次却像恶魔一样进行报复呢？而且是一次丝毫不可能损害他的战斗？那么，你听明白了吧。世界上最聪明的一个人却无缘无故地表现得像个傻瓜；世界上最高尚的一个人竟无缘无故地表现得像个魔鬼。事情的始末就是这样！你去想想吧，我的朋友。”

“不，你别这样，”另一个哼了一声说。“这事儿还是留给你，你好好把它全都讲给我听吧。”

“好吧，”布朗神父说。“要说公众印象就像我说的那样，那不公平的，这里必须补充随后发生的两件事。我不敢说它们有助于理解这件事，因为没有谁能明白它们的意思。然而，他们却在某些方面投下了新的暗影。第一件事是：圣·克莱尔的家庭医生与这一家闹翻了，开始发表措词激烈的文章，文中竟称故特军为宗教狂。这种言论流布所及，只不过说明将军是个信教的人。无论如何，这个故事是失败的。因为每个人都知道圣·克莱尔有清教徒虔诚的某些怪癖。第二件事更引人注目。当那个孤立无援的师团在黑河那次不幸的进攻中，有位凯斯上尉，当时已与圣·克莱尔的女儿订婚，后来终于娶了她。他是被奥里维亚俘获的人们中的一个。除将军一人以外，他也和其他战俘一样受到宽厚的待遇并立即被释放。二十多年后，这个人成了凯斯中校，出版一本自传性质的书，书名是《一个英国军官在缅甸和巴西》。热切地想从中找出圣·克莱尔不幸遭遇之谜的读者会找到这样一段话，‘本书叙述的一切事件都如它们实际发生的那样忠实可靠，因为我坚守这一古老的信念，即：英国的荣誉，不仅源远流长，而且颠扑不破。’但关于黑河败北的叙述是个例外。所以这样做的理由，虽属私人性质，然而光明正大，而且势在必行。为了对我们纪念的这两位卓越人物公正的缘故，我还有这样一些内容补充说明。

圣·克莱尔将军在这次战役中被指责为无能，我至少能证明。如果正确理解这件事的话，那么，他所采取的这一行动是他一生中最辉煌、最明智之举。奥里维亚总统在同一事件中被指责为野蛮和非正义。我站在他敌手的立场要公正地说。他的这一处置甚至超过了作为他性格特征的宽宏大度。明确地讲，我敢向国人陈证，圣·克莱尔决非一个愚人，而奥里维亚也决非像他看起来那么残暴。这就是我必须说的一切，没有任何世俗的考虑能诱使我再加一词。”

月亮像个光亮的雪球，正从他们前边交缠的树枝间露出它的面庞，讲故事的人在月光照耀下看着一份印刷品，重温关于凯新上尉的回忆。他把纸叠好，放回衣袋，这时弗朗波以法国人的姿势挥了挥手。

“等一下，等一下，”他兴奋地说，“我想我已经猜出那第一件事的原因了。”

他向前伸着他那黑脑袋和粗脖子，出着粗气大步往前走，像个取得竞走优胜的运动员，这引起正在费力地紧跟着他走的小个子神父的兴趣。前边的树木微微向左右两侧倾斜，小径直通向下面被月光照得通明的谷地，然后这条路又像只会蹦的兔子一样，一直窜进另一片浓密的树林。那穿入树林深处的地方又黑又圆，像是地下铁道的入口处。但走了数百步，小径变成个窄洞。

弗朗波接着说："我懂了，"他大声嚷着，一面用大巴掌拍着大腿，"我想了四分钟，就能把整个故事都向你说明。"

"好呀，"他的朋友表示赞许。"你说说吧。"

弗朗波昂起头，却放低了声音。"圣·克莱尔爵士将军，"他说，"来自一个有遗传性的神经病的家族；但他绝不想让他女儿知道这件事，他还尽可能瞒住他未来的女婿。不管是真是假，他预感到发疯的最后时刻迫近了。于是决心自杀，但正常的自杀会把他害怕的这个死因宣扬出去。战役迫近时，他头脑中的阴云也密集起来了，最后他为了个人的原因牺牲了他对公众担负的责任。他鲁莽地冲向战场，希望第一颗子弹就把他打死。但结果他发现他所得到的只是被俘和耻辱，他头脑中的定时炸弹爆炸了，他把宝剑折断，然后自己上吊了。"

他自信的目光注视着前边的树林，树丛有一个像是坟墓入口处那样的黑色缺口，小径从那里又伸向树林。也许小径尽头非常阴森可怕，这加深了盘旋在他脑海中的那出悲剧的鲜明印象，他不禁打了个寒颤。"可怕的故事。"他说。

"可怕的故事，"神父耷拉着脑袋重复道，"不过，它不是事实的真相。"

然后他抬起那黑发的头颅，失望似地说："哦，假如事实真是那样就好啦。"

大个子弗朗波转过脸来注视着他。

"你的故事倒是很干脆，"布朗神父充满感情地说，"是个可爱、纯洁和诚实的故事，像这轮明月那样光亮和皎洁。疯狂和绝望是无罪的，弗朗波呀，事实却不像你说的这样。"

弗朗波茫然望着明月，像在向它乞灵。他站立的地方的那棵树伸出一根弧形的枝子，就像妖怪头上的角。

"神父，神父，"弗朗波做出一个法国式的姿势喊道，一边更快地朝前走去，"你的意思是说事实比那更坏？"

"比那更坏，"另外那人像墓中回声一般重复说。他们又步入幽暗的树林，行经处好像是画着无数树干的挂毡，那条黑色的走廊犹如梦境。

不久他们走进树林里最幽深的地方，他们能感觉到周围都是簇叶但又看不清楚。

"聪明人想藏起一片树叶，"神父又说道，"应该藏在哪儿，藏在树林里。假如那儿没有树林，又该怎么办呢？"

"对啊，"弗朗波烦躁地说，"那他该怎么办呢？"

"他制造一座树林去掩盖那片树叶，"神父模糊的声音说道："一桩可怕的罪行。"

"瞧你，"他的朋友不耐烦地喊道，幽暗的树林和阴郁的谈话使他感到精神有些压抑："你到底告不告诉我这件事？接下去的证据又是什么呢？"

"还有另外三个证据，"另一个人说，"这是我从隐蔽的地方发掘出来的，我要按它的逻辑程序，而不按它的时间程序来讲。第一个证据当然是奥里维亚本人的正式文件中有关这次战役的阐述，这是最有权威性的材料，它是非常明白易懂的。他率领两、三个军团在俯瞰着黑河的高地上建立了牢固的阵地，河对岸是一片低洼的沼泽地。它后面又是逐渐升高的旷野，那里有英军第一个前哨阵地，它的后援部队还在相当遥远的距离之外。英军总的兵力大大超过巴西军队，但处于前哨的那个军团与后方基地距离太远，使奥里维亚产生了渡过河去把它分割、歼灭的设想。然而在日落时分，他决定还是巩固住他那早就很坚强的阵地为妙。第二天早晨，他吃惊地看到这一小支离群的英国军队，在完全失去后援的情况下，竟会渡过河来。其中一半人从右方那座桥上通过，另一半人则从上游一片浅滩上涉水而过。

现在，他们正集中在他眼底下那片低洼的河岸上。无论从兵力上还是从地形上考虑，对他们发动攻势容易得令人难以置信。但奥里维亚还注意到更不寻常的景象。这个军团简直像发疯，他们非但不去占领坚固的阵地，却发动了一次疯狂的冲锋，远离了河岸，然后竟停在泥沼中无所作为，就像蜜糖里粘住的一堆苍蝇一样。巴西军队用大炮把他们分割开，英军只能勇敢地用步枪还击，渐渐地枪声越来越稀疏了。然而他们并没有溃散。

奥里维亚在简短的叙述中，对这群蠢人出奇的勇敢表示惊羡不止。

奥里维亚写道，‘我们的战线终于推进了，把他们赶进河里。我们俘获了圣·克莱尔将军本人和其他几位军官，上校和少校都已阵亡。我不得不承认，历史上很难看到比这个出色的军团的最后一战更良好的表现。受伤的军官捡起阵亡士兵的步枪拼死还击，将军光着头骑在马上对我们挥舞着一把断剑。’但关于将军后来的遭遇，奥里维亚竟像凯斯上尉同样讳莫如深。”

“好吧，”弗朗波咕哝着说，“讲第二个证据。”

“第二个证据，”布朗神父说，“我花了很多时间才找到它，但叙述起来倒只要三言两语。后来，我在林肯郡沼泽地的一座贫民收容所里找到一名老兵。他不但在黑河战没中受过伤，而且，这个军团的上校阵亡时，他刚好跪倒在上校身旁。上校是位爱尔兰壮士，姓克兰西。看来，与其说上校死于枪弹还不如说他死于愤怒。至少他对这次可笑的奔袭不必承担责任，一定是将军强令他这么做的。据那位给我提供情况的人说，上校的临终遗言是：‘让那头把剑尖折断的老蠢驴入地狱去吧，但愿折断的是他的脑袋。你可能觉察到，似乎每个人都注意到那把宝剑已经折断的这一细节，但大多数人和已故的克兰西上校不一样，他们是怀着崇高的敬意来看待这件事的。现在要讲第三个证据。’”

小径开始伸向高处，讲话的人停顿片刻，吸了口气，然后用例行公事式的平静语气接着讲：“就在一两个月之前，有一位与奥里维亚闹翻后离开巴西的官员死于英国。他无论在英国或是在大陆都很有名，他是西班牙人，名叫埃斯巴多；我认识他，是个脸皮蜡黄的花花公子，有一只鹰钩鼻子。由于各种私人的原因，我被准许阅读他遗留的文件，他当然是个天主教徒，我把他的东西从头读到底。他的文件里丝毫没有能澄清圣·克莱尔之谜的东西，但我从中找到五六本普通的练习本，上面写满某英国兵士的日记。我想这可能是巴西人从阵亡的英军身上找到的东西。然而，它写到战争的前夜就嘎然而止了。

但这个可怜的人关于他生命中最后一天的叙述是值得一读的。我身边还带着它呢，但这儿太黑，看不见，我只能给你讲讲其中的要点。日记开头充满了戏剧，显然是在和军人伙伴们开玩笑，他取笑一个名叫瓦鹰的人。不管这个人是谁，看来他不是他们中的一个，甚至不是个英国人。但根据叙述的语气，也不能肯定他是个巴西人。他像是个随军的当地土著，是个非战斗人员，也像是个向导或新闻记者。他曾和老克兰西上校进行过密谈，但他和少校交谈的次数更多。

在这个士兵的日记里，少校显然居于一个突出的地位；他是个黑头发的精瘦的人，从他姓默雷来看，可以确信他是个北爱尔兰清教徒。接着，日记作者用俏皮话把这个严峻的爱尔兰人和乐天派的克兰西上校进行对比，还对穿浅色衣服的兀鹰取笑了一番。但是，这些戏剧被一声军号吹得烟消云散。在英国军营后面，有一条与黑河几乎平行的大道，它是本地区几条主要公路之一。

路西侧弯向河流，通向刚提到的那座桥梁。路东侧通向旷野，两英里外是英军第二个前哨阵地。就在那天傍晚，从东边传来一阵得得的马蹄声，然后出现一个亮点，即便是头脑单纯的日记作者也能惊奇地辨认出，来者正是将军和他的随从。将军骑着高大的白马，如今在画报和学院派人物画中常能看得到他。你可以肯定，他们见到将军时所行的军礼决不会是敷衍了事的。然而将军却没有把时间花费在答礼上，他急忙从鞍上一跃而下，走到军官们中间，以果断的语气进行机密谈话。给我们那位写日记的朋友留下深刻印象的是，将军和默雷少校讨论时，他的那种特殊的神情。但只要不是专门留意，那么这也不算特别的不自然。这两个人天生富于同情，都是读《圣经》的人，而且都是福音派的老派军官。

尽管如此，当将军重新上马时，他肯定仍在急切地向默雷说着什么。他策马缓缓地沿着公路向河边跑去的时候，那高个子北爱尔兰人在他马屋旁走着，一面还和他进行激烈的争论。士兵们望着他俩，直到他俩的身影在公路转向河岸处的树丛里消失。上校回到营帐中去了，士兵们也各自回到哨位上。日记作者多停留了四分钟，看到一幕不可思议的景象。刚才那匹在公路上按捺徐行的白马，走得就像在多次列队式中那样从容，这时它回来了，它沿着公路朝他们所在地狂奔，就像赛马时一样。起初人们担心那匹马准把骑手摔掉了；但不久就看到骑在马上的将军，真不愧是一个出色的骑手，他奋力策马，全速飞奔。马和骑手像一阵旋风那样到了他们身边，一下子就勒住了。

将军那张烧毁的红脸转向人们，他叫上校出来，声音大得像唤醒死人的号角一样。可以想见，这场大祸来时，山崩地裂般的灾难把一切都翻了个个儿，并沉重地压到我们那位记日记朋友的心头，倘恍迷离又兴奋紧张，像是在做梦。只觉得不知怎地，大家都已落进了队列，一点不假，真像是掉进去的。大家只知道，马上就要渡河进攻了。据说，将军和少校在桥上发现了某一紧急情况，当时只能拼死一战了。少校立即沿路赶向后续部队，就算这样迅速求援还不知援军能否及时赶到。他们必须当夜就渡过河去，一定要在早晨占领制高点。日记就在这次充满浪漫色彩的夜行军的动乱中，突然结束了。”

布朗神父走到前边去了，因为林间小径越变越窄，更加陡峭和曲折。他们感到就好像在爬一座转梯，神父的声音划破夜空从上面传来。

“还有一件事，虽然微小但意义重大。在将军催促人们勇敢地冲锋时，他曾从剑鞘里抽出宝剑，但似乎又羞于做出这种夸张的动作，剑刚抽出半截，又收回去了。你看，又一次提到宝剑。”

交缠的树枝在他们脚下投下一片网状的怪影，接着他们又登上高处，走进深夜柔光之中。弗朗波感到事实多得像周围的空气一样，但就是形不成统一的概念。他困惑地说，“对了，那把剑究竟是怎么回事？军官们都佩带宝剑，不是吗？”

“在现代战争中，本来不大提到宝剑的。”另一个人平心静气地说：“可是在这件事里，人们却到处都谈论这把神圣的宝剑。”

“算了，那又有什么？”弗朗波扯大嗓门嚷道，“这是不值一提的小事儿，老将军的剑尖当然是在最后的战斗中折断的啊！谁都能打赌，报纸上一定有这方面的材料。在他的一切陵园和纪念物上，那把宝剑的尖端都是折断的。我想这次你拖我远途跋涉总不至于仅仅为了看一眼圣·克莱尔的断剑吧！”

“不，”布朗神父喊道，声音尖厉得像一颗子弹：“但又有谁曾看到过他那把没有折断的宝剑呢？”

“你这话什么意思？”另一个人喊道，他静静地站在星光下。

他们意外地走出了灰色的树林。

“我说，有谁曾看到过他那把没有折断的宝剑呢？”布朗神父执拗地重复说，“无论如何，日记的作者没有看见，因为将军及时把剑又收回剑鞘里去了。”

月光下，弗朗波望着他，就像瞎子望着太阳那样，他的朋友第一次以热情的声音继续说，“弗朗波，”他大声说：“虽然我走访过所有墓地，但我仍不能证明它，但我对它深信不疑。让我做个小小的补充，就能把事情全部翻个个儿。事情凑巧，上校是首先被子弹打死的人中的一个。他是在英军与敌军相隔还远的地方被打中的。但他已经看到圣·克莱尔的断剑。它为什么是折断的呢？它又是怎样折断的呢？我的朋友呀，它早在战斗开始以前就已拆断了！”

“哦？”他的朋友说，他似乎又恢复了他诙谐的性格：“请你快说，那折断的半截剑尖在哪儿？”

“我能告诉你，”神父果断地回答。“它埋在贝尔法斯特新教教堂公墓的东北角。”“真的？”另一个人问，“你找到它了吗？”

“我不能，”布朗回答，明显地感到遗憾，“它上边还压着一块巨大的大理石纪念碑呢，那块碑是纪念英勇的默雷少校的，他在著名的黑河战役中光荣牺牲。”

弗朗波似乎因受到激励而突然活跃起来，他粗声粗气地说，“你的意思是圣·克莱尔将军恨默雷，把他谋杀在战场上，因为——”

“你的头脑里还是装着些善良、纯洁的思想，”另一个人说。“事实比这个更坏。”

“好吧，”大个子说，“我实在想不出比这更罪恶的念头啦！”

神父似乎真的不知从何说起是好，最后他说道，“聪明人想藏起一片树叶，应该藏在哪儿？藏在树林里。”

另一个人没有吱声。

“假如那儿没有树林，他就会制造一座树林。假如他想藏起一片枯叶，那么他就会制造一座枯树林。”

仍然没人吱声。神父接着讲下去，语气越来越温和、平静。

“假如一个人必须藏起一具尸体，他就会制造一个到处是尸体的战场，把它藏在那里。”弗朗波大步走近来，他迫不及待地想听个水落石出。但布朗神父还用同样的语气往下讲。

“亚瑟·圣·克莱尔爵士，我早就说过，是一个读他的《圣经》的人，他的毛病就出在这里。一个人读他的《圣经》是没有用处的，除非他像所有的人那样读《圣经》，这个道理，到什么时候人们才会懂呢？印刷工人读《圣经》是想从中找出印错的字。摩门教徒读他的《圣经》想从中找出一夫多妻主义，基督教科学家读他的《圣经》，发现我们本是没有胳膊没有腿的。圣·克莱尔本是英属印度的老军人，试想，这意味着什么？

看在上帝的份上，不要侈谈那些动听的话吧。它意味着一个身躯雄伟的男子，在热带地区东方社会的骄阳下生活，不知不觉浸淫于一本东方书的意境里。无疑地，他读的是《旧约》，而不是《新约》。他从《旧约》中找到他内心向往的一切——淫邪、专横和背信弃义。哦，我敢说他是忠于他的信仰的，正如你这么称呼它。但是一个人，当他信仰的就是不忠时，忠于他的信仰又有什么价值呢？

每到一个热带的神秘国度，他都设有秘密的后宫。他冷酷地折磨犯人，进行勒索，他积攒不义之财；当然，他同时还会理直气壮地说他的所作所为都是为了上帝的荣誉。我的神学观点可以用这样的提问来充分说明，即，你信仰的到底是哪一个上帝！罪行往往就是这样产生的，它打开了地狱里一重又一重的门，引向越来越小的处所。犯罪的背景就是如此，人不是越变越粗野，而是越变越卑污。不久，圣·克莱尔遇到了麻烦，人家对他进行勒索和讹诈。这样，他就需要越来越多的现款。在黑河战役期间，他正堕落到但丁所描写的宇宙中最底下的那个地方。”

“你这是什么意思？”他的朋友问。

“我意思是指那儿，”神父挖苦地说，突然他指着月光下冰封的泥潭。“你还记得但丁把谁放在最后一层冰的底下吗？”

“卖国贼。”弗朗波说时不禁一阵寒颤。他看着周围树林阴森的景象，心中升起一幅具有嘲讽意味的令人憎恶的图画，他似乎能设想自己已变成但丁。而神父像维吉尔那样，吐着如涓涓细流似的声音，正引导他穿过罪人们万劫不复的永恒居所。

神父说道：“你知道，奥里维亚是吉坷德式的人物，他不允许暗中利用奸细。然而这样的事却做成功了，像其它许多事情一样，都是背着他进行的。一手安排这种事的人就是我的老朋友埃斯巴多！他是个衣着华丽的纨绔子弟，长着一个鹰钩鼻子，使他获得“兀鹰”的称号。他假装是个慈善家，到战线上去，在英国军队里探路子，最后他控制住一个腐败的家伙——上帝呀——他就是在军中地位最高的那个人。圣·克莱尔为了肮脏的用途，急需金钱，而且需要大量金钱。因为那个无赖的家庭医生威胁说，他要披露些不寻常的情况，后来他真的开始做了，但又突然中止。医生透露了将军在伦敦派克街寓所中发生的令人毛骨悚然而腐朽的故事！一个英国国教派信徒的所作所为竟会发出象活人潘祭和不属于人类的恶臭。同时他女儿要出嫁，也需要嫁妆；因为，财主的名声和财富本身一样使他陶醉。

他抓住了最后一根救命稻草，暗中向巴西出卖情报，大量金钱从英国的敌人那里向他涌来。但另外一个人也同他一样，和埃斯巴多——也就是“兀鹰”——交谈过。这位黝黑、坚韧的北爱尔兰年轻少校不知怎的，已经猜中了他的隐私。他俩沿着公路缓步向桥梁走去时，默雷要将军马上辞职，否则就要把他送上军事法庭去枪毙！将军假意敷衍他，就这样，两人一直走到桥边那簇热带树丛旁。此刻我似乎看见夕阳的余辉照在棕榈树上，听到河水的潺潺，这时将军突然抽出长剑奋力刺进少校的躯体。”

阴冷的道路折向覆盖着寒霜的山冈，灌木丛的影子黑得吓人。弗朗波似乎在它的后面看到一点模糊的光晕，既不是星光又不是月光，像是人间的灯火。故事进入尾声的时候，他正眺望着这点亮光。

“圣·克莱尔就是地狱的恶犬，但他是条有教养的恶犬。当可怜的默雷倒在他的脚下，尸骨渐凉时，我敢发誓，圣·克莱尔的头脑仍然非常清醒和健全。尽管世人都蔑视他最后失败的一战，但正如凯斯上尉所说，这位伟人在他一生所取得的无数辉煌胜利中，从来也没有像在最后失败的一战中那样伟大！他冷酷地注视着宝剑，擦去上面的血迹，发现剑尖在刺穿那位牺牲者后背时，已折断在他的体内。他像透过俱乐部的玻璃窗一样安详地望见必定会发生的事。

他知道人们将会发现这具无法解释的尸体，将取出这无法解释的剑尖，将注意到那无法解释的断剑——或是发现他的剑无缘无故地失踪了。他杀了人，但无法把它隐瞒起来。但他急中生智，还存在着唯一的出路，他可以让这具尸体得到解释。他可以制造一座尸体之山，把这具尸体掩盖住。于是，二十分钟以后，八百名英国壮士就这样向他们的死亡进军了。”

冬季的黑树林后面那缕温暖的光线越变越大，越变越亮。弗朗波迎着光明大步走去。

布朗神父也加快了脚步，但他似乎还全神贯注在他讲的故事里。

“有如此英勇的上千名英军，他们的指挥官又如此有天才，只要他们立即抢占山头，即使这次疯狂的进军也还有可能碰到好运气。但那个罪恶滔天的家伙把部下当作手中的玩物，他有自己的逻辑，想达到自己的目的。他们必须停留在桥边的沼泽地里，至少要等到英国人的尸体在那里已不成为稀罕东西的时候。最后还有精彩的一幕。军中这位白发如银的圣者为把剩下的人从敌人的屠戮下拯救出来，会献出他的断剑。哦，这支即兴曲编得真妙呀！但是我想（虽然我还不能证实），就在他们停留在那血腥的泥谭中时，有人在怀疑、在思索。”

他沉默片刻，又说，“天上有一种声音告诉我，那个猜到真相的人就是那个恋爱中的人……即将和将军的女儿结婚的那个人。”

“那么关于奥里维亚绞死将军的事情呢？”弗朗波问。

“奥里维亚部分出于骑士精神，部分由于政策考虑，几乎从不带着战俘行军。”叙述者解释道，“通常他总是把战俘全部释放，这次他也把每一名战俘都放掉了。”

大个子纠正他说，“除了将军外的每一名战俘。”

神父说：“我说的是每一名。”

弗朗波皱着眉头说，“我还没有完全听懂。”

“还有另一幅图画呢，弗朗波，”布朗更加神秘地低声说，“我不能证实，但我却能做得更多，我能清楚地看到这幅图画：早晨，在灼热的荒山上，巴西军队拔地而起。穿着巴西军服的士兵分别排成纵队准备出发。奥里维亚身穿红衣服，手拿宽边帽站在那里，微风吹动他黑色的长须。他向刚被他释放的伟大敌手告别——那位久经沙场须发如霜的、豪爽的英国军人，以自己部下的名义向他致谢。残余的英国军人在他身后立正，旁边是准备撤退用的军需品和车辆。战鼓隆隆，巴西人开拔了；但英国人仍像雕像般站在原地。直到敌人的声音和影子在热带的地平线外消失，然后，他们像死人复活似地立即改变了位置，五十张脸带着难以忘却的表情同时转向了将军。”

弗朗波蹦了起来。“呀！”他喊道，“你的意思不会是——”

布朗神父用低沉而动人的声音说：“是的，是一只英国人的手把绞索套在圣·克莱尔的脖子上，我相信这正是那只把戒指戴到将军女儿指头上去的手，是英国人的手把他拖去吊在那棵象征耻辱的树上。这些英国人曾经崇拜过他并追随他去夺取胜利。正是英国人（愿上帝饶恕我们大家）一面看着他的身子，在异国的太阳下那棵作为绞架的绿色棕榈树上摆动，一面满怀憎恨地祈求他早日进入地狱。当他俩登上山岗，就望见一家挂着红窗帘的英国旅馆射出强烈的红色灯光。它就在路边一条岔道上，似乎在显示它无限的好客。它的三扇门都开着，正在迎接来宾。人们在夜间的欢声笑语一直传到他们站立的地方。”

“不需要再对你多讲什么了，”布朗神父说。“他们在旷野里审判他并把他绞死；然而，为了英国的荣誉和他女儿的名声，他们起誓把卖国贼的钱袋和刽子手的剑尖永远隐瞒起来。也许——上帝保佑他们—他们甚至想把这一切统统忘掉。啊，我们要去的旅馆总算到啦。”

“我真打心眼儿里高兴，”弗朗波说，迈着大步走进明亮、热闹的酒座，突然他倒退一步，几乎摔倒在地。

“看这儿！真奇怪！”他高喊着，僵硬的手指着挂在入口处上边的那个方形木头招牌。上面粗拙地画着剑柄和折断了的剑身，并用仿古的字体写着“断剑旅馆”的字样。

“你缺乏思想准备吗，”布朗神父和蔼地对他讲。“他是本地的神明，有一半旅馆、公园、街道都是以他和他的事迹命名的呢。”

“我想我们总算把这个瘟神打发掉啦，”弗朗波大声说，并对过道吐了一口唾沫。

神父垂下了目光：“你永远没法把他从英国打发掉，只要金石不销毁，他的大理石雕像在今后几个世纪还将永远竖立在自豪的、天真纯洁的孩子们的心上。他的乡间陵园还将作为忠于祖国的象征散发出百合花般的芬芳。千百万人将永远不会真正了解他，还将像爱父亲一样地爱他，而少数几个了解他的人则把他视作粪土。他将成为一位圣者，他的真相永远不会被人提起，因为我已经下定决心。揭穿秘密有许多好处，但也有许多坏处，我只好试着这么办了。一切报纸不会归于湮灭，反巴西的情绪早已成为过去，奥里维亚早就到处受人尊敬。但我对自己这样说。假如随便什么地方，在用金石建造的、像金字塔一样长存的纪念物上，指名诋毁克兰西上校、凯斯上尉、奥里维亚总统或者任何清白的人的名誉，那么我就要站出来说明真相，假如仅仅是圣·克莱尔受到不应有的赞美，我将保持沉默。我是会这样做的。”

他们走进的这座挂着红窗帘的小旅馆，不但舒适，内部设备简直可以称得起奢侈了。

桌上有一座圣·克莱尔陵园的银质模型，上面那颗银的头颅低垂着，还有一把折断的银剑。墙上挂着同一地点的彩色风景照片，照片上面还有满载着游人前来朝圣的轻便马车。

他们坐在垫得柔软舒适的凳子上。

“来吧，天冷，”布朗神父说，“让我们喝点葡萄酒或是啤酒。”

“或者来杯白兰地。”弗朗波说。

7. 飞星

弗兰博在他德高望重的晚年时，常这样说：“我一生中干得最漂亮的，是我的最后一次犯案。那一次犯案纯粹是出于巧合，案子发生在圣诞节。案发之前，我像一个艺术家在塑一座群体雕像时那样，一直在寻觅着合适的机会，要找到一个特别的时节或特别的地段，给自己选择出一个合适的平台，找一幢对得上胃口的花园去下手，造出惊天动地的轰动效应。

地主财东们被骗进铺着橡木板的长排房间里。对于腰缠万贯的犹太人来说，那就简直得让他们出乎预料地、身不由已地置身在理克咖啡馆的灯影幻画之中，并发现自己身无分文。所以，如果我想要偷劫富贾中某位长者的钱，并不像你想象的那么容易。我清楚自己置身在英格兰的某个小镇，镇上的教堂绿草环抱，灰塔兀立，我倒是愿意设计去框住他，在他身上下手。如果是在法国，当我从一个有钱又黑心的农夫那里搞到了钱时，我就会非常满足地把他暴打一顿，然后绑在一排修整过的白杨树丛跟前，悬在那神圣的，孕育过伟大的米勒精神的高卢平原之上，但这些也是不可能的。我所做的这最后一次案子被叫作‘圣诞节案件’，是一次针对喜气洋洋、亲密无间的英国中产阶级的案件，一次查尔斯·狄更斯式的案件。

在帕特尼附近有一幢老式的属于中产阶级的精美房子，那是一幢一边配有新月形车道，另一边带有一个马厩的房子。两扇大门上登有名字。房前还长着一棵猴子树。植物种类想来你能够识别。总之，我的确认为我将狄更斯的风格模仿得惟妙惟肖且又富有浓浓的文学气质，尽管当晚我还懊悔地认为搞成那样是个遗憾。”

弗兰博由里到外地继续他的故事。从外到里听，这故事会显得古里古怪。但如果从外到里地看待，这故事会完全令人不可思议，局外人绞尽脑汁地研究它，琢磨它。

也有人说这出戏可能应该这样开始。当一所带有马厩的屋子的前门在节日的下午“吱呀”一声打开，面对着花园中的那棵猴子树时，一个年轻姑娘走出来，手里拿着面包去喂鸟儿。她那张漂亮的脸蛋上，长着一对大大的褐色眼珠。无法猜想她的身材，因为浑身上下都给裹在了棕色的皮毛里。很难分清哪是头发，哪是皮毛，要不是这张迷人的脸，她也许会被当作一只摇摆的乖巧的小熊。

冬日的傍晚，天空中一片殷红，渐渐地融入到朦朦夜色之中。一粒红宝石般的光球滚落下来，坠入到院子里没有花朵开放的花圃中，似乎在给凋萎的玫瑰藤蔓填入精气灵光。房子的一边是个马厩，另一侧是一条小径，月桂葱笼的回廊通往屋后面更大的后花园之中。有条狗老把面包抢先吃了，年轻姑娘将只能一次又一次地将面包渣撒向鸟儿。姑娘顺顺当当地沿月桂巷穿过去，走进后院，在微光闪烁的常青植物丛前，她充满好奇地发出了一声惊叫，或出于真情或出于惊奇的惊叫。她仰头朝高高耸立的院墙看去，发现一个有点奇特的身影横跨在墙上。

“喂，别跳，克鲁克先生”，她警告地叫了一声，“墙太高了。”

这人跨骑在院墙上，仿佛跨在一匹想象中的骏马上。他，高大，瘦削，黑发像刷子一样直立着，一副睿智而高贵的模样，但却面带菜色，不甚和善，是个年轻人。他的胸前系着的红色领结很富有挑逗意味，更加清楚地表明，在他那身衣服中，惟一使他煞费苦心的地方不过就是这领结。或许，这领结还象征着什么。他没理会姑娘的警告般的要求，而是像一只蝗虫一样跳了下来，落在她身边。这一跳极有可能摔折他的腿。

“我原以为我会被当成盗贼。毫无疑问，若不是我恰巧在隔壁那栋别致的房子里降身于世的话，我原本就该成为一个小毛贼的。而且不管怎样，我还看不出这样有什么害处。”他坦诚地说。

“你怎能这么说呢？”她争辩道。

“好啊，”年轻人说，“如果你认识的人在墙的那一边，我认为你爬墙过来就不算错。”

“我不明白你要说什么。”她说。

“我也经常搞不懂自己，”克鲁克先生回答道，“但我现在是在墙的这边了。”

“那哪一边是正确的一边呢？”年轻姑娘微笑着说道。

“你到底是在哪边呢？”叫克鲁克的年轻人又说道。

汽车喇叭响了三声，而且越来越近，此时他俩正一同穿过月桂树丛走向前花园。一辆速度很快，品质精良，淡绿色的小车风一般飞驰到门口。车像鸟儿一样立定了，还不停节奏地颤动着。

扎红领结的年轻人说：“喂，你好，总有人生来就事事如意，亚当斯小姐，我真没想到你们家的圣诞老人会这样气派。”

“哦，那是我的教父利奥波德·费希尔爵士，他总是在节假日来。”

接下来是一阵停顿，没有原因但却不言而喻，大家感到彼此间缺乏点热情。鲁比·亚当斯补充说：“他很慈祥。”

约翰·克鲁克作为新闻记者，早就听说过这个城市里的显赫人物。要是这位达官贵人未曾听说过他，那倒不是他的错儿。因为利奥波德爵士曾经严肃处理了刊登在《号角》或《新时代》上的某些文章。但他什么也不说，只是冷漠地看着从车上卸下东西，这是个漫长的过程。身材高大，容颜修整，身穿绿制服的司机从汽车前座出来；而身量短小，干净齐整，穿着灰衫的男仆从后排座位上下来，两人搀着利奥波德爵士到台阶上，并开始为他脱去外套，看上去真像一个细心保存的包裹。杂七杂八的玩意儿多得足以开上一家杂货商店，毛皮似乎取自森林中所有的动物。彩虹般五彩缤纷的鳞片一件件被掀开，一个友善的、老朽的、有着外乡人面孔的绅士人影显现出来，灰白的山羊须，大皮手套在他手里被揉在了一块，脸上挂着灿烂的笑容。

早在这一展示完成之前，亚当斯上校（我们这位穿着皮裘的女士的父亲）已亲自在门廊的双扇大门前迎候贵宾了。上校个子魁梧，皮肤被太阳晒得黝黑，行为举止十分沉静，头上戴着一顶土耳其式的红色吸烟帽，看上去颇像一位驻埃及的英国塞尔达司或帕夏。

随同他一道而来的是最近才从加拿大过来的内弟（即，妻子的弟弟），一个个子高大，又年轻自负的乡绅，蓄着一缕黄色的小胡子，名叫詹姆斯·布朗特。他们旁边还有一位更具风味的人物，一位从附近罗马教堂来的神父。因为上校现在的妻子是位天主教徒，孩子们便自然而然地跟着母亲信从了天主教。这样的事情在这一带是司空见惯的。神父身上无处不在散发出空灵与飘逸，甚至包括其名字——布朗。上校却因为从他身上发现了值得结交的品质，所以经常邀他来参加自己的家庭聚会。

与房子相比，走廊和前厅也的确大得没有边际，并开辟出一端作为前门，另外一端是楼梯底部的大厅。房子的宽敞门厅有足够空间给利奥波德爵士移送行李，厅内壁炉前悬挂着上校的一把剑。等迎宾的过程结束，随同人员包括阴郁的克鲁克，都来到利奥波德爵士面前。然而，这位年高德勋的金融家却还在与他那身裁剪合体的服装闹别扭，正费力地从燕尾服的内层口袋中掏出一个椭圆形的黑匣子。

他热情洋溢地解释说，这是给他教女的圣诞礼物。说着他向在座的各位扬起皮匣，他那毫不掩饰，流露得体的虚荣心驱使他在什么地方轻轻一触，只见小匣子打开了，尽管后半部分还掩着，但却能看见匣内一座恍若水晶喷泉股的东西在人们眼前喷涌光华——三颗白色的耀眼的钻石，像三枚卵形石枕在一席橘色的天鹅绒布上。这使得周围的空气像着火一般地升腾起来。费希尔站在那里，领略着上校那强作镇定的赞美和直率粗略的谢意，赏析着全场唏嘘赞叹的表情，脸上宽容地笑着，细细地嚼味着女孩子的诧异和惊喜。

费希尔说着，把小盒子收回燕尾服上衣的衣兜里，说道："亲爱的，我现在得先把它收起来，我得小心谨慎点。这三粒非洲钻石取名为'飞星'，缘由是已被盗过数次。几乎所有的汪洋大盗都觊觎它们，街头闲逛的浪子和混迹旅馆的粗人们，也就不可能不妄想着要碰它一碰。也许来这儿的路上我就会弄丢它们，这是十有八九的可能。"

"按我说，这是天经地义。"扎红领结的男子粗声粗气地说道，"如果钻石被偷了，我才不会责备偷盗的贼人呢。当他们需要帮助，而你连一点好心好意都不表示，那他们只好亲自动手喽。”

“不许你说这样的话，”姑娘很奇怪地涨红了脸，高声说道，“也不知是什么人，这样说话真叫人厌恶。你明白我指什么，你把一个想怀揣烟囱扫帚的人叫什么？”

“圣徒。”布朗神父接道。

“我觉得鲁比指的是理想主义者。”利奥波德爵士却说，他说话时带着自大的笑容，“激进分子并不说明他靠萝卜维生，”克鲁克有点儿不耐烦地辩解道，“而保守派也不代表他们给果酱保鲜。同时，我能肯定地说，理想主义分子并不是一些要带着烟囱扫帚去赴社交晚会的人。一个理想主义者希望扫净所有的烟囱且有人为之付钱。”

“但有谁可能允许自己积存烟灰呢？”神父低吟了一句。

克鲁克绕有兴趣甚至有些敬佩地看了看神父，他问道：“有人要自攒烟灰吗？”

“有，”布朗答道，眼中闪着思辩的神色，“我就听说过园艺工要用烟煤灰。一次圣诞节，变戏法的人没来，我就同六个小孩逗乐，也使用了烟灰——将它涂抹在人的脸上。”

“太妙了，”鲁比大声说道，“喔，我真希望您在这位同伴身上也试一次。”

加拿大人布朗特先生一边赞扬一边提高了嗓门。惊讶的金融家也增大了说话的音量。这时，前门被敲响了。神父走过去打开了门。人们又再次看到了前花园的常青树、猴子树等等。

夜色渐浓，紫色天幕下的日落蔚为壮观。此番景象在此刻是如此地光怪陆离，绚丽多姿。好像是剧中的舞台布景，以至大家有那么一刻忘记了，站在门边的一个毫无意义的人物。脏兮兮的面孔，磨损的衣衫，很明显，他是个邮差。“哪位是布朗特先生？”他问道，迟疑地将一封信举在面前。布朗特先生刚开始叫喊又马上打住了，走过去证实了自己的身份。满怀惊奇地撕开信封，读了起来。面色一会儿阴沉，一会儿又明朗。他转身对着他姐夫和主人说：“上校，很抱歉我惹大家不愉快了，”他的口吻中带着一种纵横殖民地时的一贯愉快气氛，“如果一位老朋友今晚为生意上的事来拜访我，这是否会让您不高兴？实际上，他是费洛里安，著名的法国杂技和喜剧演员。他是法裔加拿大人，数年前我在大西部就认识他了。虽说我猜不透他的目的，但他确实有事情与我商量。”

“那是当然，那是当然，”上校满不在乎地回答道，“你的朋友，也就是我的朋友，当然准许他来这里喽。”

“您是这个意思的话，他就会在脸上抹上黑色油彩进来，”布朗特大声说道，“我坚信他也能蒙骗过其他人的眼睛。那我管不着，我也不在意。我喜欢嘻嘻哈哈，老式陈旧的哑剧表演，一个人居然能坐在帽子顶上。”

“见谅，我不会那样，”利奥波德·费希尔爵士说道，板着一脸严肃的神情。

“得了，得了，”克鲁克观察了一阵，轻快自在地说道，“不要拌嘴嘛！比这更低级的笑话还有的是。”

诚然，费希尔爵士一点也不喜欢这个扎红领结的小子，既不喜欢他强势的态度，也讨厌他与自己的漂亮教女之间的那种亲密关系。他极尽挖苦，极尽其专横之能事地说道：“毋庸置疑，你是发现了一些比坐在高帽上更低级的事情。那是些什么，请讲讲？”

“比如说让一顶帽子坐在您的头上。”理想主义者答道。

“现在嘛，现在嘛，”加拿大农场主人以一种仁慈口吻说道，“可别破坏了如此良宵。我想说的是，让我们为今晚的客人准备点什么吧。要是您不喜欢，就免了涂脸或者坐帽子，但却还得做一些类似的事情。为什么不适时地来上一出英国旧式的哑剧呢？小丑、蓝花褛斗、诸如此类的。我在二十岁离开英国时瞧见过一回，至今还像一团篝火在我心中燃烧着。去年我只回来一次，发现这种戏已濒临绝迹。现在的戏台上除了一大堆哭哭泣泣的童话剧以外，就什么也没有了。我要一根烧红的火钳和制成香肠的警察。由他们推出披着月光的圣洁公主，‘青鸟’或别的什么东西。但若叫作‘青髯公’，倒更符合我的口味些吧，不错，把人变成傻老头时我最喜欢。”

“完全同意，把警察弄成意大利红肠，”约翰·克鲁克说道，“这就比近来给理想主义赋予的定义还更好一些。但筹备工作绝对是桩耗资巨大的事情。”

“一点也不，”布朗特颇有点如痴如醉地叫道，“小丑是我们这个时代所能创造出来的最聪明的形象。这其中有两个原因：一是表演者插科打诨，不受限制；二是所有器具均取自居家用品——桌子，毛巾架，洗菜筐等等。”

“一点不错，”克鲁克赞同地说道，并热切地点着头，走来走去，“但恐怕我不能给自己弄到一套警察制服。最近没有哪个警察被杀掉吧？”

布朗特皱眉，沉思片刻，一拍大腿，叫道：“对，我们可以找到。

我这里有弗洛里安的地址，他知道伦敦的每一家戏服店，我打电话让他带件警服过来。”于是他蹦跳着去打电话。

鲁比几乎手舞足蹈起来，欢快地说道：“教父，这真绝了。我要扮演蓝花褛斗，您就充当傻老头吧。”

富翁有点不太开化，他保持着庄重的神情，形容僵硬地说道：“亲爱的，我想你还是须得找别的人来演傻老头。”

“如果你愿意，我来演。”亚当斯上校说，从嘴上取下雪茄。这是他说的第一句话也是最后一句话。

加拿大人离开电话往回走时，兴高采烈地嚷道：“应该立一座雕像，那么，我们都固定好角色了。克鲁克先生当小丑，他是新闻记者，又知道所有的老笑话。我做滑稽人，这个角色只需要腿长，需要不停地跳来跳去跑龙套。我的朋友弗洛里安在电话里说他会带一套警察服来，而且在来的路上他就会换好，咱们就在这个大厅里表演吧，观众可以坐在木板楼梯的对面，前面一排后面再添一排。前门做布景，打开关上都行。关上呢，看见的是英国风格的室内布置，打开呢，是一个月下花园。真美啊，一切都像在变魔法！”说着说着，他从口袋里找出了一截尚未清除的彩色粉笔，跑向大厅门，在前门和楼梯间的半路中，划出一道分出舞台部分的线。

这样的一个盛会在当时是怎样准备好的还真让人感到不可思议。但人就是这样，只要屋子里有青春，人们身上就会永远地混合着不顾后果的鲁莽与勇往直前的勤奋，当时他们就是以这种混合交织的情怀，令人不可思议地把一切都给准备好了。而在那天晚上，虽然并不是所有的人都能够冷静地把表现出来的形象，焕发起来的激情同自己身上的实际东西分辨出来，但整个屋子里确实已经是青春意气，生机盎然了。现代社会正是通过自身创造出来的，使一切都驯顺归依的公约惯例，才使得像哑剧这样的发明流行得愈来愈广泛。其实他们的所有发明，无不经历这样的过程，这是屡见不鲜的事情。穿着鲜丽裙子的蓝花褛斗形同起居室里的大型吊灯，光彩照人，新奇无比。

小丑和老头用从厨房里取来的面粉把自己抹白，还从其它的化妆品中弄来胭脂给自己上点红彩，他们同所有真正的基督教恩典人一样，将自己的真实姓名给隐匿起来。滑稽人也从香烟盒中剥下银色的锡箔纸，将自己裹好，煞费力气地使自己免于撞碎古老的维多利亚时代的金碧辉煌的枝形吊灯。

也许，他在自己身上严严实实地覆盖上了晶莹透亮的水晶。即使鲁比没有找到，曾经供她在化妆舞会上冒充女王宝石的那块假宝石，而在今天的哑剧中，哪怕她将不得不使用一块维多利亚时代的旧款式人造宝石，但她还是一定会把这出剧演下去。的确，她的舅舅詹姆斯·布朗特已经像个孩子一样，兴奋得忘乎所以了。他出其不意地将一个纸驴扣在布朗神父的头上。神父十分温顺地忍受了这种做法，甚至还偷偷地动了动耳朵。这位舅舅还企图把驴尾巴弄到爵士的燕尾服上，爵士皱眉制止了他的行为。

“舅舅也太没谱了，他为什么这么没礼貌？”鲁比对克鲁克说道，同时煞有介事地将一捆香肠搭绕到自己的肩上。

“他是给你这蓝花褛斗配戏的滑稽人，”克鲁克说道，“我不过是个会讲点破烂笑话的小丑而已。”

“我真希望是由你来做滑稽人呢。”她说着，让那串香肠晃荡起来。

尽管布朗神父知道幕后的每个细节，甚至还因为用枕头来假装哑剧中的一个婴儿，使他引起了大家的喝彩，但他本人并不上场。只见他绕到屋子的前面，坐在观众席间满怀庄重地期待着，如同一个孩子在等待着看第一出现场音乐剧。观众人数很少：亲戚，一两个当地的朋友，外加佣人。利奥波德爵士坐在前席，他那穿着毛领外套的臃肿的身躯阻碍了后面身量较小的神父的视线。布朗神父是否错失了许多，艺术权威们还未曾做出定论。哑剧虽然演得混乱无序，但却并不让人觉得庸俗可鄙。

通场戏都是克鲁克在串演小丑，演得那么狂热，那么即兴。一般说来，克鲁克是个聪明的小伙子。今晚，在他身上有一种强烈的、无所不知的能力在鼓舞他，这是他在瞬息之间，因见到一张特别的面孔，像得了一种特别的印象，并从这种印象之中涌出源源不断的灵感，使得他这位年轻人显得比全世界的人都更滑稽更聪明。人们只以为他是小丑，可他却几乎充任了演出戏剧所需要的一切——编剧（只要还有作家的话）、台词提示者、背景画家、舞美、布景设计师，以及最首要的乐队。在令人开颜的表演中，有一阵阵突然而来的间断，这时他连戏服也不脱就猛冲到钢琴前，“叮叮”“咚咚”地敲出一些听着虽怪却还入耳的流行乐曲。

同其它戏剧一样，这场哑剧的高潮部分也是两扇前门给“呼”地一声吹开，一片月白如洗、可爱动人的花园出现在了观众的眼前。但更引人注目的是，一位名噪一时的职业演员——伟大的弗洛里安——这里的客人，身着警服粉墨登场了。同时钢琴边的小丑弹起了《潘训斯的海盗》中的一首警察合唱曲。但震耳欲聋的掌声将曲子淹没了，因为伟大的喜剧演员，一举手一投足所体现的警察尽管拘谨，却叫人崇拜。滑稽人跳起来，击打一下警察的大檐帽，钢琴师这时正奏到“你从哪儿得来那顶帽子？”他装出既羡慕又惊讶的样子，环顾四周。跳着走路的滑稽人又打了一下他（琴师正唱着关于“我们还有另一顶”的几节曲儿）。接着他直冲入警察的怀抱，并跳落在他身上，传来一阵喧闹热烈的欢呼。陌生的演员来了一段他最为人称道的模仿死人的戏，至今帕特尼还佳话常传。

一个活生生的人能变得毫无生气，太叫人难以相信了。身手敏捷的滑稽人，像一个布袋，大摇大摆地荡来荡去，要么像在印第安俱乐部里扭动摆晃着身体，一刻不停地随着钢琴键传出的最疯狂最荒诞的曲子。滑稽人从地板上猛地举起喜剧中的警察，小丑弹道：“我从你的梦想中站立起来。这时滑稽人又把警察拖曳到背上：“肩上扛着我的囊袋。”

最后，滑稽人尽力地膨然一声放倒警察。狂乱的弹奏演变成了轻快的叮咚调子，人们还能听到一些词句——“去给我的情人寄一封信，路上我却把它弄丢了。”在这没头没脑的状态达到极限时，神父的视线完全给挡住了。市府大人全身起立，狂野地把手插进口袋。接着他又急躁不安地坐下，但身子仍然还在打着颤。再次站立时，他简直大步地跨上舞台。只见他瞪了一眼弹琴的小丑，默默地、气咻咻地冲出了房间。

对业余滑稽人的这种荒谬可笑却不失优雅风致的舞蹈，神父仅仅多看了几分钟，舞蹈动作针对着毫无知觉的敌人。

这儿月光盈满，一片寂静。滑稽人一边竭尽全力地做出粗鄙却又真实的表演，一边慢慢地退步出了门，舞进了花园。缀满了银纸片与玻璃石的服装，先前在舞台灯光的照射下就显得过于扎眼，现在在皎洁的月光下舞动时，更是银光闪闪，极具魔力。观众们走拢过来，给予潮水般的掌声。有人故意碰了一下布朗神父的手臂，说有人请他去一趟上校的书房。他跟着传信人走出去，心中疑虑渐增。书房里一片肃穆，透着怪异，这就更加难于驱散他的疑惑了。亚当斯上校坐在那里，一点没变，仍穿着傻老头的戏装，眉毛上方那道突起的鲸骨不停地上下动着，老花眼里的悲哀神情足以使衣神节的狂欢喧闹平息下来。利奥波德·费希尔爵士倚在壁炉台边，极度恐慌地唉声叹气。

“发生了一件令人心痛的事，布朗神父，”亚当斯说道，“下午我们见到的三枚钻石从我朋友的燕尾服口袋里消失了，而且正当你——”

“当我，”神父咧开大嘴，似笑非笑地补充说道，“好端端地坐在他身后时——”

“我们没有这类暗示，”亚当斯上校坚定地看了一眼费希尔，这就充分说明他们确有这种糟糕透顶的猜测。他说道，“我只想请你帮助查出可能是哪位先生干的。”

“谁翻过他的燕尾服口袋？”布朗神父说着，不住地从那衣服口袋里往外掏东西：五六枚便士，一张回程车票，一小枚银质十字架，一份每日祈祷的小册子，一板巧克力。

“你要知道，”上校看着他，许久过后才说，“我更想要了解你心里想的，而不是这袋里装的什么。不过，当然，我女儿也是你们大家当中的一个，而且她不久才——”

“她不久前打开父亲的房门，那人明白无误地说他会去偷任何有钱人的东西，这就是结果。这使得那家伙更加富有，再没人比他更富有了。”

他神情祥和，口气稳定地补充道："你完全能够知道我的想法，"布朗神父相当疲倦地说，"你后来说它值多少？当我在那没用过的口袋中发现的是这个，意在偷钻石的人是不会谈论理想主义的，他们指责它更有可能性。"

另外两人一会儿就变了，神父接着说："你看，我们多少也知道这些人。那个理想主义者不过是偷了颗钻石而非金字塔，我们该马上注意的是我们不知道的人。扮演警察的家伙弗浴里安，我想知道，此时此刻他在哪里？"

傻老头腾地弹跳起来，迈着大步出了房间。富翁瞪眼瞧着神父而神父看着他的祷告书的那会，一小段插曲发生了。

傻老头回来，郑重其事，断断续续地说："警察仍然躺在舞台上，幕布已放下拉起六次，他一直在那儿。"

布朗神父扔下书本，站立起来，脑海中一片空白，直愣愣地盯着前方。渐渐地，他那双灰色眼睛中回复了一丝闪亮。只听他含含糊糊地回答道："上校，恕我冒昧，您能告诉我您妻子是什么时候去世的吗？"

"我妻子？"老兵一时间瞠目而视，回答道，"今年去世的，迄今已有两个月了，她弟弟詹姆斯是一周后来看她的。"

神父像兔子一样嗖地一跃而起。"快来，"他异常兴奋地叫道，"快，我们早该去看看那个警察了。"

他们飞快地奔向现已落幕的舞台，生气地冲开蓝花褛斗和演员，布朗神父弯下腰，瞧着喜剧中的警察。

"用氯仿麻醉，"神父边说边站起来，"我刚刚推想到这一点。"

突然一片安静，上校缓慢地说道："请严正地说说这到底是怎么一回事？”

神父蓦地哈哈大笑声来，随即又停止了。他没讲话的时候，内心充满着矛盾和斗争。他长喘一口气说：“没有多少时间讲废话了，我得追踪罪犯，但扮演警察的那个伟大的法国人和滑稽人跳着华尔兹，故意搅弄整个场面，乱摇乱晃的灵巧人影……”他已经转身跑了起来，声音渐渐没有了。

“他是？”费希尔好奇地问道。

“一个真正的警察。”神父喊着跑开，冲进漆黑的地方。

月桂和常生不败的灌木丛映衬着深蓝的天空和银色的月亮。枝繁叶茂的花园尽头是些坑坑洼洼的阴凉地。就是在隆冬季节，这里也披着南国的春暖色调。月桂树绿影婆娑，情趣盎然。夜色下的槐蓝充溢着紫光，月儿如同一块硕大无比的水晶石。整个花园组成了一幅浪漫无际的画面，园中树林的顶部枝条上有一个正在爬行着的怪诞身影。他看上去一点也不罗曼蒂克，倒是从头到脚地都在闪闪发光，似乎身上挂着无数个月亮。而真正的月亮又在分分秒秒地追随着他，为他增加一份荧荧之光。只见他一荡一闪，成功地从矮树纵身跃上隔壁园子的又高又峭的树上。但因为另有一个阴影在较小的树下滑动，毫无误差地赶上了他，所以他才被迫稍作停留。

一个声音响起来：“得了，弗兰博，你的确有点像一颗‘飞星’，但最终只会是颗‘陨星’。”

“你可是从来就没做过一件稍稍规矩一点的事，弗兰博，亚当斯夫人死后刚一周就从加拿大赶来，这算得上明智的。我想，用的是去巴黎的车票吧。就这样弄走‘飞星’，又是选在费希尔到的那天，这就更算得精细了。但除了天赋，以后的事就谈不上机智了。我想，偷宝石不关你的事。除了把纸做的驴尾巴塞入费希尔的衣兜这一伪装动作之外，接下来你可就不怎么高明了。你可以另有一百种办法，去轻而易举地把它摘到手。”

绿叶丛中的银色身形这时似乎是给催了眠一样，徘徊不定，举步维艰，虽说要硬行逃跑还是易如反掌的。他只是呆呆地瞧着下面的人。

下面的人说道：“对，没错，我早就知道这回事。你大力促成哑剧表演，还让它派上了双重用场。你悄无声息地盗走宝石，风声正是你所怀疑的同谋走漏的。全能的警察就在今晚要抓获你，惯偷本该感激这样的忠告，悄然逃逸。但你，依然是一个有诗意的人。你已经用妙法将珠宝藏在耀眼夺目的珠宝赝品中。现在，你看，若衣服是滑稽人的那件，警察就该紧接着出现了。有可贵精神的警长从帕特尼警察署出发，来追捕你，引诱走进这个世上设置最奇妙的陷阱。当前门一打开，他就直登圣诞哑剧的舞台，在那里他被舞蹈着的滑稽人又踢又蹦，又推又搡，帕特尼最受人尊敬的人们都在发出阵阵笑声。你再也没有比这干得更出色的了，现在，顺便说一声，你该归还那些钻石了。”

闪闪发亮的身影纵身跳到一根绿色树枝上，枝头像受到惊吓一样地抽动了一下。但下面那个声音继续说道：“弗兰博，我想要你送回这些宝石。我要你放弃现在这种生活。你还年轻，你有自尊心，你富有幽默感，别梦想在那个行当中善良还会长久得了。人可以保持住一定程度的善，但没有人能够保持住长久地怙恶不悛。在那条路上只会越陷越深。只要走上那条路，善良的人会因酗酒而变得凶残，率真的人会肆杀无辜并满嘴谎言。我认识的许多人，他们一开始也同你一样，是诚实、正直的不法之徒。一个一味寻求欢乐开心，自以为只在针对对富人打家劫户的盗贼，最终还是陷入泥潭，不能自拔。莫里斯·布卢姆开始是个原则性很强的无政府主义者，一个贫困家庭的父亲，最后成了一个老奸巨猾的间谍，一个搬弄是非的家伙。双方都利用他，却也都蔑视他。哈里·伯克分外严肃而正经地开始他的'闲钱行动'，但他现在得靠一个半饱半饿的姐姐，没完没了地用苏打水和白兰地供他活下去。卢德·安布尔骑士般地昂首跨入世俗社会。现在他给伦敦最下流的掠夺者书写匿名信。在你之前，巴里隆上尉是个很不错的绅士哥儿，却死在了疯人院。当初，他尖声厉叫，对拿克斯派来的探子和诱他入套的捕头害怕得要死。我知道你后面的树很稀松，你可以像个猴子一样，一闪身就没入其中。但总有一天你会变成一身灰白的老猴子，坐在林中，心态变凉，慢慢地走向死亡。树顶毕竟是光秃荒凉的。"

一切都是静静地进行着，就好像下面那位小个子给树上的人拴了一根无形的长长绳索。他接着说："你下来的步子已经开始迈出了。你惯于夸口不做小人，但今晚，你却干了件卑鄙的事。你将嫌疑嫁祸到一个诚实的小伙子头上，并已开始防着他。你拆散了他与爱他的女孩。你还不悬崖勒马的话，你到死前就还会做出一些比那更可耻的事来。"

三粒熠熠生辉的钻石从树丛中落到草地上。小个子弯腰拾起来，当他再次抬头时，只见树枝圈成的绿色鸟笼中，已经是空空如也，银色鸟儿已经飞走了。宝石失而复得（所有人当中，只有神父偶然拾得），晚会也在喧嚣中胜利地结束。大名鼎鼎的利奥波德爵士甚至对神父说，他仍然尊敬那些恪守与世无争，生活超脱物外的人，尽管他本人见多识广。

8. 花园血案

巴黎警察局局长阿尔斯蒂德·瓦伦丁的亲信仆人伊凡一再向客人保证："局长就要来了。" 结果巴黎警察局局长阿尔斯蒂德·瓦伦丁比晚饭来迟了一步，他的一些客人多数已经早早地来到。伊凡是一个面带伤疤，脸色和胡须一样灰白的老头，他总是坐在进门大厅的一张桌子旁边，大厅里挂着许多武器。

瓦伦丁的房子像他的主人一样与众不同，这所房子也因此名扬天下。这是一座老房子，高高的杨树伸出墙外，几乎延伸到赛纳河的河面上。但房屋的建筑结构才是其奇特之处：除了前大门之外，绝对没有出口，前门是由伊凡和那个武器库守卫着。花园很大很精致，房子里有许多出口进入花园，但花园却没有出口可以通向外界。对于一个有好几百罪犯发誓要干掉自己的人来说，这是一个保险的花园。因为光滑而不可攀登的高墙环绕着花园，墙头上有特制的防护网。

东道主正在安排有关执行死刑及诸如此类的工作。伊凡却对客人们解释，说他们局长来电话告知要耽搁十来分钟。尽管他从内心讨厌这些职责，但他总是精确无误地去执行。他在法国乃至大部分欧洲的警务界都是最高权威，所以他的巨大影响常在减刑和净化监狱方面发挥作用，并受到尊重。他是一位伟大的，充满人道的法兰西思想家，这个思想家虽然伟大，却有唯一一个错误，就是把仁慈弄得比正义还冷酷。

瓦伦丁来了，佩戴玫瑰花形胸饰，风度翩翩，身穿黑色晚宴服，黑胡子掺杂着灰色条纹。他径直穿过房屋走向自己的书房，书房开向后面的院落，通向花园的门是开着的。他把公文箱仔细地锁在规定的地点，站在开着的门口，向外望着花园，望了几秒钟。一轮新月照着暴风雨前的乱云，瓦伦丁沉思地凝望着它，这样做对他的科学化性格来说，很不寻常。也许这种科学化的性格对生活中的重大问题有某种心灵上的预见力。至少，他知道他迟到了，他的客人已经陆续来到。

他走进客厅时，只瞟了一眼，便足以肯定他的主要客人还没来。但这一瞥之中，便见客厅中宾客如云，不乏名门显要：英国大使加洛韦勋爵，一个性情暴躁的老头，红褐色脸像个苹果，佩戴着蓝色的嘉德丝带；加洛韦夫人，瘦得像根线条，满头银发，一张敏感高傲的脸；加洛韦夫人的女儿玛格丽特·格雷厄姆夫人，面色苍白容貌美丽的少妇，一张小精灵般的脸，一头铜色的头发。

来宾中还有蒙特·圣·米歇尔公爵夫人，黑眼睛，富态雍容。和她在一起的是她的两个女儿，也是黑眼睛，高雅美丽。还有西蒙医生，典型的法国科学家，戴着眼镜，两端尖溜溜的唇髯，也许是对他老是傲慢地扬起眉毛的惩罚，他额头上满是皱纹。

最后，他的一瞥中还看到了埃赛克斯的布朗神父，是他最近在英国认识的。

在看到的这些人当中，最使他感兴趣的，是一个对加洛韦母女鞠躬，却不受待见的穿军装的高个子。他又走上前来向主人致意。他就是法国外籍军团的奥布赖斯指挥官。胡子刮得干干净净，蓝眼睛，是个消瘦而正在发福的人。

兵团里的军官似乎很自然地同时具备十足的闯劲和忧心忡忡的神情，奥布赖斯本人也不例外。他指挥的军团素以光荣的失败和成功的自杀闻名，出身是爱尔兰绅士，童年时代就认识加洛韦夫妇，尤其熟识玛格丽特·格雷厄姆，因债务破产离开爱尔兰。现在他穿着军装，配着军刀，蹬着有马刺的军靴到处走动，显示出他对英国的礼仪丝毫不以为然。他向大使家人鞠躬的时候，玛格丽特夫人却向别处望去，加洛韦勋爵和夫人僵直地弯了弯腰。

他们的高贵的主人家却实在对他们并不特别地感兴趣，不论由于什么原因，这使这些人彼此若有若无地感兴趣。至少，在主人眼里，他们当中没有一个人是今晚的贵宾。为了某种原因，瓦伦丁在等待一位世界闻名的人物。他是在一次到美国出差从事侦探工作并取得成功的旅程中，和这个人交上朋友的，这人名叫朱利叶斯·布雷恩，是个亿万富翁，对小宗教团体的捐献，可谓金额庞大，数目惊人，在美国和英国的报纸上时时引起轰动，也受到人们的尊重。

无从得知布雷恩先生是个无神论者还是摩门教徒，抑或是个信基督的科学家。但他对有知识的人一定会倾囊相助，只要这个人是尚未成名的。他的癖好之一就是等待美国出个莎士比亚——这是比等待鱼儿上钩还需要耐心的癖好。他赞赏美国诗人惠特曼，但是他认为巴黎的卢克·皮·坦纳在任何一天都比惠特曼还要“进步”。他喜欢“进步”的事物，他认为瓦伦丁是“进步”的，可这对瓦伦丁其人来说是严重的不公正，甚至是委屈。

朱利叶斯·布雷恩有着很少能有人具备的品质，他的坚毅面孔一出现在房间里，就像晚餐铃一样起到了决定性的作用。因此他的到场和不到场同样了不起。他长的很结实，又高又胖，穿着全套的黑色晚礼服，没有表链或是戒指这类的饰品。他的头发全白，向后梳得整整齐齐，像德国人的发式，面色红润，神情严峻。一张脸胖乎乎的，下巴上一撮黑色尖须向上翘起，起到一种戏剧效果。甚至是“浮士德”中摩非斯特的效果。不然的话，倒是会留下一张娃娃脸。不过，全沙龙的客人盯着这位驰名美国人的时间也没多久，他的迟到终成为过去，他被立即请进餐厅，于是他挽着加洛韦夫人的胳膊走了进去。

加洛韦家的人对什么都很亲切随和，只除开一件事：即只要玛格丽特夫人不给冒险家奥布赖恩挽着胳膊，她父亲就会十分满意，而她也真的没有赏给奥布赖恩这个脸。她端庄稳重地和西蒙医生一起走进餐厅。然而老加洛韦勋爵还是烦躁不安，甚至近乎于粗鲁无理。晚宴中，他圆滑得体，充分显示出外交家的风度。

但到抽雪茄时，三个年轻一点的人——西蒙医生，布朗神父和受到冷落的穿外国军装的奥布赖恩都散开了，或是混到女人堆里，或是到暖房里吸烟。这时这位英国外交家就变得一点也不像外交家了。不知怎的，那个无赖奥布赖恩可能正在对玛格丽特丢眼风这个想法，每隔六十秒就会刺痛他一下，他没敢想后来会怎样。他给留在餐桌旁，和信仰一切宗教，满头白发德高望重的美国佬布雷恩，还有头发灰白，什么宗教都不信的法国人瓦伦丁，一块喝咖啡。他们彼此争辩，但是谁也说服不了谁。

过了一会儿，这场“进步”的舌战达到了令人生厌的危机关头，加洛韦起身去会客室。他在长长的过道里转了六、七分钟。直到他听见医生训话式的尖声尖气的声音，然后是神父的低沉声音，随后是哄堂大笑。他诅咒了一声，以为他们可能是在辩论“科学与宗教”。但是他打开沙龙门的那一刻，眼中只看到了一件事，有人不在场了。他看到奥布赖恩指挥官不见了！玛格丽特夫人也不在了！勋爵像离开餐厅一样不耐烦地离开了会客室，再一次沿着过道大踏步走。

保护女儿不受这个爱尔兰和阿尔及利亚人的伤害，这一念头此刻在他心中已成焦点，甚至使他发狂。当他走向房子后面，瓦伦丁书房所在的部分时，他吃惊地遇到了他的女儿。只见她面色苍白，一脸轻蔑神色，飞快地掠过。这又是一个迷。如果她曾经和奥布赖恩在一起，那么奥布赖恩又在什么地方呢？如果她不曾和奥布赖恩在一起，那么她又到什么地方去过呢？由于年老多疑加上爱女心切，他摸索着向大厅黑洞洞的后半部走去，最后找到一个通往花园的仆人入口。

一轮新月破云而出驱散乌云，银光射到花园西角。一个身穿蓝衣的高大人影大步流星穿过草坪，向书房门走去。一缕银白色的月光照在他的脸上，勋爵认出那就是奥布赖恩指挥官。

奥布赖恩留下加洛韦在那里莫名其妙地大发脾气，穿过落地窗，闪身进入室内，心情有说不清楚的不畅。花园里一片银色，树影婆娑，像是剧台上的布景，又像是在嘲弄他的权威正在和他的暴躁脾气发生冲突。爱尔兰人优雅的大步走法更加激怒了他，好像他是情敌，而不是当父亲的。

他仿佛中了魔法，陷入到中古世纪游吟诗人的花园，或是法国画家华托画笔下的仙境。他想要以谈判方式来打断这种求爱的愚蠢行为，他飞快地跟着他的敌人迈步向前。他这样走着的时候，踩到了草里的木块或石头上。他先是怒气冲冲地往下看，看第二次时则充满了好奇。

瞬间，月亮和高大的杨树俯瞰到了一幕不同寻常的情景——一位上了年纪的英国外交官拼命地狂奔，一边跑一边喊叫。他声音嘶哑，面色惨白地来到了书房门口，西蒙医生慌忙迎出，眉毛因吃惊而扬了起来。他好不容易才辨清了这位加洛韦勋爵的叫喊："草里有具尸体——血淋淋的一具尸体！"

"必须马上告诉瓦伦丁。"医生在他断断续续说清楚他看到的一切之后说道，"正好，他来了。"就在他讲这话的时候，那位大侦探被叫喊声引到了书房里。当听到这是件血淋淋的杀人案后，瓦伦丁侦探立刻非常严肃地变得机警认真起来。这总归是他的业务，无论这件事多么突如其来，多么可怕。

他在人们匆忙走出书房到花园去的时候说："非常奇怪，先生们，我在全世界侦察疑案，但如今竟有一件落在了我自己的后院。可是在什么地方呢？"

他们不那么容易地穿过草坪，因为河面上起了一阵薄雾，不过在哆哆嗦嗦的加洛韦的引导下，他们终于找到了那具埋在深草里的尸体。一具身材高大肩膀宽阔的男尸。尸体脸朝下卧着，因此人们只能看到他的肩膀上裹着黑布，大脑袋是秃的，只有一两缕褐色的头发像湿海草一样黏在头盖骨上，一缕腥红色的血流从他伏着的脸下蜿蜒而出。

"至少，"西蒙用深沉单调的声音说，"他不是我们中的一员。"

"医生，快检查一下他，"瓦伦丁有点严厉地说，"也许他还没死。"

医生弯下腰来。"还不十分冷，但是恐怕他已经死了。"他说，"来，帮我把他抬起来。"他们小心地把他抬离地面一英寸，所有对他是否真正死了的怀疑立刻烟消云散，使人惊骇异常的是，被害者的脑袋掉了下去，和身体完全分开了。不管是谁割断了他的喉管，还残忍地把他的脖子切断。这连瓦伦丁也颇感震惊，他喃喃道：“凶手一定像大猩猩那么强壮有力。”

西蒙医生举起那脑袋，脖子和下巴都有轻微的刀伤，面部完好无损。尽管他对解剖已经习惯，但此时也不禁颤抖了一下。这是一张刻板生硬的黄色脸孔，既凹陷又浮肿。鹰钩鼻，厚嘴唇，也许还带点不太明显的中国皇帝的特色，是一张邪恶的罗马皇帝的脸。

对这个人来说，似乎再也没有别的什么可注意的了。所有在场的人似乎都以一无所知的冷静的眼光望着尸体。只有在人们抬起他来的时候，才看见他闪光的白衬衣，胸前染着红血。西蒙医生说过，这个人决不是他们这一堆人里的。但是他很可能是要来参加这个宴会的。因为他的穿着说明他是要到这种场合来的。瓦伦丁手和膝盖着地，用他严密的专业眼光检查着尸体周围二十码的草丛地面，医生不熟练地帮着他检查，英国勋爵则跟在后面茫然地看。

他们匍匐前进，毫无收获。只有几个短树枝是折断或砍断的。瓦伦丁拣起来，查看了一会就丢开了。

“短树枝，”他郑重其事地说，“矮树枝！还有一个全然陌生的人，脑袋砍掉了。这就是草坪上所有的一切。”

几乎令人毛骨悚然地沉寂了一会，紧张不安的加洛韦尖声叫了起来：“那是谁？花园那边是谁？”

一个小个子的人，长着一颗可笑的大脑袋，在朦胧月光下，摇摇摆摆向他们走近。初始的片刻，他看起来像个小妖精。结果是留在会客室里的那个与人无害的小个子神父。他怯生生地说："你们知道，没有门通向这个花园。"

瓦伦丁的黑眉毛拧作一团，他一见黑教士服就会如此。但他为人正直，无法否认这话与此案有重大关系。"你说对了，"他说，"在我们查清他怎么遇害之前，我们的确还得弄清他是怎么到这里来的。

听我讲，先生们，如果对我的地位和责任可以不抱成见的话，我们都会同意某些尊贵的姓名必须排在这件事之外。这里面有先生，有女士，还有一位外国的大使。如果必须把这件事当作罪案记录下来，那以后就得当作罪案来办。但直到那时，我还是可以利用我的处理自由。我是警察局长，我在公众面前有我的声望，我可以把这件事暂时保密。如果老天爷愿意，我可以在召集我的人员去搜寻别的什么人之前，先为我自己的每一位客人澄清。先生们，凭你们的荣誉，直到明天中午，你们一个也不得离开这所房子，这里有床让大家睡。西蒙，我想你知道在什么地方找得到我的仆人伊凡，在前厅。伊凡是一个可以相信的人，告诉他找别的仆人守卫，他自己立刻到我这里来。加洛韦勋爵，你当然是告诉女士们出了什么事的最佳人选，别吓着她们。她们也得住下来，布朗神父和我留下来守尸。"

这种有队长风度的话出自瓦伦丁之口，就像军中的号角一样。西蒙医生直接来到武器库，把瓦伦丁这个公家侦探的私人助手伊凡拖了出来。加洛韦去了会客室，很巧妙地把这个可怕的消息告诉了女士们。因此，等到整个团体在会客室聚齐的时候，女士们已经由惊魂不定到情绪平稳了。同时，出色的神父和出色的无神论者站在死者的头前脚旁，在月光下一动不动，仿佛两尊象征各自死亡哲学的雕像。伊凡是个可信赖的人，他像炮弹一样冲出房子，赛跑一般穿过草坪来到瓦伦丁面前，活像狗来到主人面前一样。听完这个家宅内的血案事件后，他的苍白的脸闪闪发光，变得生机勃勃起来。他几乎是急不可耐地要求主人允许他去检查现场残留物。

“行，如果你愿意的话，伊凡，”瓦伦丁说：“但时间不要太长，我们必须进去了，在屋里仔细地研究一下。”

伊凡抬起头来，然后又低垂下去。

他大喘着气说：“哎呀！这不是的，这不可能是。你认识这人吗，先生？”

“不认得，”瓦伦丁淡淡地说，“咱们最好进去。”

他们两人把尸体抬到书房里的沙发上，然后与神父一起来到会客室。侦探在一张书桌前默默地甚至是有点犹豫不决地坐下，但他的眼神却像法庭审判长严酷无情的眼神一样。他在面前的一张纸上飞快地记了什么，然后简短地说：“大家都在这里吗？”

“布雷恩先生不在吗？”蒙特·圣·米歇尔公爵夫人向四周望了望说。

加洛韦勋爵以嘶哑粗鲁的声音说：“不在，还有尼尔·奥布赖恩也不在。尸体还有余温的时候，我看到奥布赖恩先生在花园里走动。”

“伊凡，”侦探说，“去把奥布赖恩指挥官和布雷恩先生找来。布雷恩先生，我知道他正在餐厅里抽一支长雪茄。奥布赖恩先生，我想他正在暖房里走来走去，但我不敢肯定。”

这个忠实的助手从房间里飞快地跑出去。在大家还没来得及挪动或是讲话之前，瓦伦丁已经用和伊凡同样迅速的军人风范继续讲下去：

“这里每个人都知道，花园里发现了一个死人，脑袋被干净利落地砍下来。西蒙医生，你检查过了。你认为像这样割断一个人的喉管需要很大的力气吗？或者，也许只需要一把很锋利的刀吗？”

“我得说，这根本不是用刀干的。”面色苍白的医生说。

“你有没有想到，”瓦伦丁接着问，“有哪种工具可以干出这种事？”

“从现代的工具来讲，我实在想不出。”医生痛苦地弯着眉毛说，“就是笨拙地把脖子砍断，也不那么容易。这个脑袋被砍得干净利落，可能是用战斧或古代刽子手行刑用的斧头干的，或者是一把双手握的重剑。”

“可是，天哪，”公爵夫人几乎是歇斯底里地叫着，“这里可没有双手握的重剑或战斧啊。”瓦伦丁仍然忙着在纸上书写着，“告诉我，”他一边奋笔疾书一边说，“可不可能是法国骑兵的长军刀？”

门上轻轻地敲了一下。由于某种不理智的原因，人人的血都凝固了，就像麦克白听见敲门声一样。在这大家吓呆了的沉寂中，西蒙医生勉强开口道：“军刀——对，我想可能。”

“谢谢你，”瓦伦丁说，“进来，伊凡。”

极受信任的伊凡推门进来，并带来了奥布赖恩指挥官。他终于找到了这位又在花园里踱来踱去的先生。爱尔兰军官随便地站在门槛上，以挑衅的眼光望着侦探，喊道：“你要我来做什么？”

“请坐，”瓦伦丁以愉快平稳的声调说，“你没有带着你的剑吧，它在哪里呢？”

“我把它留在图书室的桌子上了，”他的爱尔兰土音在情绪慌乱中更加厉害了，“它是个累赘，它——”

“伊凡，”瓦伦丁说，“请你把指挥官的剑从图书室拿来。”在仆人出去后他说，“加洛韦勋爵说，你就在他发现尸体之前离开花园，那么你在花园里做什么？”

指挥官慌乱地跌坐在一把椅子上，“哦，”他用纯爱尔兰口音喊道，“赏月嘛，和自然交往，我的朋友。”

深沉的寂静笼罩着室内，持续了一会儿，又一次细碎可怕的敲门声打破了沉寂。

伊凡又出现了，手里拿着一副空刀鞘，“我能找到的就是这个。”

室内仿佛是包围着谴责凶手的被告席一样，一片异常的沉寂。公爵夫人虚弱的喊声已经消失了老半天，加洛韦勋爵的满怀恨意得到了满足和平息。这时一个完全出人意料的声音说话了。

玛格丽特夫人像一个英勇无畏的妇女在公开场合讲话时用清亮而颤抖的声音喊道：“我想我可以告诉你们，我可以告诉你们奥布赖恩先生在花园里干什么，因为他不得不保持沉默。他要我嫁给他，我拒绝了。我说就我的家庭环境而言，我除了对他的尊敬以外，什么也不能给他。他对这话有点生气，他似乎对我对他的尊敬并不怎么在意。我真想知道，”她颇为病态地微笑了一下说，“他现在是否重视了我的尊敬，因为我正向他奉上我的尊敬。我可以在任何地方发誓，他从来没有干过这种事。”

加洛韦勋爵本来是维护他女儿的，现在则为他想象中的不体面而恐吓她。

他强劲有力地低声说：“管住你的舌头，你为什么竟然掩护这个家伙？他的剑上哪里去了？他那该死的——”

由于他女儿对他瞪着眼睛看，他住了口。

她声音里丝毫没有怜悯，低声说：“你这老傻瓜，你打算要证明什么？我告诉你，这个人和我在一起的时候是没有恶意的。但即使他有恶意，他也是和我在一起的。如果他在花园里谋杀一个人，那么谁是那个应该看到应该知道的人呢？你恨尼尔恨得那么厉害，恨得要把你的女儿置于——”

加洛韦夫人尖叫一声。其他人大都呆坐在那里，各自为自己曾与情人之间存在过的类似悲剧而激动不已。他们看着那个傲慢的面色苍白的苏格兰贵族女子和她的爱尔兰冒险家情人，就像人人在看着一所黑暗屋子里的画像。漫长的寂静中充满了，对被谋害的丈夫和双双服毒的情妇情夫这类故事的回顾。在这可怕的寂静中，一个单纯的声音说道：“那是一支很长的雪茄吗？”

这种思想的转换是如此强烈，人们不得不四下看看是谁在讲话。

“我是说，”小个子的布朗神父在屋子一角说，“我是说布雷恩先生正在抽的雪茄，好像差不多有一支手杖那么长。”尽管这与案子毫不相关，瓦伦丁抬起头来的时候，脸上不仅有愤怒的神情，但也有同意的神色。

“很正确，”瓦伦丁尖刻地说，“伊凡，再去看看布雷恩先生，马上把他带来。”

家务总管把门随手带上之后，瓦伦丁以完全不同的热忱态度对那姑娘讲话。“玛格丽特夫人，”他说，“我敢肯定，你屈尊迂贵，替指挥官的行动作出解释的行为，我们大家都表示感谢和赞赏。但还有一个漏洞。据我了解，加洛韦勋爵遇到你从书房到会客室的途中，只几分钟过后，就发现了指挥官在花园里走过。”

“你得记住，”玛格丽特夫人的声音微微带点讥讽地回答，“我刚刚拒绝了他，所以我们不可能臂挽着臂回来。他是一位绅士，应该耽搁一下落在我后面。难道能因此指控他谋杀吗？”“在这几分钟里，”瓦伦丁郑重地说，“他实际上可以——”

敲门声又响起来，探进伊凡惊恐的面孔。

“请原谅，先生，”他说，“布雷恩先生已经离开这所房子了。”

“离开了？”瓦伦丁叫道，“霍”地站起身来。

伊凡用令人发笑的法国话说：“离开了！飞跑走了！不见了！他的帽子，大衣也都走了。我跑出房子看他有没有留下什么痕迹，我找到了一个，还是一个很大的‘痕迹’。”

“你这是什么意思？”瓦伦丁问。

“我这就拿给你看，”仆人边说边走进来，手里拿着一把没有刀鞘，闪闪发亮的骑兵军刀。房间里的每个人看着它就像看到了雷电。但是，经验老道的伊凡继续十分平静地讲下去。“我找到了这玩艺儿，”他说，“就丢在距巴黎大路五十码开外的灌木林里。换句话说，我就是在你的那位可尊敬的布雷恩先生跑掉时丢掉它的地方找到的。”

又是一阵沉寂，但是是另一种沉寂。瓦伦丁拿起军刀，检查检查，不动声色地凝神思考了片刻。然后满脸敬意地转向奥布赖恩：“军官，”他说，“我们相信如果警察局要检查的话，你是愿意把这件武器呈交上来的。同时，”他拍着铮铮作响的军刀背，“我把你的剑还给你。”对这一动作的象征意义，在场的人都情不自禁地鼓起掌来。当然，对尼尔·奥布赖恩来说，这一姿态是他生活的转折点。等他趁着晨光，再次来到这神秘的花园漫步时，这件悲剧性的无聊小事，便在他那平常的仪态上丝毫不留痕迹了。毕竟，他是一个有千万条理由快活的人。加洛韦勋爵是个绅士，向他道了歉。

玛格丽特夫人比夫人还高贵，至少她是个女人。早餐前，他和她在当初的花坛之间漫步时，也许会给他一些比道歉更加美妙的东西。整个人群的心情都更轻松了。因为尽管谜团尚未揭开，怀疑的沉重压迫已经从他们全体身上移开，飞向了那个逃亡巴黎的外国亿万富翁——那个他们几乎不了解的人。

魔鬼被抛出了这所房子，他自己把自己抛出了这所房子。然而，谜团尚未揭开。奥布赖恩在花园座椅上坐在西蒙医生旁边时，热心的医学科学家立即重新提到了这件事。但他没能从奥布赖恩嘴里套出更多的东西，后者的思想完全跑到比这愉快得多的事情上了。

爱尔兰人坦率地说："我不能说这事使我很感兴趣，尤其是因为现在一切都已水落石出了。显然，布雷恩因为某种原因恨这个陌生人，就把他骗进花园用我的剑把他杀了，然后逃向城里，走的时候把剑丢掉。顺便说一下，伊凡告诉我死人的口袋里有一张美元。因此，他是布雷恩的同胞。这似乎更明确了，我看不出解决这事有什么困难。"

医生平静地说："有五大难点，像高墙一样挡道。不要误会我，我不怀疑是布雷恩干的。我想，他的逃跑证明了这一点，但是他是怎么干的。第一难点：当一个人可以用一把折叠刀杀了人后再把刀放回口袋的时候，为什么要用一把又笨又长的军刀？第二难点：为什么没有听到响动或喊叫？一个人看到另一个人挥舞着刀向他扑上来时，一般都是不吭声的吗？第三难点：有一个仆人整晚上都守着前门，连一支耗子都进不了瓦伦丁的花园，那么死者是怎么进的花园呢？第四难点：同样情况，布雷恩是怎么走出花园的？”

“第五个难点呢？”尼尔说时，眼睛盯着小路上慢慢走来的英国神父。

医生说：“我想，这是件小事，不过我认为是最奇怪的事情。我最初看脑袋是怎么砍掉的时候，我以为凶手砍了不只一刀。但是仔细检查后，发现在砍断的部分上砍了许多刀。换句话说都是在脑袋掉下来之后砍的。布雷恩难道恨他的仇人恨得那么凶，非得在月光下用军刀多次猛砍才能解恨不可？”

“可怕！”奥布赖恩颤抖着说。小个子布朗神父在他们谈话的时候已经来到，带着他特有的腼腆神色等着他们讲完，然后很尴尬地说：“我说，对不起打搅了你们，但是我是奉命来告诉你们消息的。”

“消息？”西蒙重复道，透过眼镜有点很烦恼地说。

布朗神父温和地说：“是的，我很难过，你们知道，又出了一起谋杀案。”

座椅上的人跳了起来，把椅子都摇动了。

神父迟钝的眼光望着杜鹃花接着说：“而且更奇怪的是，同样令人厌恶，又是砍头。他们实际上是在河里发现那颗仍在滴血的脑袋的。靠着布雷恩去巴黎的大路几码远，所以他们认为他——”

“好呀老天爷！”奥布赖恩喊道，“布雷恩是个捣蛋狂吗？”

“有美国人的血统，”神父冷漠地说，“他们要你们到图书室去看看。”

奥布赖恩跟着其他人去验尸，恶心得马上要呕吐了。作为军人，他厌恶所有的秘密谋杀。这些荒唐透顶的肢解，要到什么时候才会停止呢？第一颗头砍下来，然后又一颗。在这种情况下，说两个人的智慧胜过一个人，两颗脑袋胜过一颗脑袋，简直是胡扯。

他穿过书房的时候，一件令人震惊的巧合使他打了个趔趄。在瓦伦丁的桌子上，摆着一张彩色照片，是一颗正在滴血的头——第三颗了。那头正是瓦伦丁本人的头。仔细看才看出来，那只是法国国家主义派报纸《断头台》对它的政敌所玩的一种手法。凡是它的政敌，一定会以受处决后的头像出现在报纸上。瓦伦丁是他们的政敌，这一期轮到他上“断头台”了。但是奥布赖恩是爱尔兰人，他不懂这一套，他只奇怪法国的知识界何以做出这种残忍而卑劣的把戏，这使他回想起了法国大革命的恐怖时代。图书室深长，低矮，黑暗，泛有一丝晨曦的红色，只有百叶窗里透进的一点阳光。

瓦伦丁和他的仆人伊凡在一张微微倾斜的长书桌尽头等候着他们。书桌上摆着两个人体的残余部分，在晨曦中看着分外地大。花园里发现的那个人的大黑脑袋和黄面孔基本没有变样。第二颗人头是今天早晨从河水漫过的芦苇中钓起的，水淋淋地摆在第一颗人头旁。瓦伦丁的人还在搜寻第二具尸体的其余部分，他们认为还在河水中飘浮着。

布朗神父走向第二颗人头，眨着眼仔细观察，一点也没有奥布赖恩的那种感觉。这头比湿漉漉的拖把还大，白头发，在炙热强烈的晨曦中发出银色的光芒。紫色的丑脸，也许是罪犯型的，被丢进水里的时候，撞到树上或石头上，撞烂了。对于奥布赖恩来说，这个像人猿似的头上竟有一圈像圣人一样的银发，那似乎是他的巴黎恶梦的最后一笔。

瓦伦丁文静却热情地说："早上好，奥布赖恩指挥官，我想你已经听说布雷恩宰人的最新试验品了。"

布朗神父仍然弯腰对着那白头发的脑袋，头也不抬地说道："我想，你十分肯定，这颗脑袋也是布雷恩砍下的。"

"嗯，这似乎是常识，"瓦伦丁手插在口袋里说，"像前一个一样用同样方式杀死，用同一凶器切下来。我们知道他带走了这一凶器。"

"是的，是的，我知道，"布朗神父唯唯诺诺地说，"但是，你知道，我怀疑布雷恩是否能砍下这颗头。"

"为什么不能？"西蒙医生问，他理直气壮地瞪着神父看。

"嗯，医生，"布朗神父抬起头来眨着眼睛说，"一个人能把他自己的脑袋砍下来吗？我可不知道。"

奥布赖恩觉得他的耳朵轰地一下，差点神志昏迷过去。但见医生跳向前去，把那湿漉漉的白头发向后撩去。

神父平静地说："哦，没有疑问这就是布雷恩，他的左耳朵上确确实实有这个缺口。"侦探一直用坚定闪亮的眼睛盯着神父，这时张开紧闭的嘴尖刻地说："布朗神父，你似乎对他知道得很多。"

"我是知道，"小个子神父简单地说，"我和他在一起呆了几个星期，他想加入天主教。"瓦伦丁的眼睛冒出狂热的火花，他紧握双拳大步走向神父，"而且，也许，"他恶狠狠地嘲弄道，"也许他也在想把他所有的钱留给你们的教会。"

"也许他是这么想的，"布朗不动声色地说，"这有可能。"

"在这种情况下，"瓦伦丁狞笑着说，"你一定可以了解到他的许多事，了解到他的生活和——"

奥布赖恩指挥官把一只手放在瓦伦丁的胳膊上："别在冒出你那些诽谤性的废话来，瓦伦丁，"他说，"不然的话，还得再要一把剑来。"

但是，瓦伦丁在神父坚定而谦虚的眼光注视下，已经恢复了常态。"好的，"他简短地说，"个人意见可以先放到一边，你们这些先生仍然受到你们承诺的约束，就地留下来。你们必须强迫自己实践这个承诺，还得彼此强迫实行。伊凡在这里会告诉你们更多你们想知道的事。我要开始办公事了，写报告给当局。我们不能再保持秘密了。我要在书房里写，如果再有什么消息，到那里找我。"

"还有什么消息吗，伊凡？"警察局长大踏步离开房间后，西蒙医生问。

伊凡灰色的脸上起了皱纹，说："我想只有一件事，先生，不过也很重要，如果从某一个合适的立场来说的话。那里是你们在草坪上发现的那个老家伙，"他用毫不掩饰的敬畏神情，指着那个有着一个黄脑袋的黑色尸体说，"无论如何，我们已经查出他是谁了。"

"真的？"医生吃了一惊，喊道，"他是谁？"

"他叫阿诺德·贝克尔，"低级侦探说，"不过他还有许多化名。他是那种到处流窜的流氓，据我们所知，他到过美国，布雷恩就是在美国和他结仇的。我们和他没有打过太多的交道，因为他多数时间是在德国作案。当然，我们和德国警方还是有联系的。但是，很怪，他有一个双胞胎兄弟叫路易斯。

贝克尔，我们和这家伙倒打过很多交道。事实上，我们就在昨天，不得不把他送上了断头台。这是一件很离奇的事，先生们，当我看到这家伙躺在草坪上的时候，我这辈子从来没有这样被吓过。这时我当然想起了他在德国的双胞胎兄弟，于是就追踪这条线索——”

作解释的伊凡住口不说了，原因是没有人在听他的话。指挥官和医生都在注视着布朗神父，他不灵活地站了起来，像一个人突然头痛得利害，双手紧紧按着太阳穴。

他喊道：“停下，停下，停下，停下别讲了，因为我看出了一半。天主会给我力量吗？我的脑筋会不会飞跃一下全面看出来？上天帮助我！我一向相当善于思考，我可以解释阿奎那著作的每一页。是我的头要裂开，还是我能全面看出来？我看出了一半——我只看出了一半。”

当布朗神父把手放下来之后，脸上气色很好，表情严肃，像个儿童。他重重地叹了口气说：“让我们尽快把这件事讲清楚，处理完。听着，这会是让你们全体相信事实的最好办法。”他转向医生：“西蒙医生，你头脑健全，今天早上我听见你就这件事问了五个最难解的问题。哎，如果你再问，我来回答。”

西蒙又怀疑又好奇，夹鼻眼镜从鼻子上滑了下来，但他还是立刻答道“好的，第一个问题，你知道，为什么一个人可以用短剑杀另一个人的时候，却要用笨重的军刀？”

“因为用短剑砍不下人的脑袋，”布朗神父平静地说，“对于这个凶案来说，砍头是必要的。”

“为什么？”奥布赖恩饶有兴趣地问。

“下一个问题呢？”布朗神父问。

“啊，为什么那个人没有叫喊？”医生问，“军刀在花园里是不寻常的事。”

“短树枝，”神父转向可以望到死亡景象的窗子，阴沉沉地说，“没有一个人看到短树枝这一点，为什么它们竟摆在离树那么远的地方？它们不是折断的，是砍断的。凶手使他的敌人全神贯注于他用军刀要的把戏，让他看看他怎样能把树枝丢向空中，落下时一刀砍断或者诸如此类的把戏。然后趁敌人弯腰看刀砍的成绩时，不吭声一刀，头就砍下来了。”

“好吧，”医生慢吞吞地说，“这似乎说得通。不过，我的下两个问题会难住任何人。”

神父仍然站着，用判断的眼光从窗子里望出去，等待着。

医生继续说：“你知道花园完全封闭，像不透气的房间一样。那么，这个陌生人是怎么进入花园的？”

小个子神父身子都没有转过来就回答说，“花园里从来就没有什么陌生人。”

一阵沉寂，然后突然爆发出一阵孩子般的哈哈大笑，消除了这种紧绷绷的场面，布朗神父的荒唐话引起了伊凡的公然嘲笑。“啊呀，”他喊道，“那么昨天晚上我们没有把一个胖子的尸体抬到沙发上了？我想，他没有进花园喽。”

“进花园？”布朗沉思地重复道，“不，不完全是这样。”

“真该死！”医生喊道，“有一个人进了花园，或者他没有。”

“不一定非如此不可，”神父带着隐隐的笑容说，“下一个问题是什么，医生？”

“我想你是病了，”西蒙医生尖刻地说，“不过我还是要问下一个问题，布雷恩是怎么出的花园？”

“他没有出花园。”神父仍然望着窗外说。

西蒙像炸弹爆炸一样地喊道："没有出花园？"

布朗神父说："不完全如此。"

西蒙用他法国人的逻辑激烈地摇着拳头。"有一个人出了花园，"他喊道，"或者他没有。""不总是这样，"布朗神父说。

西蒙不耐烦地跳起来，怒气冲冲地喊道："我没时间浪费在这种无意义的谈话上了，如果你连一个人在墙这边或是墙那边都不懂，我就不再麻烦你了。"

"医生，"神父温和地说，"我们一向相处得很愉快，要是看在我们老朋友的分上，请停下来，告诉我你第五个问题。"

不耐烦的西蒙一屁股坐在门边的椅子上，简短地说，"脑袋和肩膀砍的方式很奇怪，好像是死后砍的。"

"对，"一动不动的神父说，"这样干是为了使你对你做出的错误假定完全肯定，使你理所当然地认为那颗头是属于那个身子的。"

奥布赖恩恐怖地呆望着，他的盖尔文化传统使他仿佛听到一个声音对他说："赶快离开这个邪恶的花园，一棵树结两种果子，一个人有两个脑袋。"但是他的法国人智慧终于占了上风。他像其他人一样靠近神父，满腹狐疑地听着。

布朗神父靠窗子站着，脸遮在阴影里，终于转过身来。即使在阴影里，他们还是看出他的脸象灰一样白，他的讲话还是十分有条理的。

他说："先生们，你们在花园里找到了贝克尔的尸体，但你们在花园里并没有找到任何陌生人的尸体。在西蒙医生的理智面前，我仍然要确定地说贝克尔只有一部分在那里。看这里！"他指着那神秘尸体的黑色身躯，"你们在生活中从来没有见过这个人，但你们以前见过这个人吗？”

他迅速地把他旁边的那个白发人的头安上去，那个不认识的人的黄色秃头放在一边。在那里，完完全全，整个一体，绝对没错地躺着朱利叶斯·布雷恩，穿着他那一身黑衣服，完全是他们在会客室看到的那个身材高大笑声不绝的朱利叶斯·布雷恩。

布朗神父平静地说：“凶手，砍下仇人的头，把剑从墙头抛了出去。但是他太聪明了，不会只把剑抛出去，他也把人头从墙上抛出去。然后，他只须把另一个头和尸体合上，由于他坚持私下调查，你们完全把这个人想象成了另一个人。”

“安上另一个头？”奥布赖恩目不转睛地看着神父问，“什么另外一个头？人头不会长在花园里，不是吗？”

布朗神父看着他的靴子，声音嘶哑地说：“不会，只有一个地方会长。他们在断头台的首级篮里，在谋杀的前一个小时，警察局长瓦伦丁就站在断头台前。哦，我的朋友们！再听我一分钟，然后再把我撕碎。瓦伦丁是个诚实的人，如果为一个可争辩的事业发狂可以算是诚实的话。你们不曾看出在他那冷酷的灰眼睛里的疯狂光芒吗？他会为了粉碎他称之为十字架迷信的事业而干出任何事来，是的，任何事。他曾经为它战斗，他曾经为它忍饥挨饿，而现在他为它去谋杀。布雷恩令人激动的百万美元散布在那么多的教派中，一点也没有改变事物的平衡。但是瓦伦丁听到一个小道消息说，布雷恩像那么许多不专注的怀疑论者一样，转向了我们，那就是两码事了。

布雷恩会向艰苦好斗的法国教会倾囊相助，他会支持六家国家主义报纸，《断头台》是其中一家。战斗已经着重在这一点上，这个疯子满怀热情来冒这个风险，他决定杀了这个亿万富翁。他这样干了，就像人们会指望大侦探也会犯下唯一的一次罪行那样。”

“他以合乎逻辑的借口逮捕了贝克尔，砍下了他的头，放在自己的公事箱里带回家。他和布雷恩进行了最后的辩论，加洛韦勋爵没有听完的辩论，之后他领着布雷恩出去，到封闭的花园里谈论剑术，用树枝和军刀表演——”

伊凡跳了起来，仿佛从精神恍忽中惊醒过来。到此为止，神父迅速而清楚地揭示了这可怕的一幕，使人听得入神，僵立不动。但是当伊凡又能出声时，那声音却是颤抖的。

“你这个卑鄙的疯子，”他叫喊道，“要是我的主人憎恨你这样的带铲形宽边帽的说谎的人的话，我认为他是绝对正确的。哼，他知道怎么结果你，让你尸骨无存，你这小子。你要是让我抓住后脖子，现在你就会到他那里去了。”

“我是要到他那里去，”神父语气沉重地说，“我必须要他忏悔。如果他忏悔了，你知道，归根结底还不算太坏。”

这伙人驱赶着不快乐的布朗神父，像驱赶着人质或是人类牺牲品，一齐冲到房子的后边，脚步杂乱地走进突然静下来的瓦伦丁的书房。

大侦探坐在他的书桌边，没听到人们嘈杂的走进来，显然太专心了。大家驻足片刻，医生突然发现瓦伦丁笔直优雅的后背上有什么东西，他赶快冲上前去。他茫然的脸上，带着比加图更自豪的表情。给他一碰，大家看到瓦伦丁的手肘边上有一小盒药丸，大侦探死在了他的椅子上。

9. 博士的决斗

莫里斯·布鲁和阿猛·阿马内都是伟大的科学家、时事评论家和道德家赫希博士的学生。他俩个子都不高，看起来机智勇敢。都蓄着黑色的胡子，追赶有些古怪的法国时髦，使原本真实的头发看起来也像假发，胡子也一样。布鲁的楔形胡须是从嘴唇下面长出来的，而阿马内却不同，他留八字胡。他们两人都还年轻，又都是无神论者，对人生的看法一成不变，令人沮丧，但却非常能言善辩。在明媚的阳光下他们正穿过爱丽舍大街。

布鲁因为建议从所有法国经典中取消常用语“Adieu”（再见！永别了！）这个词而出名。他认为如果在个人生活中使用这个词，将处以轻微的罚款。他说：“那样的话，你所臆想的上帝之名将最后一次回响在人类的耳边。”阿马内则专注于反对军国主义。他希望马赛曲中的“武装起来吧，公民们”改为“参加罢工吧，公民们”。但是他的反军国主义有些古怪，是一种法国式的反对方法。曾经有一位著名的英国贵格会教徒来见他，探讨全球性裁军问题，阿马内建议裁军首先应该是士兵将他们的长官打死，这令贵格教徒对阿马内的建议深感失望。正是在这些方面上，布鲁和阿马内与他们哲学上的领路人赫希博士截然不同。

赫希博士虽然出生于法国，并一直接受最成功的法国教育，但在性格上他属于另一种类型的人。他性情温和，爱幻想，富有人情味。尽管是一个不可知论者，但他也是一个先验主义者。总之，与其说他是法国人，不如说他更像德国人。虽然他周围的法国人很崇拜他，但在潜意识里，对他争取和平的那种温情脉脉的方式感到异常恼怒。在整个欧洲，对这个圈子里的人来说，赫希是个科学圣人。他用他那大胆的宇宙学说，向世人显示了他的单纯和严谨的生活，尽管有些呆板，有些说教。他既享有达尔文的地位，又有托尔斯泰的名声，他既不是一个无政府主义者，也不是反爱国主义者。他对裁军的看法显得较温和，主张循序渐进。

最近，他发明了一种无声炸药，这让共和党政府更加信任他，并将此视为机密，严加保护，还让他改进几种化学物质。他的住所座落在爱丽舍宫附近一条漂亮的街上。仲夏时节，街道绿树成阴，就像一座公园似的。一排栗树挡住了阳光，只有临街的一个大咖啡馆沐浴在阳光里。咖啡馆对面就是赫希博士白绿相间的百叶窗和二楼绿色的铁栏杆阳台。阳台下是庭院的入口。庭院里铺着瓷砖，到处是灌木，显得生机勃勃。

布鲁和阿马内一边兴致勃勃地交谈着，一边从入口走进庭院。博士的老仆人西蒙为他们开了门。西蒙穿着笔挺的黑色西服，戴着眼镜，灰白的头发，一副平易近人的样子，你会以为他也是个博士。他比他的主人赫希博士看起来更像科学家，而赫希博士长得像个分叉的萝卜，头的大小只能使其躯干看起来不显得特别大。西蒙很正式地将一封信递给阿马内，阿马内撕开，很快向下看去：

我不能下来见你们，因为屋子里有一个我不愿见的人。他是一个沙文主义者，叫杜珀斯，他正坐于楼梯上。他已经把所有房间里的家具都踢过一遍了。我把自己锁在书房里，书房正对着咖啡馆。如果你们爱我，请到对面咖啡馆去，在靠外边的一张桌旁等着，我会把他赶到对面去。我希望你们去回答他的问题，应付他。我本人不能见他，也不会见他。

又将出现一个狄雷福案。

皮·赫希

布鲁接过信，读了一遍，然后看了一眼阿马内。阿马内也看着布鲁。他们俩快步走到对面栗树下，在一张小桌子旁坐下，要了两大杯绿色的苦艾酒。这种酒在任何季节，任何时候都可以喝。咖啡馆差不多是空空荡荡的，只有一个士兵坐在一张桌旁喝咖啡。神父坐在那里，什么也没喝，另外一张桌旁，坐着一个大个子，桌上放着一小杯果汁。

布鲁清了清嗓子，说："当然，我们必须尽力帮助老师，但是——"他突然停了下来。

阿马内说："老师必有充足的理由不见那个人，但是——"他们俩还未说完，一个长得很结实肩膀宽大的人就从对面屋子里给赶了出来。拱门下的灌木摇晃着，被挤开了，不受欢迎的客人像一发炮弹似地弹了出来。

他头戴一顶小小的蒂罗尔毡帽，体格确实有些像蒂罗尔人，穿着短裤和织袜的腿显得匀称、敏捷。棕色的脸像干果一样，褐色的眼睛明亮而略显不安，黑色的头发从前面直向后梳去，剪成平头式样，勾勒出强壮的正方形脑袋。他的浓密的黑色八字胡像野牛角。通常支撑这样一颗大脑袋的脖子应该很粗壮，但脖子围着一条很大的彩色围巾，所以看不见脖子。围巾一直缠绕到耳朵处，然后从前面垂下来，扎在马甲一样的夹克衫里。围巾的颜色很难看，深红色，带一点金色和紫色，可能是东方的针织物。总的来讲，这个人看起来有些粗俗。说他像个法国军官，倒不如说他更像个匈牙利乡绅。但他的法语表明他是一个地道的法国人。他的法兰西爱国主义如此地激昂，显得有些荒唐。

“这儿有法国人吗？”他从拱门一钻出来就尖声地向街上大叫，就好像是在圣城麦加号召基督徒们快来。

阿马内和布鲁马上站了起来，可太晚了。人们已从各个角落向这里涌来，很快就紧紧地围了一小群人。带着法国人特有的街头政治敏感，那个长着八字胡的人已经跑到对面的咖啡馆，跳上一张桌子，抓住栗树枝将自己稳住，然后像当年卡米尔·德斯莫林一边向百姓撒橡树叶一边大声叫喊一样，他连珠炮似地叫道：“法兰西同胞们，我不能说，但天主助我，我必须说。那些在议会里的人不仅学会了演说，也学会了保持沉默，就像那个蜷缩在对面房子里的间谍一样。不管我怎样捶打他的卧室门，他都保持沉默，虽然他在里面听到了我的声音，坐在那里发抖，他现在依然沉默着。哦，他们可以很优雅地保持沉默——这些政治家们。但是已到了我们这些无权说话的人不得不站出来说话的时候了。同胞们，你们被出卖给了普鲁士人，就是现在，被那个人出卖的。我叫焦耳·杜珀斯，是驻贝尔福的炮兵上校，昨天我们在伏斯格抓住一名德国间谍，从他身上搜出了一张纸条，现在就在我手上。啊，他们想把这事遮掩起来，但我把这张纸条直接拿给写这纸条的人，就是对面房子里的那个人，是他亲手写的，有他的签名，纸上写着如何找到有关无声炸药的秘密文件。赫希发明了无声炸药，又写了这张纸条。纸条是用德语写的，在一个德国人口袋里找到的。上面写道：‘告诉那个人，炸药的公式放在国防部秘书办公桌左边的第一个抽屉里，用红墨水写的。叫他千万小心。——皮·赫希’。”

他像机关枪似地说着。很明显，有些疯狂，也有些偏激。聚集在一起的人群都是些民族主义者，他们已经开始发出威胁的吼叫了。大多数人开始沸沸扬扬，这是由于由阿马内和布鲁领导的那些同样愤怒的少数知识分子在那里火上加油。

“如果这是军事机密，那你为什么还在大街上高声地说出来呢？”布鲁大声问道。

“我会告诉你为什么！”杜拍斯的声音盖过了吵闹的人群，“我曾以和平的方式直接去找这个人谈。如果他有任何理由这样做，他可以告诉我，我会保密的，但他拒绝做出任何解释。他让我去咖啡馆找两个陌生人，他的两个走卒，然后把我赶了出来。但现在我要再进去找他，因为我有巴黎人民做我的后盾了。”

一声叫喊似乎把房子都震动了，两块石头飞向房子，其中一块砸碎了阳台上的窗玻璃。愤怒的上校再次冲进了拱门。人们听到了里面如雷的叫喊声。人越聚越多，如海的人潮向卖国者的房子涌去。他们挤上了栏杆和台阶，很快就会出现攻占巴士底监狱的那一幕了。但就在这时，被打碎的窗子开了，赫希博士走到了阳台上，立刻，愤怒的人群中有一半人大笑起来，因为赫希博士在这样的情景中看起来非常滑稽可笑。他的长长的脖子和斜肩膀像一个香槟瓶子，但那是他好看一些的地方。他的衣服穿在身上就像穿在一个木桩上，红头发又长又乱，面颊两边和下巴上满是乱蓬蓬的胡须。他脸色苍白，戴一副蓝色眼镜。他气得脸色发青，以一种果断而正式的口吻讲话，当他说第三句话时，骚动的人群安静了下来。

“……现在只对你们说两件事。第一件事是对我的敌人说的，第二件事是对我的朋友们说的。对敌人我想说：是的，我不会见杜珀斯，虽然他在卧室外大吼大叫。但是我找了两个人替我去见他。告诉你们为什么吧！因为我不会也不能见他，因为见他有失体面，有损荣誉。在法庭证明我清白无辜之前，这位先生作为一个正人君子还欠我一个公道，我要和他决斗，我让他去找我的朋友们，我严格地……”

阿马内和布鲁使劲挥舞着他们的帽子，甚至博士的敌人们也为这意想不到的挑战欢呼起来。接下来的几句话又听不清了，但他们听见他说：“朋友们，我个人总是喜欢使用纯智力武器，一个高尚的人一定会控制住自己。我写的书很成功，我的理论无可辩驳，但是在政治上我受到法国人极大的歧视。我不可能像克莱门索和德罗雷那样讲话，因为他们讲话像枪声一样充满火药味。法国人喜欢决斗士就像英国人喜欢运动员一样。好吧，我发誓，我愿为这野蛮的勾当付出一切，然后再用我的余生去反思。”

杜珀斯在两个助手帮助下很快走了出来，非常满意。这两人中的一个是那个独坐一桌喝咖啡的普通士兵，他说：“先生，我愿做你的助手。我叫杜克·德·伏龙加。”另外一个是那个大个子，他的牧师朋友开始试图劝阻他，后来独自走开了。

黄昏时，在咖啡馆后面，有些人正在进餐。虽然没有玻璃或镀金的天花板挡着，但客人们几乎都坐在树阴下，因为周围和桌子之间都放有很多装饰性的树，使得这后院带有小果园的幽暗。在中间的一张桌子旁，独自坐着一位矮小结实的神父，正煞有介事地享受着面前的一盘小鲱鱼。他平常的生活非常简朴，所以他特别喜欢这突如其来的独自享受的奢华。他是一个节俭的喜爱美食的人。他一直盯着盘子，盘子上堆着红辣椒、柠檬、黑面包、黄油等等。这时一个看起来闷闷不乐的高个子人走到桌旁，坐在他对面——他就是弗兰博。

“恐怕我必须放弃了。”他沉重地说，“我是完全站在像杜珀斯这样的法国士兵一边的，我根本就反对像赫希这样的法国无神论者。但在这件案子里我们犯了个错误，杜克和我认为最好先调查一下杜珀斯的指控。我必须承认，我很高兴我们这样做了。”

神父问：“那张纸条是假的？”

弗兰博答道：“这件事很奇怪。那张纸条确实像赫希的笔迹，无人能看出破绽，但却不是赫希写的。如果他是一个爱国的法国人，可以说他没有写这张纸条，因为这是给德国人提供情报。即使他是德国间谍，他也没有写这张纸条，因为纸条并没有给德国人提供任何有价值的情报。”

布朗神父问：“你是说情报是错的？”

“错的，而且错的地方恰是赫希博士应该写正确的地方，即在他自己办公室里保藏那个秘密公式的地点。杜克和我得到赫希和当局的支持，被允许去查看了国防部里赫希藏秘密公式的那个秘密抽屉。除了发明人自己和国防部部长之外，只有我们俩知道这个秘密。但是，国防部长是为了使赫希免于决斗才允许我们知道的，这样，如果杜珀斯的揭露是假的，我们就不能支持杜珀斯了。”

“是假的吗？”布朗神父问。

“是的，那纸条是一个毫不知情的人的拙劣伪造。纸条上说，文件放在秘书办公桌左边的柜子里。事实上，那个有秘密抽屉的柜子安放在离办公桌右边一些的地方。纸上说，一份很长的文件装在灰色信封里，用红墨水写的。而实际上呢，不是用红墨水写的，是普通的黑墨水。这份文件除了赫希外，没有任何人知道。很明显，赫希犯这样的错误是非常荒谬的，也是不可思议的。赫希会这样去帮助一个外国窃贼，让他在另一个抽屉里乱摸吗？我想我们必须停止这件事，向赫希道歉。”他的朋友沮丧地说。

布朗神父似乎在沉思，他叉起一小块鲱鱼，问：“你能肯定灰色信封是在右边柜子里吗？”

“肯定是的，灰色信封——实际上是个白色信封——是……”

布朗神父放下小鲱鱼和叉子，盯着坐在对面的同伴，声音有些变了：“什么？”

“嗯，什么？”弗兰博重复了一句，开心地吃着。

“不是灰色的。”神父说，“弗兰博，你吓了我一跳。”

“怎么吓着你了？”

弗兰博的朋友严肃地答道：“我被你说的白色信封吓着了，要是真是灰色的就好了。真该死，也许它是灰色的。但是如果它是白色的，那整个事情就严重了，博士一直在玩弄地狱之火。”

“但我说了他不可能写这样一张纸条。这纸上讲的全是错的。不论是无辜的还是有罪，赫希博士对这些事实是十分清楚的。”弗兰博说。

神父严肃地说："写条子的人对所有的事实都十分清楚。如果他不知道这些事实，他不可能错得如此精确。你必须对每件事都很了解才能出这样的错误——像魔鬼一样。"

"你是说……"

"我是说一个人如果偶尔撒谎，他说的话有些会是真的，如果某人要你去找一幢房子，告诉你这房子的门是绿色的，蓝色的百叶窗前面有一个花园，但没有后花园，有只狗但没有猫，人们喝咖啡，不喝茶。但你没有找到这样的房子，你会说，他所说的都是捏造的。但我说不。我说如果你找到一幢房子，门是蓝色的，百叶窗是绿色的，有后花园，但没有前花园，到处都有猫，却看不到狗，人们喝茶却不准喝咖啡，那么你知道你找到了那幢房子。那个人肯定非常了解那幢房子才可能描述得正好相反。"

弗兰博问："那意味着什么呢？"

"我想不出来。我对赫希这件事一点都没搞懂。如果只是左抽屉而不是右抽屉，只是红墨水而不是黑墨水，我会以为只是伪造者偶尔犯的大错。但是三件事都错了，这是个神秘的数字，它说明了一切。抽屉的位置，墨水的颜色，信封的颜色没有一个碰巧正确的，这就不可能是巧合了，不是巧合。"

"那么是什么呢？叛国？"弗兰博一边继续吃饭，一边问道。

"我也不知道。唯一能想到的是……嗯，我从来没搞懂狄雷福案件。我对道德方面的东西比对其它方面理解起来容易些。我根据一个人的眼神、声音，他的家庭是否幸福，他喜欢什么东西，不喜欢什么来做出判断。但我对狄雷福案件感到迷惑，并不是那些可怕的起因，我知道那些身在高位的人的本性，依然可能像钦契或博尔吉亚那样地坏。不，使我迷惑不解的是双方的诚实。我不是指那些政治团体，民众一般来讲是诚实的，经常容易被愚弄。我是指那些参与案件的人、那些阴谋家、那个卖国贼、那个肯定知道真相的人。现在狄雷福仍然存在着，深知自己是被冤屈的，而法国的政治家和士兵们则仍然自以为是地以为他们知道狄雷福不是被冤枉的，而且还是一个坏人。我的意思不是说他们的行为很糟，我的意思是他们好像很确信自己是对的。我讲不清楚，但我知道。”

“但愿我也知道。那么这件事和赫希有什么关系呢？”弗兰博说。

“想想看，假如一个受信任的人开始给敌人提供情报，而这情报是虚假的；假如他甚至认为提供这些假情报是在拯救他的国家；假如这样做可以使他打入间谍网，而他又不必负担什么，没有责任；假如他可以保持这种双重身份而从不将真情报出卖给敌人，只是让他们越来越多地去猜测；他的善良本性，如果还有的话，她会说：‘我没有帮助敌人，我说的是左边抽屉。’另一面则会说‘但他们也许能感觉到其实我说的是右边。’我想这从心理上讲是可能的。”神父接着说。

“从心理上讲也许是可能的，”弗兰博答道，“这一点可以肯定地解释为什么狄雷福认定自己是被冤枉的，而法官认定他是有罪的。但历史是不可改变的，因为狄雷福的情报从字面上来看是正确的。”

“我不是在想狄雷福。”布朗神父说。

人们已经离去，周围安静了下来。有些晚了，但依然到处是灿烂阳光，好像碰巧被树枝留住了似的。沉静中，弗兰博突然转动椅子，椅子发出很大的响声，他把胳膊肘搭在椅背上，急促地说：“如果赫希真是一个胆小的卖国者……”

“你对人们不要太苛求了。”布朗神父轻轻地说，“这不完全是他们的过错，他们不具备一种本能。我是说那种使一个女人拒绝和一个男人跳舞，或一个男人拒绝进行一笔投资那样的本能。人们一直受到这样的教育：至关重要的一切只是恰如其分。”

“不管怎样，他的事与我无关，我不想再谈他了。杜珀斯也许有点疯狂，但他的确是一个爱国主义者。”弗兰博不耐烦地叫起来。

布朗神父继续吃他的小鲱鱼。那种吃鲱鱼的一本正经的样子，使弗兰博重新打量起神父来。弗兰博问：“你怎么啦？杜珀斯是个爱国者，你怀疑他吗？”

“朋友，我怀疑一切，怀疑今天所发生的一切。虽然我亲眼目睹了整个事情，但我怀疑我所看到的一切。这件事与一般的刑事案件很不相同。在一般的刑事案件中，一个人撒谎，而另一个人或多或少地会说些真话。而这件事，这两个人……好吧，我已经把我能想到的，能使每个人都满意的解释告诉给你了，但这个解释并不能使我满意。”神父失望地放下刀子和叉子说。

“我也不满意。如果你所能提出的解释仅仅是正话反说，我把它称作非同寻常地聪明，但……嗯，你把它叫做什么呢？”弗兰博问道。弗兰博皱着眉头答道。而神父则带着一副完全放弃的样子，继续吃他的鱼。

“我应该说它是一点都不能使人信服的，简直不能。但正是这一点使人感到整个事情很奇特，这个谎像小学生撒的谎。只有三个解释：杜珀斯的解释、赫希的解释和我的想象；或者这纸条是一个法国官员为了毁掉另一个法国官员而写的；或者是一个法国官员为了帮助德国人而写的；或者是一个法国官员为了误导德国人而写的。好吧，你会以为这张秘密纸条在这样一些人当中传递。你会想：也许是用密码写的，或是一些缩略词，或是一些科学术语。但这件事好像是经过了精心策划，从而显得非常简单，就像一枚分币那样可怕：在紫色的洞穴里，你将找到金子宝藏。这事看起来……好像原本就是要让你一眼看透似的。”神父马上答道。

他们还没有来得及仔细想，一个穿法国制服的矮个子一屁股坐了下来。他走路很快就像一阵风似的。

“我有一个惊人的消息。我刚从上校那里来，他正在打点行装准备离开这个国家，他要我们原谅他不能到场。”杜克·德·伏龙加说。

“什么？”弗兰博叫了起来，一副不相信的样子，“请求原谅？”

杜克生气地说：“是的，当着每个人的面，当剑拔出来的时候，你和我必须到场，而他正离开这个国家。”

弗兰博有些生气地叫道：“这是什么意思？他不可能怕那个小个子的赫希吧！该死的！没有人会害怕赫希！”

“我想这一切肯定是一个阴谋，是犹太人和共济会的阴谋。他们想提高赫希的声望……”伏龙加急促地说。

布朗神父表情平静但是又显现出特别的满足。布朗神父什么也没有说，只是吃完了盘里的鱼。当愚蠢的面具落下时，总有闪光的一瞬，接着智慧的面具又戴回到了他的脸上。弗兰博非常了解他的朋友，知道布朗神父已突然明白了所有的一切。

“你最后是在哪里见到我们尊贵的上校的？”弗兰博有些恼怒地问。

“他在爱丽舍大街圣特·路易斯饭店附近，我们和他一起开车去的。我告诉你了，他正在打点行装。”

弗兰博皱着眉头，看着桌子说：“他还会在那里吗？”

杜克答：“我想他还没有离开，他正为一次长途旅行做准备呢……”

布朗神父简短地说："不，是一次短途旅行。"他突然站起来，"实际上，是最短的旅行之一，但如果开车去，也许我们还能及时赶上他。"

出租车径直开到路易斯旅馆，一路上布朗神父再也不肯多说一个字。他们下了车，神父领着他们走上旁边的小径。天色越来越暗，当杜克不耐烦地问赫希博士是不是卖国贼时，布朗神父又一次心不在焉地答道："不，只是有些野心——像凯撒一样。"然后，有些不相干地说道："他很孤独，一切都必须自己去做。"

弗兰博冷酷地说："如果他有野心，他现在应该满意了，所有的巴黎人都会向他欢呼，该死的上校夹着尾巴逃走了。"

"别那么大声。"布朗神父低声说，"你诅咒的上校就在前面。"

另外两个人吃了一惊，缩回墙的阴影中。确实那个矮小结实的临阵脱逃者正在前面走，一只手提一个包。他看起来跟他们第一次见面时没有什么两样，只是他那登山短裤换成了一般的长裤。很明显他已从旅馆逃出来了。

他们跟着他走的这条路好像是背街的一条小巷，看上去像是舞台布景搭错了的那一边。有些常青树，树尖高出了墙头，后面可以看见长排法国高楼的背面，路的另一侧是幽暗的公园的高高的镀金栏杆。单调，绵延的一堵墙延伸下去，偶尔能看见灰暗、脏兮兮的门，门都紧闭着，墙上有些淘气鬼们的粉笔涂鸦。

"你知道吗？这个地方有些……"弗兰博惊诧地看着周围说。

"嗨！"杜克失声叫道，"那个人不见了，消失了，像个该死的精灵一样。"

布朗神父解释道："他有钥匙，他只是进入了其中一个花园。"他正说着，就听见前面一扇木门重新“咔嗒”一声关上了。

弗兰博大步赶上去，门差点打在了他的脸上。他站了一会，既好奇又恼怒地咬着他的黑色八字胡。然后伸出长臂，像只猴子一样荡了上去。站在墙头，他的巨大的黑色身影在紫色天空的衬托下，宛若黑糊糊的树尖。杜克看着神父，说：“杜珀斯的逃跑计划比我们预想的要复杂得多，但我想他正准备逃离法国。”

“他将从世界上消失。”布朗神父答道。

伏龙加的眼睛亮了一下，低声说道：“你是说他会自杀？”

神父答：“你将找不到尸体。”

弗兰博的叫声从墙上传来，他用法语说道：“天啊，我知道这是什么地方了。这是赫希住的那幢房子的背街。我想我能认出这幢房子的背面和那个人的背影了。”

“那么杜珀斯在里面了！”杜克拍着屁股叫道，“啊，他们终于要见面了！”

突然他敏捷地跳上了墙，坐在弗兰博身边，激动地踢着腿。神父独自留在下面，靠着墙，背对着将要上演故事的剧场，沉思地望着对面的公园，望着暮色映衬下摇曳不定的树枝。杜克则激动不已，以他贵族的本性，希望能公开地看着那房子，而不是偷偷地看。

此时，弗兰博以他侦探的本能已从墙头荡进了交织的树杈中，这样他可以匍匐接近唯一有灯光的窗子。一扇红色的百叶窗已拉下来并逮住光线，但拉弯了，一边露出一个缺口。弗兰博沿着一根树枝伸长脖子，看起来就像快断了的小细枝。他刚好可以看见杜珀斯上校，在一间明亮豪华的卧室里走来走去。弗兰博离房子很近，可以听见他的朋友们在说什么。

“他们终于要见面了。”

“他们永远也不会见面了。”布朗神父说，“赫希说得对，像这样的事情，决斗者不能见面，你读过亨利·詹姆斯的一篇奇特的心理小说吗？有两个人由于偶然的原因长期以来多次错过相见的机会，使两人都开始害怕对方，认为这是命中注定的。我们这个故事有些像这两个人，但比他们更奇特。”

杜克·伏龙加不怀好意地说：“在巴黎有人能治好他们这种病态的狂想。如果我们抓住他们，逼着他们决斗，他们就不得不见面了。”

神父说：“哪怕到了世界末日，他们也不会见面。就算万能的主拿着权杖，就算圣特·迈克尔吹响号角让他们打起来，即使是这样，一个人站好了，另一个人还是不会来的。”

杜克不耐烦地叫起来：“这些神秘莫测的事到底是怎么回事呢？为什么他们就不能像其他人一样相见呢？”

布朗神父带着奇怪的笑容答道：“他们各自的对立，他们相互间的矛盾，也可以说，他们相互抵消。”

他继续盯着对面越来越黑的树林，而弗兰博一声压抑的惊叫使得伏龙加一下子扭过头去。弗兰博正往有灯光的房间里瞧去，只见上校走了一两步，开始脱衣服。弗兰博的第一个想法是：这真的像一场战斗，但他很快就忘掉了刚才的想法。

杜珀斯坚实、宽阔的胸膛和肩膀原来全是一些衬垫，它们随着衣服脱了下来。只穿着衬衣和长裤的他原来是个瘦长的人。他走过卧室，向浴室走去，一点都没有好斗的样子。他弯腰洗脸，在一块毛巾上擦干手和脸，转过身来，强烈的光线照在他脸上。他那棕色的肤色已不见了，他那浓密的八字黑胡也不见了。他的脸刮得很干净，显得有些苍白。除了他那明亮，像鹰一般的褐色眼睛外，没有哪一点像上校了。

墙下，布朗神父仍然陷入沉思，好像是自言自语："正如我对弗兰博所说的那样。这些恰好相反的东西一点意义都没有，它们不能说明什么。如果是白色的，而不是黑色的，如果是固体的，而不是液体的，等等，那肯定有什么东西错了。一个人的头发是金色的，另一个人是黑色的；一个人体格健壮，另一个人瘦弱；一个人结实，另一个人瘦小，一个人有八字胡，所以你看不到他的嘴，而另一个人有胡须，不是八字胡，所以你看不到他的下巴。一个人把头发剪成平头，但用围巾遮住脖子，而另一个人穿着矮领衬衣，却留着长发以遮住脑袋。一切都太巧妙，太正确了。这肯定有点不对，一切显得无可挑剔，无论什么地方，一个突出，另一个就必然缩进去，就像一张脸配一个面具，一把锁配一把钥匙……"

弗兰博脸色苍白地朝屋里看着，房间的主人背对着他站在一面镜子前，他已经在脸的四周贴上了茂密的红发，这些红发蓬乱地从头上垂下来贴着下巴，而讥笑的嘴却露出来。在镜中可以看到一张像犹大似的脸可怕地笑着，周围跳跃着地狱之火。弗兰博看见那双凶狠的红褐色眼睛闪烁着，然后眼睛被一副蓝色的眼镜遮住了。他穿上一件宽松的黑色上衣，身影消失在通往房子前部的通道上。过了一会，赫希博士再一次出现在阳台上，街上传来一阵欢呼声。

10. 快饮者

在英国东南沿海一带有一个陌生人，他与当地的风情格格不入，不过人们至今仍记得他以及围绕他所发生的离奇故事。高大宁静的麦波尔卡兰德旅馆俯视着下面的庭院和整个海岸线。事情发生在一个阳光和煦的下午，两个衣饰般配怪异的人物步入了这家宁静的旅店。一个是褐色脸，络腮胡，头部用条亮闪闪的绿色头巾裹住，阳光中显得特别惹眼，让整个海岸都能看见；另一个蓄着狮子毛一般的长发和黄色的胡子。要不是因为戴了顶教士的帽子，定会显得更加古怪野蛮。他的身影至少在海滩祈祷会和基督青年戒酒团里见过，不过任何旅馆酒吧里却鲜见他的足迹。这两人的到来虽然是故事的最高潮，却不是故事的开始。我们最好从头说起， 以便使一个极神秘的故事尽可能地讲得清楚明了。

两个人进入旅馆，特别明显的两个人，不过就在半小时前，另外两个人物也进了这家旅馆，因为不打眼，便没有引起任何人的注意，他们其中一个是大个子，强壮英俊，却有一番不占空间的技巧，与旅馆的陈设背景溶为一体。惟有对他靴子进行特别细致的审视，才有可能辨认出他是一个便衣警督，一个穿着极其寻常的警督；另一位是个乏味不起眼的小人物，碰巧的是他穿的也是一身教士服装，只是没人见过他在海滩上做过祈祷。游客们呆在一间带有酒吧台的大型吸烟室里。由于某种原因，这就决定了那天下午将发生的悲剧。

麦波尔卡兰德旅馆正在进行装修更新，那些喜欢旅馆的人们感慨旅馆气数已尽，正在走向衰落，本地的老绅士拉格列先生就是他们典型的代表。他性格古怪，爱发牢骚，常坐在一个沙龙的角落里，一边咒骂，一边喝樱桃白兰地。不管怎样，旅馆正在小心翼翼地除去那些稀疏零落、能使人回忆起它曾是一家英国酒吧的装饰陈设；正在一尺一码、一房一屋地把它改造成，有点像美国电影中地中海地区放高利贷者居住的假宫殿。不过唯一装饰完毕、尚能使顾客感到舒适的部分，就是这间连着大厅的大型吸烟室了。

它曾经荣幸地被称为酒吧休息室。而现在却神秘地被称为沙龙，而且新近又按亚洲吸烟室风格加以了装饰，整个设计充满了东方韵味。过去曾挂着枪的弯钩，放置运动锦旗和剥制鱼标本的玻璃匣现在成了展示东方帷幕花垂、波斯短剑、印度长剑、土耳其匕首等战利品的地方，好像有意无意地在准备接待那位裹着绿头巾的东方绅士似的。可实际的问题是，先到的客人在久久地等待，仅有的几个来客都被赶进了这间唯一完工的休息间，因为旅馆其它普通或高级房间还处于过渡期。这也许解释了对仅有的客人也照顾不同的原因吧，经理和他的下属正忙着对施工进行督促和指点。

警督按着铃，不耐烦地敲打着台面，酒吧台后空无一人。穿教士服的小个子在沙龙里坐了下来，看来并不急于要喝点什么。他的警督朋友一回头，他的双眼好像正透过满月形的眼镜片注视着新近装修过的墙壁，看见小个子那张圆圆的脸茫然若失，这种情况时有发生。

“既然我这几便士买不到东西，不妨付给你，告诉我你在想些什么？”警督格林伍德从吧台转过身，叹息着对他的朋友说道，“旅馆里唯一没有塞满梯子和涂料的地方就只有这间屋子了。空荡荡的，竟然没有招待员送罐啤酒。”

“哦，我这些想法连一便士也不值，更谈不上换罐啤酒了，”身着牧师装的人一边擦着镜片，一边回答说，“不知怎的……可我在想，要在这里杀个把人真是太容易不过了。”

“你真是一切顺利，布朗神父，”警督善意地挖苦道，“你侦破的谋杀案已大大超过了落到你名下的份额，我们这些警察这辈子只好干坐着饿死，连个小案子你都不放过。可你为什么说……哦，我明白了，你是在看墙上那些土耳其匕首。不过谋杀可用的凶器多得很，如果你是在想匕首的话，那还不如一间普通厨房，刀刀叉叉的无所不有，杀个把人易如反掌。”布朗神父似乎在迷茫中收回了散乱的思路，其实他也是这么想的。

格林伍德说道：“杀人总是容易的，可能再没有比这更容易的事了。此刻我就可以杀你——比我想在这该死的酒吧间要杯饮料容易多了。唯一的困难是如何才能杀了人后又顺利地脱身。凶手在策划杀人时何等地精明，事成后却又羞于爽快地承认。这种愚昧的谦虚引出了多少麻烦。他们还会继续地恪守这条杀人而不暴露自身的特殊观念，因此会克制一些犯罪冲动。即便是在一间放满匕首的屋子里也是这样，否则，每间餐具间里都会堆满尸体。

当然，这也阐明了有一种谋杀是无法防止的原因，也正是因为这个原因，我们这些可怜的警察才总是因为没有能防止住谋杀而备受指责。例如，疯子刺杀国王或总统时就无法防止。你不可能让国王住在煤窖里，也不可能将总统装在铁箱里。任何不怕做杀人犯的人都能够杀害他，那就是疯子与殉难者相同的地方，算是超越了凡尘吧。一个真正的狂人无论想杀谁都能获得成功。”

布朗神父还未来得及回答，一群欢乐的推销员就拥入了沙龙，像一群活泼的海豚。一个红光满面、领带上别着一颗闪亮大号胸针的大个男子高声地吆喝着，其动作之快，警督觉得自己怎么鼓劲也撵不上，急得谄媚成性的经理跑得像条听见主人哨声的狗一样。

经理的脸上带着极为焦虑的微笑，一撮油亮的头发撇在前额上，说：“我完全明白该向您道歉，朱克先生，我们目前非常缺人手，朱克先生，我得照料旅馆里的其它事情。”

朱克先生以喧哗的方式欣然接受了道歉，为在座的都叫了一杯酒，甚至还包括了那位近乎卑躬屈膝的经理。朱克是一个旅行推销员，为一家非常时髦有名的酒业公司工作，也许他自认为在酒吧里他是理所当然的领袖。反正接下来他开始了喧嚣似的独白，像是在教导经理怎样管理好旅店，其他人好像也接受他的权威。警督和神父此时已返回阴暗处，坐在一张小桌旁的矮凳上。直到警督不得不出面干涉的那个非常时刻，他俩就在这里一动不动地观察着事态的发展。

接下来发生的事是前面交代的，裹着绿头巾的东方褐脸幽灵和那个陪伴他的英国非国教派牧师，后者的形象更令人胆战心惊。幽灵的出现往往是毁灭前的不祥之兆。一个沉默寡言、但善于观风的清洁工正在阶梯上做着打烊前的最后清扫；面色黝黑、体态臃肿的吧台招待心不在焉，但辞令圆滑，他们都可以为后面发生的奇迹作证。

那个身着半教士服，长着黄棕头发的人不仅作为海滩布道者被人们所熟知，而且作为当今世界的宣传鼓动家为人们所钦佩。正如无神论者所言，幽灵鬼怪都产生于自然。他不是别人，正是大卫·布莱斯琼牧师。他提出的最广泛的一个口号就是“为了我们的祖国和海外的领地而禁酒和净化”。他是位优秀的组织者和公众讲演者，他的主张早就应该为禁酒主义者们所采纳。他的想法很简单，即如果禁酒是正确的，那么其中一部分光荣应归功于可能是第一位禁酒主义者的预言家——穆罕默德。

牧师的这种想法使他与穆斯林宗教领袖们通信，终于说动了一位高贵的穆斯林来英国讲演，谈古代穆斯林是怎么禁酒的。请来的这位穆斯林领袖有许多名字，其中一个叫阿克巴，其余的都是可兰经里的那些诘屈聱牙的东西，完全不可翻译。阿克巴和布莱斯琼从未进过酒店，只是因为上述的装修工程，才从温馨的茶水间被逐到刚装修过的沙龙。

也许本来会相安无事的。但是那位伟大的禁酒主义者天真无邪地走向吧台，要了杯牛奶，事情就完全不一样了。那群推销员虽属善良之辈，在如此的气氛下也不自觉地发出了噪音，房间里一时充满了窃窃笑语，“别疯酒”、“最好牵条牛”等酒语直刺耳膜。然而那位自命不凡的朱克先生却感到他理应比别人更逗趣，比别人更幽默，因为他比别人有钱，有一颗别人没有的大号胸针。激动得快失控的他装得可怜巴巴：“他们知道一根羽毛就可以把我击倒，一口气就能把我吹走；他们知道医生说我受不了这样的震惊，然而他们竟冷酷地当着我的面喝杯冷牛奶。”

惯于在公开辩论会上对付诘问者的大卫·布莱斯琼今天极不明智，选择了在自己不熟悉、但在当地又十分流行的场合贸然进行反击，而那位彻底的东方禁酒主义者既不沾酒，也不开口，为自己赢得了尊严。事实上，他为穆斯林文化赢得了无声的胜利。和那帮不列颠推销员相比，他显然是个真正的绅士，致使在场的英国人对他的自傲和清高开始产生了反感。

当布莱斯琼在争吵中提及到国家的尊严和民族的面子时，屋里的气氛确实变得紧张起来。布莱斯琼拿出公开辩论时的姿势："朋友们，让我来问问你们，为什么我们的穆斯林朋友在这里以真正的基督教自控能力和友爱精神，为我们基督徒树立了一个榜样？为什么在这个乌烟瘴气的地方，他却体现了一个基督徒的品行，温文尔雅，君子言行？这是因为，无论我们的教义之间有多大的差别，至少在他们的国土里，邪恶的根源、那种四处蔓延的祸根还从未——"

就在这场争吵的关键时刻，经历过上百次暴风骤雨式辩论而威风不倒的约翰·拉格列雄赳赳地迈进了沙龙，白发衬托着红润的脸，一顶过时的大礼帽耷拉在脑后，手上的拐杖舞得像根大棒。约翰·拉格列是众人眼中的怪绅士。他常写信给报纸杂志，遭到拒登后，又自己出资印成小册子，发行到上百个废纸篓中。这就是他的个性，无论与保守托利党的乡绅们，还是激进的郡议会，他都争吵不休。他仇恨犹太人，几乎怀疑任何商店，甚至旅馆里出售的任何东西。不过他并不是没有事实根据，他是一个敏锐的观察者，了解这个国家的每一角落和卑鄙的细节。

那位叫威尔斯的旅馆经理了解乡绅圈子中的怪癖，善于察言观色。就连他也暗中佩服拉格列先生，可这和他对朱克先生的敬仰不一样；朱克性格快乐、善做买卖、地位不错，对他威尔斯可以说是五体投地。而他却怕老拉格列那条舌头，所以经常做出的佩服的样子多半是想避免与他争吵。

倚靠在吧台上的威尔斯眼睛一扫，问道："要平时常喝的吗，先生？"

拉格列先生哼哼道："那是你唯一的真东西，"一边"啪"地摔下那顶古董似的怪礼帽。"该死！有时候我认为在英国，唯一剩下的国货就只有樱桃白兰地了。樱桃白兰地确实还有樱桃味。现在谁能找到带有蛇麻草味的啤酒？带有苹果味的苹果汁？或者任何带点葡萄味的甜酒吗？在我们这里，家家酒店都在做假，真是太可恨了。要是在其它地方，别人早就过来找他麻烦了。我又发现了一两件比较可笑的事，我可以讲给你们听；等我印出来后，人们就会警觉起来。如果我能阻止人们因喝了假酒而中毒——"

布莱斯琼牧师又一次表现得不够老练，虽说老练是他一直在追求的。他忽略了'饮劣质酒有害'和'饮酒害人'这两句话之间的细微区别，他竟然傻乎乎地试图与拉格列先生建立起同盟关系。这中间，他竭力把他呆板高贵的东方朋友捧起，再次以一位超越了粗俗英国佬的外国贵宾身份把他拖入这场争纷。这一下可捅翻了马蜂窝。他愚蠢得涉及到神学领域来，最后公然还提到了穆罕默德的名字。

对神学知之不多的拉格列先生咆哮起来："愿上帝诅咒你的灵魂！你说英国人不该喝英国啤酒，就因为那个下流老骗子穆罕默德在那片该死的沙漠中禁酒？"

格林伍德警督此时大步流星地来到了屋中央，因为就在瞬间之前，那位东方君子的举止突然有了明显的变化。先前他一直静静地站着，眼光稳重并且炯炯有神，但是这会儿他就像一只老虎一样地扑到了墙边，猛地一下拉下了挂在弯钩上的重剑，像甩石头一样地掷了出去，重剑颤悠悠地插进了离拉格列先生耳朵仅半英寸的墙上。要不是格林伍德及时地拖了一下他的肘臂，改变了剑的方向，拉格列先生已必死无疑。正如布莱斯琼所言，这位东方的君子以真正的基督自控力和友爱精神，为英国佬树立了榜样。布朗神父此时仍留在他的座位上，似乎从刚才的暴力中看见了些什么，半蹙着眉眼，嘴角略往上翘，好像挂了一丝微笑。

然而，事端出现了戏剧性的转变，这似乎出乎在场大多数人的预料，当然除非你真正地了解拉格列先生的个性，否则不可能理解眼前的变化。那个红脸怪绅一面哈哈大笑，一面站起身来，好像刚才发生的事仅是他有生以来见过的最精彩的玩笑。他似乎已经忘了那些尖刻和激烈的谩骂；对那个想害他性命的东方怪客，他采取了仁慈之举，哈哈地一笑了之。

他轻松地说道："不中用的眼力，二十年才遇到一个你这种人！"

"不起诉他吗，先生？"格林伍德警督几乎不敢相信自己的眼睛。

"起诉他？当然不会。如果他能喝酒的话，我情愿请他喝上杯啤酒。我没有权利歧视他的宗教。倒是但愿上帝能赐予你们这帮卑鄙小人以杀人的胆子。我也不会开口辱骂你们的宗教，因为你们根本就没有宗教，不过我倒会开口诅咒你们的其他一切——甚至你们的啤酒。"

"现在他称我们大家为卑鄙小人了，"布朗神父对格林伍德警督说道，"看来，宁静与和谐又恢复了。但愿那位戒酒主义牧师死在他朋友的刀下，这场麻烦全是由他而起的。"

神父说话之间，屋里的那伙人开始离散。旅店努力清理出了一间商务室，于是那群旅行推销员一哄而去。吧台招待员用托盘新装了一杯酒，尾随他们去了。布朗神父站起来，双眼凝视着留在吧台上的玻璃杯。他马上就认出了那个惹出麻烦的牛奶杯子和一个刚装过威士忌的玻璃杯。神父一回头，正好看见东西方的两个古怪人物正在相互告别。拉格列先生仍然非常地宽宏，而东方怪人却具有某种阴沉和邪乎，也许穆斯林都看上去如此， 一切都暗示麻烦确已结束。无论怎样，他离开时还是仪态庄重地向拉格列先生鞠了一躬，算是和解的表示吧。

然而，第二天就发生了一件怪事。这对于布朗神父来说，怎样回忆和理解两个争斗者之间彬彬有礼的最后和解是至关重要的。一大清早，布朗神父下楼去街区主持早弥撒时，发现具有东方装饰韵味的长吧台被晨曦的白色死光所笼罩。死光中一切细节都清晰可辨。其中一个被一把笨重的带弯柄的匕首插进了心脏，在角落里的便是拉格列先生的尸体。

布朗神父又轻手轻脚地回到楼上，唤来了他的警督朋友。两人站在尸体旁，屋里没有任何其他人。

沉默了一会后格林伍德说道：“我们既不能凭空设想，也不能回避明显的事实。我想你还记得昨天下午我跟你说的事。太奇怪了，我也不知道怎么昨天下午就对你说了。”

“我知道，”神父边说边点头，瞪着像猫头鹰一样的眼睛。

格林伍德警督评论道：“我当时就说过，一种我们无法阻止的谋杀就是宗教疯子干的。也许那个棕脸的家伙以为如果他因此被吊死，就会因捍卫了穆罕默德的荣誉而直接升入天堂。”

“当然有这种可能，”神父表示同意，“所以说我们的穆斯林朋友杀了他是有道理的。可以说目前我们还不知道有任何其他人有要杀他的动机。可是……可是我在想……”神父的圆脸突然变得茫然若失，话到了嘴边又吞了回去。

“怎么了？”警督问道。

神父的声音显得十分没有把握：“呃……我知道这听起来有点荒唐，可我在想……我在想，从某种程度上讲，谁插了这一刀并不重要。”

“你这是新的道德观，还是诡辩术？”他的朋友问道，“用模棱两可的观点来解释谋杀？”

“我并不是说谁杀害了他不重要，”神父解释道，“当然，刺他的人可能是杀害他的人，但是，也可能是个截然不同的人干的。无论怎样，下手的时间完全不同。我猜你想验证刀柄上的指纹，不过，别对指纹太在意。我的判断是其他人因其它的原因把刀插在了这老家伙的身上，没有什么发人深省的原因。当然这与谋杀大有区别，在找出原因之前，你还得对他多插几刀。”

“你的意思——”警督认真地打量起神父来。

“我的意思是解剖，找出真正的死因。”

“我相信你是对的，”警督说道，“关于插进这把刀的问题，不管怎样，我们必须等法医来判断。不过我十分清楚他会赞成你的看法。伤口没有足够的血，尸体都冷了几个小时后刀才插进去的。可是为了什么呢？”

“可能是想嫁祸于那个穆斯林，”布朗神父回答说，“非常卑鄙，我承认，但是不一定就是谋杀。我猜想这儿有人试图想掩盖什么，虽然他们不一定就是凶手。”

“我还没跟上你的思路，”格林伍德警督承认道，“你为什么这样想呢？”

“昨天我说过，就在我首次进入这间可怕的沙龙时，我说在这里要杀几个人很容易。虽然你以为我考虑的是所有的那些愚蠢的武器，其实并不是这样，我想的完全不同。”

在随后的几个小时里，警督和他的朋友对过去二十四小时里来来往往的每一个人都进行了彻底的研究，包括那些分配饮料的方式、洗过和没洗过的杯子、每一个参与者和那些明显的未参与者等细节。可以猜想他们的设想是如果一个人中了毒，那么从其余的三十个人身上会查到证据或线索。似乎可以肯定，任何人要想进入旅店都得通过酒吧的大门，其它入口都因工程需要被堵死了。大门外有一个打扫台阶的小工，可他什么也讲不清。当裹绿头巾的土耳其人和禁酒主义牧师在众目睽睽之下进来之前，除了旅行推销员们为了他们所谓的‘快饮一杯’进来过，似乎一直就没有什么顾客。而这伙推销员似乎像大诗人华兹华斯诗中的云一样，总是一起出现，一起消失。

在谈到他们中是否有一个人落在了大伙的后面，最后被人看见从门前的台阶上出来，门外的清洁小工与里面的店员的说法总不一致。不过经理和吧台招待都不记得有这么一个人，他们声称很了解这些旅行推销员，对他们的集体行动毫不怀疑。冲突发生的当时他们都站在沙龙里，只是他们那自命不凡的领袖朱克先生和布莱斯琼牧师之间有点小小的不快。后来他们也目睹了阿克巴先生和拉格列先生之间突发的争执。随后当听说商务室被腾空了，饮料也像战利品似的随他们一起被送进了商务室，他们便转移了过去。

格林伍德警督说道：“唉，能提供线索的东西的确太少，那些尽职尽责的招待员们像平时一样清洗了所有的杯子，包括老拉格列的杯子。

如果不是因为他们卓有成效的工作，我们侦探的破案效率就可以大大提高了。”

“我知道，”布朗神父的嘴角又一次露出了微笑，“我有时在想是罪犯们发明了卫生学，还是卫生学的改革派发明了犯罪？哼，他们中的一些人看起来的确像这么一回事。大家都在谈论那些污秽的地下室和罪犯猖獗的平民区。然而事实恰恰相反，称那些地方犯罪猖獗并不仅仅因为有人犯了罪，而是因为犯罪事实被大量地发现了。而在那些干净整洁、一尘不染的地方，地上没有脚印，杯中没有含毒的残酒，善良的招待员洗去了所有可能留下的凶杀痕迹，在这里，罪恶才能真正地无法无天。这才会有杀害六个妻子并焚尸灭迹的滔天罪行。归结到底，都是因为没有留下一点发人深省的污迹。对不起，我是否有一点过于冲动？不过请注意，我记得有一个杯子，毫无疑问它已经被擦干净了，可我想对它多做一点了解。”

“你是指拉格列的杯子？”

“不，我是指那个没有人的杯子，”布朗神父回答说，“它放在牛奶杯的旁边，里面还剩有一两英寸的威士忌。哦，你我都不喝威士忌。我碰巧记得旅店经理在受到朱克先生款待时喝了几滴杜松子酒。但愿你不会认为我们那位裹绿头巾的穆斯林是个威士忌的酗酒者，也不会认为布莱斯琼牧师在无意中把威士忌和牛奶混在了一起。”

“推销员中的大多数都喝威士忌，”警督说道，“他们通常如此。”

“是的，”神父同意道，“但是他们会看着自己的杯子被斟满。叫人小心翼翼地送进他们的房间，可这一杯却留下了。”

“我想是因为偶然被忘了，”警督显然怀疑神父的判断，“可能到房间里后又让人送了一杯。”

布朗神父摇了摇头说道：“那你得了解他们属于哪一类人。像他们这样的人，有人称他们为俗人，有人把他们当下人，不过这些都具有感情色彩。我倒乐意说他们主要是些头脑简单的人。他们中有许多好人，愿意回到妻儿身边；但他们中间可能也不乏恶棍，也许有的曾有过几房妻妾，甚至还谋杀了几个，可他们中的大多数头脑很简单。注意了，牛津大学的教授讲师喝酒比这种人开放得多。

而这类人喝得不多，饮酒行乐之时仍然保持清醒，什么事情也别想逃过他们的眼睛。你没注意到，一点小事也会让他们喋喋不休？斟啤酒时泡沫溢了出来，他们的废话也就滔滔不绝，必定要说，‘嗳，住手，小姐！’或者‘为我斟得更满些，行吗？’我现在要说的是：如果他们中有五个人愉快地聚在商务室里，而面前只摆了四杯酒，第五个人竟会悄悄地不提出抗议？这种情况根本不可能发生。这个人会大声嚷嚷，其他人会大声嚷嚷，才不会像其他阶层的英国人，静静地等到酒被端上为止。酒吧里会充满杂声，如：‘怎么，看不起我？’‘你瞧，乔治，难道我加入了戒酒团？’‘乔治，他们没把我当成滴酒不沾的穆斯林吧？’等等。但是昨天吧台招待没听到任何这样的抱怨。我敢肯定，那杯留下的威士忌是被另一个人喝过的，一个我们还没想到的人。”

警督问道：“可是你能记得有这样一个人吗？”

“不能只是因为经理和酒吧侍者不愿意说有过这样一个人，你就排除了那确实独立存在的证据，那个在外面打扫台阶的清洁工所提供的证据。他说有一个人很快进来又出去了，很可能是推销员，一个实际上并没有随其他推销员一起的人。旅店经理和那个酒吧侍者没有看见他，或者说大家都没看见他。但是不知怎么的他居然从吧台要了杯威士忌。为了方便起见，我们不妨暂时称他为‘快饮者’。你知道我并不常常干预你的工作，因为我知道你比我做得更好，或者说比我想做的干得更好。我可是从未干过组织警力破案、追捕罪犯或其它诸如此类的工作，但是现在，我平生首次想这样去试试。我要他们找到那个‘快饮者’，让整个国内的警察力量布下天罗地网，找到那个‘快饮者’，因为他是我们需要的人。”

格林伍德警督沮丧地摊开了双手，问道：“除了动作快以外，有相貌、体形或者任何肉眼可见的特征吗？”

“他穿着苏格兰式的披风，”神父说道，“而且他告诉门口那个清洁工他必须在第二天早上赶到爱丁堡。这就是那清洁工记得的一切。可我知道，你局子里的人也破过比这线索更少的案子。”

“你好像对这件案子特别地敏感。”警督的表情十分的迷茫。

“你知道，这事很容易被误解。”布朗神父看上去也很茫然，拧紧了眉头坐在那里，好像在深思，之后他突然开口道，“所有的人都很重要，你重要，我也重要。这就是神学中最难说服人的地方。”

警督不解地瞪眼望着他。神父接着又解释道：“我们的存在对于上帝来讲是重要的，可这是为什么只有上帝才清楚。也许这解释了警察应该存在的唯一原因。”布朗神父的话看来并没有启迪警督对于自己存在的重要性。“你难道不明白，从某种意义上来讲，法律确实是正确的。如果所有的生命都重要，那么所有的谋杀案也都同样地重要。既然上帝如此神秘地创造了生命，我们的生命当然就不能不明不白地消失。然而——”

他最后一句话讲得很干脆，如同一个脑袋中有了新决定的人。

“你总是告诉我局子里这件或那件案子很重要，然而，一旦走出了那神秘的平等水准，我就看不出那些案子中的大多数有什么重要。作为一个普通实际的凡人，怎样理解你所说的重要性？我必须先意识到被杀害的是总理大臣。作为一个普通实际的凡人，我压根儿就不认为总理大臣重要。从人类生存的重要性这点而言，我应该说他几乎压根儿就很渺小。如果明天他或者其他的官方重要人物被杀死，你以为就不会有另外的人取而代之？警察照样会搜查每条大街小巷，政府照样会许诺说事件会受到严肃的处理。我甚至说现代社会的主宰者也并不重要，报纸杂志上经常读到的所谓社会名流就更算不上什么了。”

讲到这里，布朗神父站起身来，轻轻地敲击了一下桌子，这可是他少有的几个动作之一。他的声音变得激昂了，“但是拉格列先生确实重要。他是咱们英国能构成拯救不列颠伟大阵线不多的几个人之一。英国正在堕落，朝着商业化的沼泽直线滑去。而拉格列这些人像是路旁被人忽略、嘲弄的路标，孤零零地站在黑暗之中，但他们指出了解脱的方向。这些人当中有《格利弗游记》的作者斯威夫特、撰写英国第一部词典的约翰逊博士和抨击社会现象的书籍《乡下行》的作者威廉·科伯特，一位老道的记者。除了粗暴无礼的名声外，他们具有一切美德，受到朋友们的爱戴，他们的确值得被爱。

你没看见那具有狮子般勇气的老拉格列站起身来，像斗士一般原谅了他的敌人？他确实恰到好处地体现了那位戒酒主义牧师所说的，为我们基督徒树立了榜样，是基督教品行的典范。当有人秘密无耻地杀害了这样一个人，那么我认为此案很重要，重要到了任何可尊敬的公民都可以利用一下现代警察机构……哦，别提了。仅此一次，我真的需要你们的帮助。”

从那时刻开始算起的好长一段时间里，那个小个子的布朗神父亲自督战，指挥着整个皇家警察机构和人员进行侦破工作，就像当年的拿破仑指挥着整个欧洲战争机器在各条战线上决战一样。警察局和邮局务必要追查出那个飘忽不定、既无特征、又无姓名，仅只穿了件披风，持有一张爱丁堡车票的鬼影。现在开始彻夜地工作，交通被中断、通讯被窃听检查、到处有询问调查。

与此同时，正式的尸解报告还未出来，可大家似乎都肯定这是一桩投毒杀人案。其它的调查线索也不应被忽略，这样，最初的怀疑自然就落在了樱桃白兰地上，然后又怀疑到那家旅馆。

格林伍德警督粗声粗气地说：“最有可能就是旅馆经理，我看他就像条讨厌的小毛虫，当然也可能和那个整天绷着脸的吧台招待有关。拉格列先生可能因脾气火暴和他有过口角，虽然事后拉格列总是宽宏大量，但是毕竟正如我刚才所说的，主要责任应该落在经理身上，因此他是主要的嫌疑对象。”

“哦，我知道主要嫌疑在他身上，”布朗神父说道，“可那就是我不怀疑他的原因。你瞧，我宁愿设想已有人知道旅馆经理会成为首要的嫌疑犯。这就是当初我为什么告诉你说，在这家旅馆里杀人很容易的原因……不过，我建议你最好去查查他的问题。”

警督去了一会就回来了，时间快得惊人。他看见他的神父朋友正在翻阅一些文件档案，好像是关于老拉格列先生疾恶如仇的一生的材料。

警督说道：“这真是一件怪事，我原想我得花上几个小时来盘问那个滑溜溜的小癞蛤蟆，因为咱们至今尚未掌握一件不利于他的证据。然而盘问才开始，那小子已经完全吓瘫了，我相信他已吓得吐了实情。”

“哦，我知道了，他吓得跟刚发现尸体躺在他旅馆里时一样，于是就下手干了那件事情：把土耳其匕首伪装性地插在了尸体上，以嫁祸于那个东方的棕色脸，我就知道他会这么说。除了吓坏了，这事可与他没有一丝一毫的联系。他是世界上最不可能用刀谋杀的人，我敢打赌杀几个死人都已吓得他灵魂出窍了。既然这些事与他无关，他干吗心虚得这么厉害，去干那样一件蠢事？”

“我想我必须和那个酒吧招待也谈谈。”格林伍德建议道。

布朗神父表示同意：“我也这么想，我不相信是旅馆里的人干的，因为这事做得太像是旅馆里的人干的了……哦，老兄，读过他们收集送来的有关拉格列的材料吗？他的一生非常有趣，我想知道是否会有人为他写传记。”

“我曾把所有可能影响类似此案的事做过记载，”警督回答说，“拉格列先生是一个鳏夫，可他的确因为妻子和一个苏格兰的地产商之间的暧昧关系发生过斗殴，当时拉格列显得非常地狂暴。他们说他恨苏格兰人，也许这就是其原因……哦，我知道你为什么又在挤眉弄眼，可能不是苏格兰人……是爱丁堡人吧？”

“也许吧，”布朗神父不置可否，“不过除了你刚讲过的原因外，他很可能的确不喜欢苏格兰人。这是件怪事，不过，所有托利党的激进分子，我不知道你怎么称呼他们，就是那些抵制辉格党重商主义运动的人的确都不喜欢苏格兰人。科伯特不喜欢，约翰逊不喜欢，斯威夫特在一篇描述苏格兰人口音的文章中，极尽讽刺挖苦之能事，甚至有人说莎士比亚对苏格兰人也有偏见。但是伟人们的偏见都具有一定的原则性，我想有他们的原因吧。苏格兰人出生在一块曾经是贫瘠的农村，后来变成了富有工业区的土地上。他们能干活跃，认为自己正在把优越的北方工业文化带往南方，殊不知南方多少世纪以来就已存在农业化文明，而他们祖先居住的土地上却没有文明，尽显乡巴佬气。好了好了，我想我们只能等待更多的这方面的信息了。”

“很难想象你能从莎士比亚大师和约翰逊博士那里得到最新的信息，”警督咧嘴笑了，“说莎士比亚对苏格兰人有看法，并非有确凿的证据。”

布朗神父扬起眉毛，好像一种新的想法让他吃了一惊：“嗳，怎么没有，现在我就要想起来了。从莎士比亚身上甚至可以找到更为确切的证据。他很少提到苏格兰人，但他相当喜欢嘲弄威尔士人。”

警督的眼睛搜索着朋友的脸，他觉得从那安静的表情下面捕捉到了某种警示。“啊，除你之外，还没有人把怀疑点转移到苏格兰人身上。”

“是吗？”布朗神父带着一种沉着的态度，“你昨天谈到疯子，并说只有疯子狂人能杀人得手。昨天就在这间酒吧沙龙里，我俩有幸见识了一次当今世界最大、最喧嚣，而且是最愚蠢的疯子狂人大聚会。如果说执迷于某种信念的狂人就能杀人得手，那么要在昨天包括那个穆斯林在内的那群疯子狂人中找一个凶手，我首推我的同事、戒酒主义者、尊敬的布莱斯琼牧师。正如我告诉你的，他那个可怕的牛奶杯就和那个神秘的威士忌一同放在了吧台上。”

“所以你认为和这件命案有关？”格林伍德警督迷惑地瞪大了眼睛，“我真不知道你说这话是不是当真？”

叮叮叮……吧台里面的电话刺耳地响起来，警督揭起吧台挡板，快步来到里间，拿起话筒。之前警督审视着神父脸上那不可捉摸的表情，他听了一会，“啊”地叫了一声，这不是在呵斥对方，而是失去自控的惊喜；接着他更专心地听着，间或突然插上几句：“好，是的，……赶快来，如果可能把他带来，干得好！……祝贺你们。”

“布朗神父，你真神了，”格林伍德警督容光焕发地回到外面休息间，端端正正地坐下，双手整齐地放在双膝上，看着他的朋友说道，“好像在其他人知道他是谁之前你就知道他是凶手了。在一大堆线索当中，他既不能归为人证，也不能归为物证，只是一个混乱不解的谜；旅馆中没有人见过他，清洁工也不敢肯定有这么一个人，他仅仅是一个影子，还是用一个多余的脏酒杯推论出来的。可我们找到了他，他就是我们想要的人。”

布朗神父忽地站立起来，像一个面临危险的人神经质地抓起了有关拉格列的文件，就是那些对于传记作家来讲至关重要的材料。他的双眼直直射向他的朋友，这让格林伍德想起他应该赶紧进一步有所说明：“是的，我们抓到了那个快饮者。他确实很快，逃起来像水银一般。我们的人恰好在他去奥克勒钓鱼的路上堵住了他。就是他，完全正确。就是那个和拉格列妻子通奸的苏格兰土地商，也就是那个在这间酒吧里喝了威士忌，随后又乘火车去了爱丁堡的那个家伙。然而，除了你谁也没察觉到这件事。”

“呃……我的意思是……”神父语调显得有些茫然。他的话被旅馆外面传来的大车“嘎嘎”的轱辘声所打断。两三个警察和警士进屋来，把吧台一时挤得满满的。其中一个受到警督的邀请后坐下，一下就懒散下来，看上去又高兴，又疲惫。

他用敬佩的眼光注视着布朗神父。“凶手抓住了，先生，是的，抓住了。我知道他是个凶手，因为我差点没被他干掉。我以前也抓过不少凶徒，可没有一个能赶得上他。他踢在我的小肚子上，腿像马蹄一样狠，还几乎从我们五个人的手中跑掉。警督先生，这次这个人可真是一个杀人犯。”

“他人在哪儿？”布朗神父盯着他问道。

“铐在外面的大车里。如果你们明智的话，现在就让他呆在那里。”

布朗神父软软地瘫在了一张椅子里，手里那些被搞得皱巴巴的纸片像雪花一样散落下来，或飞或滑地铺了一地板。他的脸部，他的身体一下子软得像一个泄了气的气球。

“噢，噢……”他不断地重复道，看来言语不足以表达他的激动，“噢，噢，我再次成功了！”

“如果你的意思是你再次抓到了罪犯……”警督才刚开口就被神父打断了，后者的声音就像汽水瓶被打开时那样清脆。

“我的意思是这种事总是要发生，我总是竭力表达我的本意，可大家的理解总要超过我的本意。”

“究竟又怎么了？”格林伍德警督沮丧得突然大叫起来。

“哎，我说的话，”神父的声音有气无力，话本身也是无可奈何，“我说的话，大家总是超越我本身的含义去加以理解。一次我看见一面破镜子，就说道，‘出事了。’有人立即就回答了，‘是的，出事了。两个人斗殴，一个跑进了花园。’还有诸如此类的事。我所不明白的是我所说的‘出事了’和他们所说的‘两个人斗殴’并非指的是同一件事呀。我敢说我懂得古老逻辑学，哦，就和这儿发生的情况一样。你们全都那么肯定抓到的这个人就是杀人犯，可我并没有说他是凶手，我只是说他是我们要的人。的确如此，我非常地需要他！我急迫地需要他！作为整个可怕谋杀案中，我们尚未获得的证人。”

警察们拧紧了眉头，呆呆地望着布朗神父，像是一群听众，在辩论中跟不上突然转变了的话题。神父继续把他的分析演绎下去：“当我首次进入那空无一人的酒吧间，或者说是沙龙的时候，我就知道太僻静是这家旅店的毛病，给人单独呆的机会太多。换句话说，就是缺乏证人。我们只知道我们进来时经理和酒吧招待都不在，可是他们什么时候又在呢？有多大的可能能制定出一张谁、什么时候、在什么地方的时间表呢？不行，因为整个事情由于缺乏证人而无法着手。我宁愿设想在我们进入之前，有酒吧招待或是任何其他人在吧台后，否则那个苏格兰人怎么能叫上一杯威士忌呢？这人当然不是在我们之后到的。

在弄清究竟是谁、在什么具体的时间曾呆在酒吧里之前，我们不可能询问是否有人在拉格列先生的樱桃白兰地中投了毒。现在我请你们别计较刚才我跟你们打的哑谜，再去帮我一个忙。我希望你们把昨天当时在酒吧里的人都集中起来，除非那个穆斯林已经回去了，否则我想全都能找到。然后去把那可怜的苏格兰人的手铐打开，把他带到这里来，让他告诉我们“究竟是谁给他斟上的威士忌？当时谁在吧台后面？谁又在沙龙里”等等其它的情况。他是唯一可提供整个作案时间证据的人，我完全没有理由怀疑他的证词。”

“可是请注意了，老兄，”格林伍德警督试图提醒道，“这样做又会把旅店的老板牵连进来，我想你是同意经理不是凶手的。那你是指酒吧招待，还是其他什么呢？”

“我可不敢保证，”神父面部毫无表情，“我可不敢保证经理就没有问题，我也不敢保证酒吧招待没有问题。我想经理即使不是直接的谋杀者，也可能是一个阴谋的策划者之一。但有一件事我敢肯定，确实有一个独立的证人，而且他可能知道点什么。这就是我为什么让你的人尽一切的努力，即使追到天涯海角也要把他带回来的原因。”

昨天酒吧里的当事人被全部召集到了一起，神秘的苏格兰人被带到了大家的面前。确实是一个可怕的人物：高个子、红头发、一张刀斧劈成、轮廓分明的长脸；头上戴着高地人的厚呢帽，身上披着苏格兰式披风，脚下跨着沉重的大步。他态度憎恶倒是情有可原，可是任何人都看得出他属于那种不惜使用武力来拒捕的人物。说他与脾气暴烈的拉格列动过老拳一点不会让你感到意外，逮捕他的警察说他是一个典型的暴力杀人犯也在情理之中，可他口口声声说自己是阿贝尔郡一位受尊敬的农民，名叫詹姆斯·格兰特。然而不知怎么的，不是恶性的拒捕。不仅布朗神父，就连格林伍德警督这样一个经验丰富的精明人很快就相信，格兰特的暴力更多是出自于无辜者的愤怒。

格林伍德警督摒弃了多余的解释，态度彬彬有礼，直截了当地问道：“格兰特先生,我们想从你那里得到的仅仅是一个极其重要的证据而已。我为你所遭受的误解深表歉意，可我相信你乐意为正义效劳。我相信你是在约五时三十分，酒吧开门后进来的，而且要了一杯威士忌。我们想知道那时在酒吧里的是什么人，是酒吧招待、经理、还是其他人？你看看屋里的这些人，告诉我那个曾经为你服过务的招待是否在场？”

“当然在场，”格兰特狡黠的眼光扫视一遍后，露出一脸狞笑，“到哪里我都能认出他，他高大得太招人眼。这样的个子在服务员里能有多少？”

酒吧招待的个子并不高，谈不上招人眼；而旅店经理毫无疑问只有一个不及格的个头。警督的眼光犀利坚定、问声不断、语气单调，神父的脸毫无表情，其他人的脸上阴云密布。

“我们仅想让你认出那个给你敬酒的招待，”警督语气非常地平静，“我们当然知道他，只是我们想让你独立地证实一下。你是说……”他的声音突然中断了。

苏格兰人有点厌倦地说道：“噢，他在那里，不会有错，”并用手一指。这一指，旅行推销员中的佼佼者，高大的朱克先生蹦了起来，像头扬鼻长鸣的公象。三个警察像扑向猎物的猎狗一样，闪电般地抓住了他。

布朗神父事后对他的警督朋友说道：“哦，这一切都很简单，正如我告诉你的，一踏进这空旷的酒吧间，我首先想到的是：如果吧台没人留神照料，你、我、任何人都可畅通无阻地掀开挡板，进入吧台，然后从容地在任何一瓶顾客将饮用的瓶中投毒。当然，真正的投毒者也许会像朱克那样，仅用下了毒的瓶子换回一个普通的瓶子，一眨眼的工夫就成。由于朱克本来就是酒的推销员，因此，随身带瓶型号相同、又做了手脚的樱桃白兰地真是太容易了。当然，这得具备一个条件，其实是一个相当普通的条件。在酒吧里，要想在众多人喝的啤酒和威士忌中投毒几乎是很难下手的，这样会死很多人，麻烦就惹大了。

但是，当某一个人因为只喝某种特殊的酒而闻名时，比如说樱桃白兰地，一种少有人喝的酒，要毒死他就像在他家里下毒一样。不同之处只是更安全一些，因为事实上所有的怀疑都会指向旅馆，或者某个和旅馆有瓜葛的人身上；即使有人意识到顾客也可能作案，但从上百个可能出入酒吧的顾客中找到凶手的确切罪证，又是件谈何容易的事啊。这真是人类有史以来最隐秘、最容易脱身的谋杀方法。”

他的朋友问道：“究竟是什么原因使凶手对拉格列先生下手呢？”

布朗神父表情严肃地收集起刚才因一时激动而散落在地上的纸片，站起身，半开玩笑地说道，“可以提醒你注意即将发表的拉格列先生的传记吗？或者注意他昨天下午在这里讲的话，就在这个酒吧间里。他说他要揭露一桩有关这个旅馆经营方式的丑闻。这是普通的旅店老板和推销员之间达成的腐败协议，老板秘密地收取好处费，推销员就可以在这一地区垄断酒类销售。这家旅店酒吧连酒类公司的专卖商店也不是，却与推销员勾结，尽干着损害顾客利益的事情。如被拉格列先生揭露出来，这可是件违法的事情。于是，当酒吧和往常一样空旷时，足智多谋的朱克就抓紧时间进来换了瓶子。不巧那位穿披风的苏格兰人匆匆闯进来要喝威士忌。朱克知道他唯一的机会就是装成酒吧招待，为顾客斟酒。幸好格兰特先生仅仅是进来‘快饮一杯’。”

“如果从一开始你就从这空酒吧里嗅出点什么异味，我以为你有十分敏锐的嗅觉，”格林伍德警督评论道，“一开始你就怀疑到朱克吗？”

“哦，他听起来很阔气，”布朗神父含糊其词地说道，“你知道那种声音。当时我就问自己那人干吗这么阔气，而其他诚实的君子们都还很寒酸。后来看见他胸前那个亮闪闪的大号胸针时，我想我就知道这人是一个骗子。”

“你说那胸针是个假货？”格林伍德警督怀疑地问道。

布朗神父回答说：“哦，不，正因为它是个地道的真东西。”

11. 蓝宝石十字架

船泊靠在了埃塞克斯海岸的哈维奇港，放出乱糟糟的一大群人，像苍蝇一样四散乱飞，晨曦的银色光芒和粼粼海水的绿色光波不停地晃动。这些人当中，我们必须跟踪的那个人，无论如何也说不上引人注目，也不因他的刻意装扮而使人一眼看出。

他那身花哨的假日服装，和他那满脸公事公办的神气有点不相称。但除此之外，在他身上没有一点引人注目的地方。他的服装包括一件瘦小的浅灰色茄克衫，一件白背心，一顶系有灰蓝色绊带的银白色草帽。在衣着和草帽的映衬之下，他瘦削的脸显得黑黝黝的。脸的下端有一撮西班牙式的黑色短须，使人联想起伊丽莎白时代的皱须。他以游手好闲人士的神气认真地抽着一支香烟。在他的茄克衫下，藏着一把装满子弹的左轮手枪，他的白背心掩盖着他的警察证章。而在他的草帽下面，也看不出他就是欧洲最有能力最有才智的非凡人物之一。他从布鲁塞尔到伦敦来执行本世纪最了不起的一次逮捕。他就是瓦伦丁，巴黎警察局局长，世间最有名的侦探。

三个国家的警察费尽周折追踪一个犯罪老手，从比利时的根特追到了布鲁塞尔，又从布鲁塞尔追到了荷兰的胡克港。大盗弗兰博到了英国，推测他可能是利用当时正在伦敦召开的“圣体会议”，在与会人员彼此不熟悉的混乱情况下，乔装打扮成低级神职人员，或是同会议有关的秘书什么的，从而来到伦敦。没有人能对弗兰博有把握，瓦伦丁也不例外。

有人说罗兰死了之后，地球上异常平静——这位犯罪大王突然停止在这个世间捣乱，而且到现在已有许多年了。但是弗兰博在他的鼎盛时期（当然，我的意思是说他的猖狂时期），却是一个与凯撒大帝一样，形象生动，全球皆知的人物。每天清晨日报上都刊登着他刚刚逃脱一件非凡罪行的应有惩罚，同时又在进行另一件非凡罪行的消息。

弗兰博是个身材高大的加斯科涅（法国西南部）人，胆子和他的躯体一样大。有些最激动人心的故事讲到：他如何在自己兴致上来之际，把一名官方刑事侦探倒提起来，让他头顶着地倒立着，去清醒头脑；他又怎样在利沃里的路上大步飞跑，同时一只胳膊挟着一名警察。说到他的令人难以置信的体力，则一般都用在一些尽管有失公家体面，但却没酿成流血惨案的场面——这样的评说乃是公允的、不过分的。

他的真正罪行主要是一些富有创造性的大规模盗窃。他的每一次盗窃都堪称一件新奇的罪行，每一次作案都足以构成一个新鲜的故事。例如他在伦敦经营过一家赫赫有名的泰洛林牛奶公司，他这公司没有奶牛场，没有奶牛，也没有送奶车，更没有牛奶，但他差不多有一千个订户。他只是靠把别人门前的小奶罐换上标签，放在自己的主顾门前，以这种简单操作来为他的订户送奶。弗兰博对一位年轻的女士搞了一个非同寻常的恶作剧。他截取偷看了一位年轻女士的全部信贷函件后，把他自己写的信用照相机拍成胶片，印在显微镜的载物片上，印得非常非常之小，以和她保持通信关系，使她既莫名其妙又甩不掉。

有一次，弗兰博在深夜把一条街的门牌号码全都重新漆过，仅仅是为了把一个旅客引入他设置的圈套。十分肯定的是，他发明了一种轻便邮筒，放在僻静的郊区角落，等待着有人往里边投入汇款单。这也正合他的特点，每一次新作品都以简单明了作为特色。

另人感到惊讶的是，他还是一个令人惊奇的杂技演员。尽管他块头那么大，跳跃起来却轻便得像只蚱蜢，又能像猴子一样隐入树顶。因此大侦探瓦伦丁出发来找弗兰博的时候，心里完全清楚，即使找到了对手，自己的冒险也远没有万事大吉。但怎样去找他呢？大侦探瓦伦丁仍然在揣摩，心中无底。

可是有一点可以肯定，他永远无法掩饰他那独特的身高，任随他伪装得多么巧妙。要是瓦伦丁的敏锐眼光一下子看到一个高个子的卖苹果的女摊贩，一个高个子近卫兵，或者一位雍容华贵的高个子公爵夫人，他都可以当场逮捕他们。但是，他在火车上一路风尘，还就没有人能看出可能是弗兰博伪装的人，正如一只猫伪装不了一头长颈鹿一样。对火车上的人他已经弄清楚了。在哈维奇上火车或是在中途上车的人当中，身高肯定都不到六英尺。有一个矮小的铁路官员旅行到终点，三个矮小的蔬菜农场主乘了两站路下车，一个矮小的寡妇从埃塞克斯的一个小城上车，一个矮个的罗马天主教神父从埃塞克斯的一个小村子上了火车……

说到最后这个人，瓦伦丁放弃了观察，几乎笑了。这个小个子神父具有那么多东方人的气质，他的脸又圆又呆板，像诺福克汤圆。他的眼神像北海一样深邃。他带着几个棕色纸包，几乎没有办法把它们收拢来。毫无疑问，“圣体会议”吸引了不少各地淡泊无为的人士，他们令人不可思议，无依无靠，仿佛是从地里挖出来的鼹鼠。瓦伦丁是法国的极端怀疑论者，他不喜欢神父，但是他会同情他们。而这一位神父可以引起任何人的同情。

他有一把破旧的大伞，经常落到地上。他似乎不知道自己的往返车票上，标注的正确终点站究竟在什么地方。他以呆子般的单纯向车厢里的每一个人解释他的小心，因为他的一只棕色纸包里有一些用纯银和蓝石头做的东西。他那埃塞克斯人的坦率和他的圣人般的单纯，不断地把瓦伦丁这个法国人逗乐，直到神父总算在斯特拉福德带着他所有的纸包下车，又回来取他的伞。他取伞的时候，瓦伦丁发善心地警告他，别因为小心而此地无银三百两，以免把自己身上的银器告诉给大家。但是他一边和神父讲话，一边睁大眼睛望着另一个人。这人足有六英尺，相比弗兰博，他还要高出四英寸。他沉着地注视着任何人，不管是穷人阔人，还是男人女人。

瓦伦丁在利物浦站下了火车，到苏格兰场办理了身份合法手续，约定必要时请求帮助。他踌躇满志地感到迄今尚未漏放过弗兰博。然后他点燃另一根香烟，在伦敦街上信步漫游。在维多利亚车站背后的街道和广场散步时，他突然停步驻足。面前是一个古老、别致、宁静的广场，非常典型的伦敦模式，整个广场出人意外地寂静。周围是高大单调的房屋，广场中央是长满灌木的场地，看起来像太平洋上的绿色小岛那么荒凉。四边建筑中有一边比其余三边高出许多，像座高台。这一边的自然线条，被伦敦的可赞赏的意外因素破坏无遗——这是一座饭店。

他感到自己仿佛是从索霍区走错了方向而来到此地的。这里有长得过分引人注意的东西——栽在钵里的矮小植物，有长长条纹的、柠檬黄和白色的百叶窗。这种窗户临街而设，在伦敦通常七拼八凑的布局中，显得分外高大。一段阶梯从街上直至前门，仿佛太平门的楼梯直通到了二楼窗前。瓦伦丁琢磨良久，在黄白色百叶窗前站着不停地抽着烟。

天上几片云聚拢成为人类眼中的星形。远处旷野中陡然耸立起一棵大树，像个巨大的疑问号。这个奇迹最令人难以置信的地方，就是它的发生。这都是在几天前亲眼看到过的。纳尔逊海军元帅死在胜利的那一刻，一个叫威廉斯的人十分偶然地谋杀了一个叫威廉森的人，这听起来好像谋杀了自己的孩子。简而言之，在生活中有巧合的成分，人们如果认为它乏味，就会永远失去它。正如美国侦探小说家兼诗人爱伦坡那看似矛盾实则正确的说法："智慧必须指望不可预见的事"。

阿里斯蒂德·瓦伦丁是个高深莫测的法国人，法国人的才智是独一无二的。他不是"思想机器"，因为那是现代宿命论和唯物论的没头脑的用语。瓦伦丁是个有思维的人，同时又是个平平常常的人。所有他的奇妙成功，看起来就像是魔法，实际上则都是来自坚持不懈的推理和清晰的法式思维。

只有对开汽车一无所知的人，才会大谈特谈开汽车不用汽油的神话。只有对理性一无所知的人，才会在没有坚实基础的情况下，大谈特谈无可争辩的第一原则的推理。而瓦伦丁现在就没有坚实的基础，只能死死地抱住第一原则不放。弗兰博在哈维奇不见了，如果他在伦敦出现，他可能是温布尔登公共网球场上一个高个子流浪汉，也可能是大都会饭店里一个高个子的宴会主持人。

在这样明显的一无所知的情况下，瓦伦丁有他自己的看法和办法，他期待着不可预见的事。如果他不能追随有理性的思路，他就冷静而小心地追随没有理性的思路。他不用去可预料的地点——银行、派出所、可能约会之处，而是要系统地到不可预料的地点去：敲敲每所空房子的门，拐进每一条死胡同，走进被垃圾封死的每一条小巷，等等。他富有逻辑地为他的这种几近疯狂的做法辩护。他说如果一个人有线索可寻，那是最糟糕的路子。如果根本没有什么线索，那才是最好的路子。因为一些引起追捕者注意的稀奇古怪的地方，也许正是引起被追捕者注意的地方。

一个人开始的某个地方，可能刚好是另一个人停下来的地方。关于到达店铺的那段阶梯，关于那个寂静、古老、别致的饭店，都有些什么在引发他这个侦探的罕有的浪漫幻想，使他决定随意去试试。于是他走上阶梯，在靠窗子的一张桌子前坐下，要了一杯不加奶的咖啡。上午已经过去一半，他还没吃早饭。桌上摆着另一个人吃剩的早餐，这才使他想到自己还饿着肚子。于是他又叫了一只水煮荷包蛋。他默默地往咖啡里加了糖，一直想着弗兰博。他回想弗兰博每次是如何逃脱的，一次是用指甲刀，一次趁一所房子失火，一次是必须去交一封欠邮资的信，一次是让人们通过望远镜看一颗要毁灭地球的彗星。

瓦伦丁认为自己的侦察头脑一点不比罪犯的差，但他也清醒地认识到了自己的不利之处。他慢慢地把咖啡杯举到唇边，很快又放下——他把糖错加成了盐，带着辛酸的微笑对自己说：“罪犯是富有创造性的艺术家，侦探只是评论家。”

他奇怪他们为什么会在里面放盐。他望了望装着白色细粒的家什，当然是糖罐，正如香槟酒瓶子装的是香槟酒一样不会弄错，这罐里装的是白糖。他四下看看是否另有正统的家什。对，有两个盐瓶，装得满满的。也许盐瓶里的辛辣调味品有些什么特色。他尝了尝，是白糖。他疑惑地向饭店里四下张望，看看把糖放进盐瓶，把盐放进糖罐这种独特的艺术风格是否还有其它表征？他按铃叫侍者。除了白纸裱糊的墙上给溅了点黑色液体之外，整个地方显得整洁、轻快、平平常常。

睡眼惺松的侍者匆忙地走来，瓦伦丁侦探并非丝毫没有幽默感，他让侍者尝尝白糖，看是否符合这家饭店的崇高声誉。侍者陡然清醒过来，这之前打了几个呵欠。

瓦伦丁问："你们每天早上都和顾客开这么巧妙的玩笑吗？拿盐换糖当笑料，从来不会使你们感到乏味吧？"

侍者弄懂这种讥讽后，结结巴巴地保证说饭店绝对没有这个意思，这一定是个最奇怪的错误。他拿起糖罐来看看，又拿起盐瓶看看，显得越来越莫名其妙。他突然说声"请原谅"，就匆匆走开。几秒钟后，饭店老板和他一起赶来，同样一脸莫名其妙的神色。老板也检查了糖罐，然后检查了盐瓶。

侍者似乎发音清晰起来，"我想……"他结结巴巴地说，"……我想，就是那两个教士。"

"什么两个教士？"

"那两个把汤泼在墙上的教士。"

瓦伦丁确信这一定是个意大利隐喻，重复道："把汤泼在墙上？"

侍者一边指着白色壁纸上那块黑色污点，一边激动地说："是的，是的。泼在墙上那里。"

瓦伦丁带着疑问望着老板，老板用比较详尽的报告来解围。

他说："是的，先生，这是真的，不过我认为这和糖盐没有关系。

今天一大早，门板刚取下，两位教士就来这里喝汤。他们俩都很安静很，很受尊重。一个付了账出去，另一个完全称得上慢动作教练，过了好一阵才把汤喝完。最后他也出去了。只不过在走开的那一瞬间，他很巧妙地拿起他只喝了一半的杯子，把汤泼在墙上。我当时在后面的房间里，侍者也在后面房间里，我出去时，看到墙上有汤，而店里空无一人。这没造成什么特殊的损害，但这是让人讨厌的无礼行为。我想在街上抓到那个人，不过他们已经走远，我只注意到他们转过街角走进卡斯泰尔斯街。”

侦探站了起来，把帽子戴到头上，手杖拿在手里。他已经打定主意，在他脑海一片漆黑之际，他只有顺着一个隐蔽的手指所指的方向走去，而那个手指隐藏得很深。他付了账，冲出玻璃门，很快就转到另一条街了。

很好，他的眼光仍然保持冷静和敏捷，即使是在这么高度兴奋的时刻里。走过一家店面时，什么闪光从他身旁掠过。他走回去一看，那是一家蔬菜水果店，一大堆鲜货整整齐齐地摆在露天地里，均标明了品名和价格。两个最显眼的货格里，各放着一堆橘子，一堆坚果。坚果堆上，有一块纸板，上面用蓝粉笔非常醒目地写着：“上等柑橘，一便士两只。”在橘子堆上同样清楚而准确地写明：“最佳坚果，每磅四便士。”

瓦伦丁先生望着这两块标价牌，想到他以前遇到过的这种高度狡诈的玩笑，而且就是最近。他转而注意那红脸膛的水果商，见他正为了这颠三倒四的商品广告而气哼哼地向街两头张望。水果商什么也没说，只是很快把每块纸牌放回原处。侦探悠闲地倚着手杖，继续仔细观察这家店铺。最后他说道："我想问你一个与实验心理学和思想结合有关的问题。"

红脸店主用威胁的眼光望着他，但他还是高高兴兴地摇动着自己的手杖道："为什么在一家蔬菜水果店里，会有两块标价牌放错了地方，好像因为有个戴铲形宽边帽的人刚来伦敦度假？或者如果我没说明白的话，那么是这样：把坚果标成橘子是一回事，一高一矮的两个传教士的出现又是一件事，这两件事有什么神秘的关联吗？"

商人的眼睛瞪得滚圆，差不多要突出来了，他有那么一刻似乎就要扑到这个陌生人身上去。最后，他怒气冲天、结结巴巴地说："我不知道这和你有什么关系。不过要是你是他们的朋友的话，你可以告诉他们，如果他们再来和我的苹果捣蛋，那么不管他们是不是神父，我都要敲掉他们的脑袋。"

"真的？"侦探非常同情地问，"他们弄乱了你的苹果吗？"

"他们之中有一个这么干了，"愤怒的店主人说，"把苹果滚得满街都是，我要不是得捡苹果的话，本来是可以抓住那混蛋的。"

"这两个神父朝哪个方向走的？"瓦伦丁问。

"左手第二条马路，然后穿过了广场。"对方迅速回答。

"谢谢。"瓦伦丁说着像个魔法仙人一样不见了。在第二个广场的对面，他发现有个警察，就问："急事，警官，你看见了两个戴铲形宽边帽的教士吗？"

警察哈哈大笑起来："哇，我看见了，先生。如果你问我的话，他们有一个喝醉了，他站在马路当中，昏头昏脑……"

"他们向哪条路走的？"瓦伦丁急忙打断他的话。

警察回答："他们在那里上了一辆黄色公共汽车，是到汉普斯泰去的。"

瓦伦丁向他出示了自己的公务证，匆匆地说："叫两个你们的人跟我去追。"说完精神抖擞地穿过马路，他的精神感染了那个笨拙的警察，使他也立即行动起来。一分半钟之后，这个法国侦探就与一位警察和一名便衣在对面的人行道上会合了。

警察笑容满面但傲气十足地说："嗯，先生，什么事？"

瓦伦丁用手杖一指，"上了这辆公共汽车后我会告诉你们的。"他边说边在车流中东躲西闪地飞奔上前。三人终于气喘吁吁地挤上了黄色公共汽车的上层座位，警察说："坐出租车要快十倍。"

"太对了，"他们的领队平静地说，"如果我们能知道我们往哪里去的话。"

"那么，你要往哪里去？"另一个人瞪着眼问。

"如果你知道一个人在干什么，"瓦伦丁皱着眉抽了几口烟，然后拿开香烟说，"就会赶在他前面。但是如果你只是猜想他在干什么，你就会落在他后面。他闲逛你也得闲逛，他停下你也得停下，走得和他一样慢。这样你就可以看到他在看什么和做什么。我们现在所能做的就是注意观察异常的事。"

警察问："你的意思是哪种异常的事？"

瓦伦丁回答："任何。"

大家重又陷入完全的沉默。黄色公共汽车好像连续几小时都只在北边的马路上爬行。大侦探也不再解释什么，他的助手对他的差事觉得越来越怀疑，但又不好开口问，如同他们越来越想吃午饭而又不好开口要求一样。时间慢慢消逝，早已过了午饭时间。伦敦北部郊区的马路好像该死的望远镜一般越抽越长。这就像某种旅行，一个人总觉得自己终于快到了地球的尽头，然后又发现只不过到了伦敦北部的别墅区——塔夫特奈尔公园。伦敦在一长串小酒店和灌木林中隐没。接着他又出现在灯火辉煌的繁华街道和炫目的旅馆中。

尽管冬季的暮色已经威胁着他们前面的马路，巴黎来的大侦探却仍然沉默、警惕地坐在那里，注视着街道两边从车前向车后滑动。等他们从摄政王公园东南的卡姆丹城后边离开的时候，警察差不多已经睡着了。至少，他们做了个近乎于跳起来的动作，就在瓦伦丁跳起身来拍拍两人的肩膀，喊驾驶员停车的时候。

他俩跟着瓦伦丁摇摇晃晃地下车走上马路时，还没弄明白为什么下车。当他们朝四周张望，想弄明白是怎么回事的时候，发现瓦伦丁正得意洋洋地指向马路左边的一扇窗户。那是一扇大窗户，构成一家金碧辉煌的酒店的当街门面。窗口是为盛宴订座的地方，标明“饭店”二字。这扇窗子和旅馆前面的一排窗户一样，装有磨砂刻花玻璃。玻璃中央刻着一颗像嵌在冰上得巨大的星。

瓦伦丁摇着手杖喊道：“终于找到线索了，有破玻璃窗的地方。”

“什么窗？什么线索？”主要助手问，“嗳，有什么凭据说这和他们有关系？”

瓦伦丁勃然大怒，几乎折断了他的竹手杖。

他叫道：“证据？妈的，对付这个人要凭据！没有呀，当然，这里同他们没关系与有关系的机会比是二十比一。但是我们还能做别的什么呢？你们难道看不出，我们要么必须追随一个荒诞的可能性，要么回家去睡大觉？”他重手重脚地走进饭店，后面跟着他的伙伴。三人很快就被安顿在一张小餐桌前，吃他们的晚餐。这时从里面往外看那打破了的玻璃上的星形，可他们还是怎么也看不出什么名堂来。

瓦伦丁付账的时候对侍者说：“我看到你们的窗子被打破了。”

侍者弯腰忙着数钱回答：“是的，先生！”瓦伦丁给了他一笔丰厚的小费。侍者直起腰来，一脸温和而不容误解的激动神色。

他说：“啊，是的，先生，很奇怪的事，您说呢，先生。”

“真是的，给我们讲一讲。”侦探带着漫不经心的好奇心说。

侍者说：“呃，两位穿黑衣服的绅士进来，是两个外国的堂区神父，像是来旅游的。他们安安静静地吃了一顿廉价午饭，其中一个付了账出去了，另一个正要走出去时，我发现他们多付了三倍的钱。

于是我对那个将要走出门的神父说：‘喂，你们付得太多了。’可他只是说：‘哦，是吗？’说得很冷静。我说：‘是的。’拿起账单给他看。哎呀，这可是个怪人。”

侦探问：“你这是什么意思？”

“嗳，我可以凭七本《圣经》发誓，我本来只该收四便士，但现在我看到我收了十四便士，看得一清二楚。”

“嗯，”瓦伦丁叫道，脚下慢慢移动，可是眼光却在冒火，“以后呢？”

“门口那个堂区神父走回来，非常安静地说：‘对不起，弄乱了你的账。不过这多余的是用来付那窗户的。’我说，‘什么窗户？’他说，‘就是我要打破的这扇窗户。’他用他的伞把这倒霉的窗玻璃给打破了。”

三个客人一齐叫了起来，警察气都喘不出来地说："是我们在追的逃跑了的疯子吗？"侍者饶有兴趣地接着讲他的故事。"有那么一瞬间，我简直给弄昏了头，什么也做不了。那个人走出去，转过街角，去会合他的朋友。然后他们两人飞快地走上布洛克街，尽管我绕过那些挡路的东西去追他们，但也没能追上。"

侦探一说服他的两个外国同事，就开步往那条大街飞奔而去，"布洛克街！"随后的旅程把他们带过一条像隧道一样的光秃秃的砖路，街道上灯光稀疏，窗户罕见，仿佛是一条修在所有建筑物背后的街道。

暮霭渐深，就连那个伦敦警察也难于分辨出他们是在往哪个方向走。不过侦探却相当有把握，他们终归会到达汉普斯泰德的荒原某地。突然，一扇里边点着煤气灯的凸出的窗子，在暮色中像牛眼灯一样地凸现出来。瓦伦丁在一家装修得花里胡哨的小糖果店前面停了一会儿，稍稍犹豫后便走了进去。他十分庄严地站住，在五彩缤纷的糖果中，小心仔细地买了十三支巧克力雪茄——显然他是在准备一个开场白，但已经不必了。

店里有一个年龄稍大的女人，态度十分生硬，满脸疑问地望着他的优雅外表，当看到他身后的门口堵着个穿蓝制服的警察时，女人的眼睛顿时警觉起来。

她说："哟，你们要是为了那个包裹而来的，那么我已经把它寄走了。"

"包裹！"瓦伦丁重复道，这回轮到他用疑问神色望着对方了。

"我是说那个绅士留下的包裹，那个教士绅士。"

"看在老天爷的份上，"瓦伦丁第一次真正地露出热切坦率的神色，俯身向前道，“看在老天爷的份上，告诉我们到底出了什么事。”

“嗯，”那女人有点怀疑地说，“两个教士大约半小时前进来买了些薄荷糖，谈了一会儿话，然后出去向荒地走去。但是过了一小会儿，其中一个跑回店里说，‘我掉了一个包裹没有？’我到处看，看不到。所以他就说，‘不要紧，不过如果找到，请把它寄到这个地址。’他留下地址，给了我一先令作误工钱。奇怪的是，后来竟然在刚才找过的地方找到他掉的一个棕色纸包，我按他说的地址寄走了。现在我想不起详细地址了，好像是在威士敏斯德什么地方。那个东西那么重要，我想警察也许是为这个来的。”

“他们是为这个来的，”瓦伦丁简短地说，“汉普斯泰德荒地离这儿近吗？”

“一直走十五分钟，”那女人说，“你就会看到荒地。”

瓦伦丁跳出商店就跑，其他两位侦探小跑勉强跟上。他们走过的街道狭窄，布满阴影。当他们出其不意地走出街道，便是一大片一无所有的空旷地和广阔的天空，他们惊奇地发现黄昏仍然那么明亮。孔雀绿的苍穹没入暗紫色的远方和正在变暗的树木之中，变成一片金黄，还带有余辉的绿色还深得足可以看出一两颗亮晶晶的星儿。

所有这些都是日光的金色余辉在汉普斯泰德边沿和那有名的被称为“健康谷地”的洼地上反射出的。在这一地区漫游的度假人并不是完全分散的。上天的光荣在人类惊人的庸俗中沉沦暗淡下去，少数一两对奇形怪状地坐在长凳子上，远处零星分散着一两个姑娘，在失声唱出强劲的曲调。

瓦伦丁站在斜坡上，望着谷地对面，一眼看到了他要找的东西。在远方分散的黑黝黝的人群中，有两个特别黑的穿教士服的人影。尽管比较远，他们看起来很小，瓦伦丁仍然可以看出其中的一个比另一个矮得多。虽然另一个像学生似地弓着身子，举动尽量不惹人注目，但仍然可以看出其个子足有六英尺多高。瓦伦丁咬紧牙关向前走去，不耐烦地挥舞着手杖。等他把距离大大地缩短，就像把两个黑色人影像在高倍数显微镜中放大的时候那样，他又看到了一些别的事情。这使他震惊，不过多少也是在他的意料之中的事情。不管那位高个子神父是谁，矮的那位却是身份确凿的，他曾对他的棕色纸包提出过警告，他就是在哈维奇火车上结交的朋友，那个矮胖的埃塞克斯小本堂神父。

瓦伦丁今天早上打听到，有一位从埃塞克斯来的布朗神父，带着一个镶蓝宝石的银十字架，是一件价值连城的古文物，目的是让参加“圣体会议”的诸位外国神父观赏。事情既已到了这个地步，一切便终于合理地吻合起来。无疑，这就是那块“带蓝石头的银器”，布朗神父断然就是火车上那个容易受骗的小个子。此刻瓦伦丁发现的事情，弗兰博也发现了。毫不奇怪，当弗兰博听说有个蓝宝石十字架时，便起心要偷。弗兰博当然会以他自己的手法来对付这个带雨伞和纸包的小个子——这也是理所当然的。他是那种一旦牵着了别人的鼻子，就能够一直把别人牵到北极去的人。像弗兰博这样的演员，把自己装扮成神父，再把真正的神父骗到汉普斯泰德荒原那样的地方，实在也只是小菜一碟。现在，案情在怎样发展已是昭然若揭了。

对小个子神父的无依无靠，瓦伦丁心中油然而生同情之感，想到弗兰博竟会对这么天真的牺牲品打主意，不由得义愤填膺。但是，瓦伦丁想到了自己和弗兰博之间发生的一切，想到了使弗兰博走向胜利的一切，于是他的脑筋里翻腾起其中最细微的道理来。从埃塞克斯的一位神父手里盗窃蓝宝石银十字架，同往墙纸上泼汤有什么联系呢？又同把橘子叫做坚果、同先付窗户钱然后打破窗户等有什么关系呢？他总算可以追踪到结果了，但是不知怎么的，他却错过了一段中间环节。他失败的时候（这是极其少见的），通常是掌握线索而没有抓住罪犯。这次却刚好相反。

他们爬上一座顶部葱茏的庞大山体，尾随的两个人正像黑头苍蝇一样，他们显然在交谈，也许并没注意到他们在往哪里走。但可以肯定，他们是在往荒原更荒凉更寂寞的高地走。当追逐者接近的时候，他们就不得不像偷猎那样，不体面地在树丛后面矮下半截身子，甚至在深草中匍匐前进。由于这些不利落的行动，猎人就更加接近他们的猎物，近到足可以听到他们谈论时的小声话语了。但是分辨不清字句，只有“理智”这个字眼几乎是大着嗓门不断说出的。

由于地面的突然低洼和灌木丛的障碍，侦探实际上已经见不到他们尾随的目标了。十分钟的焦急不安之后，才又看到了这两个人。他们在一座圆顶的山脊之巅，俯视着绚丽多彩而又难免苍凉的落日景色。在这个居高临下却又被人忽视的地方，有一张快散架的陈旧坐凳，两位神父坐在凳上，在一起进行严肃的谈话。渐渐暗下来的地平线上仍然呈现出一片奇怪的绿色和金黄色的光，上方的苍穹正慢慢地由孔雀绿变成孔雀蓝，悬在天顶的星越来越像真正的珠宝。瓦伦丁示意伙伴，悄无声息地溜到那棵枝叶茂密的大树后，就这样在死一般的寂静中站在树后，他们第一次清楚地听到了两个奇怪神父的谈话。

也许他在静静的夜色之下，听了一分半钟之后，一种糟糕透顶的怀疑震慑住了他。把两个英国警察拖到这种荒地来干这种差事，真是糊涂之至，比在杨柳树上找无花果的人的头脑清醒不到哪里去。因为两个神父的谈话完全像神父，学识渊博，从容不迫，极其虔诚地谈论着神学上玄妙难解的问题。小个子的埃塞克斯神父，圆脸转向越来越强的星光，另一个讲话时低着头，仿佛他不配看星光。但是你在任何黑色的西班牙主教大堂，或是任何白色的意大利修道院，都不会听到比他们的谈话更纯真的言语了。

“……他们在中古时代说的是天堂不受腐蚀。” 他听到的第一句话是布朗神父讲话的尾巴。

高个子神父点点低垂的头，说：“啊，对，这些现代的不信宗教的人求助于他们的理智。但是，谁能做到身居于大千世界而又感觉不到其上空肯定有一个奇妙的宇宙呢？在那里，理智是绝对超越情理的。”

“不，”另一神父说，“理智永远是合乎情理的，即使在最后的地狱的边境，在茫茫人世即将灰飞烟灭之际，也是如此。我知道人们指责教会贬低理智，但是恰恰相反，教会在这个世界上，独独尊重理智，独独确认天主是理智所承认的。”

高个子神父抬起他严峻的脸，对着星光闪烁的天空说：“但是谁知道，在这个无限的宇宙中——”

“只是物质上的无限，”小个子神父在他的座凳上一个急转身说，“不是在逃避真理法则的意义上的无限。”

瓦伦丁在树后由于默默地憋着一肚子狂怒，把手指甲都弄裂了。他似乎听到个英国警察的窃笑。自己仅仅是凭空猜想，就把他们从那么远的地方带来，来听两位温和的老神父暗喻式的闲聊。烦恼中，他没听到高个子教士的同样巧妙的回答，他再听时则又是布朗神父在讲话："理智和正义控制着最遥远最孤寂的星球，看这些星啊，它们看起来难道不像钻石和蓝宝石吗？你可以随心所欲地想象，异想天开地射猎植物学和地质学，想到长满多棱形宝石叶子的磐石森林，月亮是个蓝色的月亮，是颗巨大的蓝宝石。但是不要幻想所有这些乱七八糟胡思乱想的天文学会在人的行为上使理智和正义产生哪怕最细微的差别。在蛋白石的平原上，在挖出过珍珠的悬崖下，你仍然会找到一块告示牌，写道：严禁偷盗。"

瓦伦丁觉得这是他一辈子干下的最蠢的事情，简直就像栽了个大跟头。他正要从蹲得发僵的姿势中直起身来，然后尽可悄无声息地溜掉，但高个子神父的绝对沉默使他停了下来。终于，高个子神父又讲话了。头还是低着，手放在膝盖上，说的很简单。

"呃，我仍然认为其它世界在理智方面比我们高，上天的奥秘深不可测。就从我个人而言，我只能低下我的头。"

然后，他的头仍然低着，姿势声音丝毫没变地说："就把你的蓝宝石十字架拿过来，好吗？我们在这里都是单身一人，我可以把你像撕稻草娃娃一样撕得粉碎。"

丝毫没有改变的姿势和声音，对这个令人震耳欲聋的内容，无异于增加了奇特的强暴色彩。但是，古文物的守卫者似乎只把头转了一个罗盘上最轻微的度数。他不知怎么仍然带着一副傻相，面朝着星光。但由于恐怖而僵在了那里。也许他没听懂，或者，也许他听懂了。

"对，"高个子神父以同样不变的低声、同样不变的静止姿势说，"对，我就是弗兰博，大盗弗兰博。"

停了一会儿之后，他又说："喂，你给不给那个十字架？"

"不给！"另一个说，这两个字的声音非常特别。弗兰博突然抛掉他的所有的教士伪装，露出强盗身份，在座位上向后一靠，低声长笑了一下。

他叫道："不给，你不愿把它给我，你这个骄傲的教士。你不愿把它给我，你这个没老婆的寡佬。要我来告诉你为什么你不愿给我吗？因为它已经到了我的手里，就在我胸前的口袋里。"

埃塞克斯来的小个子在夜色中转过他那似乎茫然的脸，怯生生地说："你——你肯定吗？"弗兰博愉快地叫了一声。

他叫道："说实在的，你像那出喜剧一样让人发笑。对，我十分肯定你是傻瓜，于是做了一个和你那原纸包一样的复制品。现在，我的朋友，你怀揣的是复制品，我身上的才是真珠宝。一套老把戏，布朗神父——一套很老的把戏。"

"是的。"布朗神父以原有的怪异，迷迷糊糊地搔着头发，说道，"是的，我以前听说过。"

犯罪巨人以一种突然发生的兴趣，俯视着这个乡下佬小神父。

"你听说过？"他问，"你在什么地方听谁说过？"

"哎，我可不能告诉你他的名字，因为他找我是来向天主悔罪的。"小个子简简单单地说，"他过了二十年富裕日子，完全靠复制棕色纸包。所以，你明白了吧，我开始怀疑你的时候，立刻就想到了那可怜的家伙。"

"开始怀疑我？"歹徒越来越紧张地重复道，"你真的就因为我把你带到这个荒凉的不毛之地，就精明地怀疑上我了吗？"

“不是的，不是的，”布朗神父带着道歉的神气说，“你瞧，是我们初会面时，我就怀疑你了。你袖子里藏着的有穗状花絮，带刺的手镯，向我透露了你是谁。”

“见你的鬼，”弗兰博喊道，“你怎么会听说过我有穗状花絮带刺的手镯的？”

“哦，你知道，每个教士都有自己所辖的一小群信徒，”布朗神父有点面无表情地扬起眉毛，说道，“我在哈特尔普尔当本堂神父的时候，就有三个戴这种手镯的人。所以当我最初怀疑你的时候，你难道没有看出来？当时我打定主意，要确保十字架的安全。我想我对你的注意是密切的，是吧？所以在最后看到你掉包的时候，我又把它掉回来了，然后我把真的留在后面，难道你没有看出来吗？”

“留在后面？”弗兰博重复道，声调第一次在得意之外，搀入了别的意味。

小个子神父依然不动声色地说：“嗯，好像是这样的。我回到糖果店，问他们我是否掉了一个小包，还给了他们一个特定地址，叫他们如果找到包就寄到那里，还给了他们足够的钱。嗯，我知道我没有掉小包，不过在我走的时候故意把它留下了。所以，与其说这小包还跟着我在走，还不如说已经让他们寄给了我在威士敏斯德的一个朋友。”

然后他有点悲伤地说：“我是从哈特尔普尔那里的一个穷人那里学来的，他经常用他在火车站偷来的手提袋这么干，不过他现在进了隐修院了。哦，你知道了，这种事应该明白。”他以同样真诚道歉的神气，搔着头发说，“当了神父，就没有办法了，人们总要来对我们讲这类事。”

弗兰博从里边的衣袋里掏出一个棕色纸包，撕开，把它扯得粉碎。里面除了纸和铅条之外什么也没有。他一跃而起，以一个巨人的姿态喝斥道："我不相信你，我不相信像你这样的矮脚鸡会做出所有这些名堂来。我相信那玩艺儿还在你身上。如果你不把它交出来，哼，我们都是光棍一条，我可要动武啦。"

"不，"布朗神父也站起来，简单地说，"你动武也得不到，因为首先它不在我身上，其次还因为我们不是孤零零的。"弗兰博止步不前。

布朗神父说："在那棵树后边有两个身强体壮的警察和一位世上最有名的侦探。你问他们怎么会到这儿来的吗？哎呀，当然是我把他们引来的。我怎么引来的？嗳，你喜欢听我就告诉你。天主降福你，当我们在犯罪者当中工作的时候，我们不得不弄懂二十件这类的事。嗯，我不能肯定你是强盗，拿我们自己的一位教士当恶棍是永远不行的。所以我只是测验你一下，看你是否会现原形。

一个人发现咖啡里是盐的时候，一般都会大惊小怪的。如果他不大惊小怪，他必定有某种原因保持沉默。我把盐和糖调换了，而你保持沉默。一个人如果发现他的账单大了三倍，他势必提出反对。如果他付了账，他就有某种不愿惹人注意的动机。我改了你的账单，而你付了账。"

全世界似乎都在等着弗兰博跳起来，但他好像被咒语定在了当地，被这极端的怪事弄得目瞪口呆。

布朗神父动作迟缓而头脑清醒地说："嗳，你不会给警察留下任何痕迹，当然别人就不得不留下。在我们到的每一个地方，我都仔细地做了点什么，使我们在这一天的其余时间里可以谈论。我没有造成很大损害——泼脏的墙，打翻的苹果堆，打破的窗子……但是我保住了十字架，十字架总得保住。到现在它已经在威士敏斯德了。我有点奇怪，你为什么没有吹驴子口哨[1]来拦住我。”

“用什么？”弗兰博问。

神父做个怪相说：“我很高兴你从来没听说过这个词，这是肮脏的事。我敢肯定，你为人太好，当不了吹驴子口哨的人。我本来不该离开现场的，我的腿不够棒。”

“你究竟在讲些什么呀？”

“我以为你懂得什么是现场的，”布朗神父惬意地表示惊奇：“哦，你本来不会出那么大错的。”

弗兰博喊道：“你到底怎么懂得这些讨厌东西的？”

教士单纯的圆脸上浮现出笑容：“哦，我想是由于当了没老婆的寡佬的缘故，”他说，“你从来没有忽然想到过吗？一个除了听人们道出真正的罪恶之外几乎无所事事的人，不可能不知道人类的全部邪恶。但是，实际上我这行业的另一方面也使我知道你不是神父。”

“什么？”强盗大张着嘴问。

“你攻击理智，”布朗神父说，“那是违反神学原理的。”

神父转身去收集东西的时候，三个警察从树影中走出来。弗兰博是个艺术家兼运动员，他退后一步，潇洒地向瓦伦丁鞠了个躬。

瓦伦丁声音清楚，态度安详地说道：“别对我鞠躬，让我们两个都向我们的师傅鞠躬吧。”

[1] 吹驴子口哨：盗贼黑话，意为“当场”。——译者

那个小个子的埃塞克斯神父则眨巴着眼，看着两人脱帽鞠躬，伫立了一会儿，四处找他的雨伞去了。

12. 离奇的情杀

卡尔霍恩·基德先生是美国一家规模巨大的日报社派驻在英格兰的间谍。年轻的绅士在他那蓝黑色头发和黑色领结的衬托下，却显现出一张苍老的、毫无生气的脸。他那家报刊名为《西方太阳日报》，也被人们戏称为“升起的落日”。这暗指新闻界的一个伟大宣言——“根据他的猜测，如果美国公民确实还有一点对事业的追求，太阳还是会从西方升起的。”这当然是归功于基德先生的宣言。

而有着更加圆熟的传统观点的英国人，则对美国人写的那些缺乏美感的报刊文章表示不齿，但他们却忘了这样一件事。在某种程度上，他们自己也在干着同样的事。这岂不是自相矛盾？虽然美国新闻界早就允许哑剧式的粗俗存在，使其泛滥而把原汁原味的英语搞得面目全非了，但它同时也对诚挚的精神问题表现出了真正的兴奋与激情，而这类问题英国报刊却充耳不闻，或者说是无力应付的。

由此看来，《西方太阳日报》用闹剧式的方法解决十分严肃的事情就不足为奇了。威廉·詹姆斯（美国心理学家、哲学家，最有影响的著作是《宗教博览》<1902>，他以推广美国“实用主义哲学”而出名。

实用主义的创始人是查尔斯·桑德斯·皮尔斯 <1839 ~ 1914>，当时鲜为人知，但在威廉·詹姆斯的努力下，查尔斯如今成了人们公认的“美国迄今为止最伟大的哲学家”。詹姆斯是亨利·詹姆斯的儿子，大亨利是个傅立叶主义者，詹姆斯的兄弟小亨利，著名的小说家，两兄弟与切斯特顿的关系都很好。文中提到威廉·詹姆斯的名字，是为了增加作品的美国哲学意味。）与“疲乏的威利”一样，都是在这个阵地崭露头角的。在报社，他俩以实用家的形象和拳击家的形象在有代表性的人物的长长行列中交替出现。在一本毫无趣味的评论杂志《自然原理季刊》上，一个普普通通的牛津人——约翰·博尔诺斯发表了一系列评论说达尔文主义的文章，说其只有一点有目共睹的微弱的效果。

约翰·博尔诺斯的理论偶尔也有一些令人捧腹的变动，只是相对稳定的大框框，在牛津还曾一度有了一点点流行的趋势，而且被人冠以“灾难主义”的盛名。然而整个英国报界对此无动于衷。倒是美国报界注意到了它的挑衅性，并且煞有介事地对待它。

《西方太阳日报》写了大量文章，对博尔诺斯理论带来的阴影做出回击。等这件怪事受到注意时，那些充满热忱、具有较高信息价值的文章，都以通栏标题大书特书，尽管这些标题让人明显地感到，是出自于毫无修养的疯子之手。譬如什么“达尔文看色情文章——评论家博尔诺斯对此大为震惊”、什么“思想家博尔诺斯提醒：保持我们的灾难意识”如此等等，不一而足。面对这样的沸沸扬扬，《西方太阳日报》的卡尔霍恩·基德先生只好戴上领带，堆出满脸做作的愁容，去牛津郊外的一所小屋寻找“思想家博尔诺斯”。在那里，博尔诺斯先生对外界给他的称谓充耳不闻，过着无忧无虑的日子。

让人感到眩晕的是，那个命运已定的哲人竟然同意在当晚的九点接受基德的采访。夏日，夕阳的最后一丝余辉还照在卡姆诺矮矮的长满树木的山头上。那浪漫的美国佬开始怀疑他是否走错了路，并想问一下他此刻在什么地方。当看见一间名副其实的封建旧式的门前挂着“一流设施”的招贴的乡村小客栈还开着门时，他走进去找人问路。

他按了按铃，但等了一小会儿才得到答复。酒吧间里还有另外一个顾客，是个长着浓密红头发的年轻人，精瘦精瘦，穿着不合身的，看似猎装的衣服。他正喝着十分低劣的威士忌，但却抽着上好的雪茄。威士忌自然是“一流设施”当中的“上等”牌子了，雪茄也许是他从伦敦带来的。那人与整洁干爽的美国青年之间的最大区别，就在于他那身不合时宜的便服。但是从他的铅笔、打开的笔记本，以及蓝眼睛里的警觉中，基德可以八九不离十地猜出他也是个记者。

基德以他那民族的特有礼貌问道：“请您帮个忙，可以告诉我怎样去格雷农舍吗？据我所知，博尔诺斯先生就住那儿。”

红头发人抽了一口雪茄，回答道：“沿着这条路下去，几十码就到了，一会儿我也要经过那儿，不过我是去彭德拉根邸园的，想去找点乐趣。”

卡尔霍恩·基德不解地问：“彭德拉根邸园是……”

“克劳德·钱皮恩爵士的地方——您来这儿不也是为了这个吗？”那个同行抬起头来，“你是个记者，对吗？”

“我来这儿是采访博尔诺斯先生的。”基德说。

“我来这儿是采访博尔诺斯夫人的。”另一个回答道，“但是我不应该在她家里与她会面。”

“你对灾难主义没兴趣吗？”那美国记者感到很奇怪。

那人含糊不清地回答道：“我对灾难有兴趣，灾难很快就要来了。我的灾难是一笔肮脏的交易，我永不会去掩饰它。”

说着说着，他向地板上狠狠地啐了一口。但即使这样，他的言行还是在各方面都让人一下子就意识到他是个受过良好教养的人。美国记者更仔细地打量了那人一番。常沉迷于酒色的苍白的脸，预示着怒气爆发的表情已慢慢放松；同样地，那也是一张机智敏感的脸。他的衣料粗糙，细长的手指上却戴着一只挺不错的戒指。

从刚才的谈话中，基德得知他的名字叫詹姆斯·达尔诺，是爱尔兰一个破产地主的儿子。他在一家名为《时髦社会》的报社工作，是一名采访记者，对报社满怀不屑，因为他同时还痛苦地担任相当于间谍的角色。

博尔诺斯关于达尔文的文章对《时髦社会》来说根本引不起丝毫兴趣，但是对于《西方太阳日报》的头脑人物来说，这正是他们的兴趣所在。达尔诺到这儿以后似乎嗅到了一股气息，一股互相诽谤的气息，正弥漫在格雷农舍和彭德拉根邸园之间，看来这事只有在离婚法庭上才能很好地解决。《西方太阳日报》的读者对克劳德·钱皮恩爵士是很熟悉的，就如同熟悉博尔诺斯先生一样。这同人们以前熟悉蒲柏和德比·温纳差不多。

当基德得知钱皮恩和博尔诺斯之间亲密的私人关系时，心中感觉十分烦恼。他已听说（也曾写过，不懂装懂地写过）克劳德·钱皮恩爵士是“英国上流社会十大最有前途最富有的人物之一”，是个伟大的运动家，曾乘着游艇环游世界，是个杰出的旅游家，还写了一本关于喜马拉雅山脉的书；他是个政治家，提出过令人吃惊的合并保守党和民主党的方法，并因此而吓走了选民。在美术、音乐、文学方面，他也有一手。

总而言之，这些身份都是体面的。除了在美国人眼里之外，克劳德爵士在人们眼里是个很不错的人。这位文艺复兴风格的王子在多元化的修养和无休止的宣传方面还确实有点厉害，他不仅有着很好的业余爱好，还爱好得挺狂热。但我们还是只能用“半瓶醋的业余者”来形容他，即使在他身上没有一点古物研究家的轻率。

有些记者为《时髦社会》和《西方太阳日报》两份报纸拍了快照，他们对于同意大利人一样的黑紫色眼睛的猎鹰的画充满兴奋。那幅画给人留下的印象是一个人被自己的野心吞没了，犹如被吞没在一场大火中，甚至是一场灾难中。虽然基德对克劳德爵士知道得很多——事实上，比人们所知道的多得多——但是他做梦也不会把这么引人注目的一个贵族和一个刚被挖掘出来的“灾难主义”创始人联系在一块儿，更不用说会猜到他们俩是对亲密的朋友了。

但在达尔诺看来，这是不容置疑的事实。他们俩在中学、大学就常在一块儿研究、学习。即使两人在社会上的命运截然不同（因为，钱皮恩是个大地主，差不多是个百万富翁，而博尔诺斯则一直是个贫穷的、默默无闻的学者，直到最近才有所改变）。其实，博尔诺斯的农舍就挨着彭德拉根邸园，所以他们还一直保持密切的往来。现在两人的友情却变得十分暧昧起来了，而且大有“风雨欲来”的前兆，这样的友情是否能够继续，已成了一个问题。

一两年前，博尔诺斯娶了个漂亮、但并不成功的演员。博尔诺斯是用自己那种害羞而又沉闷的方式一心一意爱着她的，博尔诺斯一家对钱皮恩的亲近，却让那个轻浮的名人有了机会去干些讨厌的事，那些只能引起可怜而又卑贱的刺激。克劳德已经把宣传的艺术发挥到了极点。他似乎高兴得发狂，因为拥有这份十分招摇的奸情，虽然那事并没带给他任何名誉。从彭德拉根派去的佣人，不停地把一束束鲜花送到农舍，去取悦博尔诺斯夫人；彭德拉根的马车和汽车频频出现在农舍，只是为了使博尔诺斯夫人欢心；宴会、舞会充斥着彭德拉根的每个角落，男爵尽情地向旁人炫耀博尔诺斯夫人，场面如同爱神同女神在比赛一般。

就在这个晚上，因为基德先生要阐述“灾难主义”，一切都将变得不一样。也就在这个晚上，因为克劳德·钱皮恩爵士要演出露天剧《罗密欧与朱丽叶》，一切都将变得不一样。剧中，朱丽叶的扮演者就没必要多说了，克劳德将扮演罗密欧，演他的拿手戏。

红头发人站起来，抖抖身子道：“我想，这事要不闹出一场大乱子的话，是不会就这么顺顺畅畅下去的，别人会找博尔诺斯清算，要不就是博尔诺斯找别人清算。但如果他找别人的话，他就是个笨蛋——你会叫他方脑袋，但我想这种事不大可能发生。”

“他是一个有巨大智慧的人。”卡尔霍恩·基德以低沉的语调说道。

“是，他是，但即使是有巨大智慧的人，也不能当这么傻的傻瓜吧。”达尔诺回答道，“你得上路了吧？我随后就跟上来。”

卡尔霍恩·基德没理他，直等到喝完牛奶和苏打水后，才匆匆上路向格雷农舍走去，把那愤世嫉俗的信息提供者，随同他的威士忌和雪茄烟都一古脑儿地抛在了后面。最后一点日光都已黯淡，天空是深深的灰绿色，像块石板瓦，到处闪着点点星光。天空的左边部分更亮一些，是月亮快要升起来了。格雷农舍四周围绕着一圈壕沟，就如同一块场地给圈在又长又硬的篱笆中一样。基德乍看起来还以为那是邸园的门房，因为农舍是这么靠近邸园外围的松树和栅栏。在狭窄的木门上找到主人的名字后，基德抬腕看了一下表，正好是“思想家”约定的时间。他穿过院子，敲了敲前门。

他才发现这房子虽然相当地朴素，这时他已经站到篱笆栏围起的院子里，但却比最初的感觉要大些、豪华些，当然也与看门人住的门房截然不同。狗屋和蜂房被安置在外面，就如英国乡村旧式生活的标志一样；在那片茂密的梨树园后面挂着一轮刚升起的月亮；一只老狗钻出了狗窝，不情愿地叫了几声；出来开门的是一个衣着朴素的老仆人，神情冷漠而又威严。

他说：“博尔诺斯先生要我向你表示歉意，先生，因为他事前没料到会突然有事，只得出去一下。”

“唔？不过我们是有约在先的啊，”采访者不自觉地抬高了声音，“你知道他去哪儿了吗？”

“彭德拉根邸园，先生。”仆人阴沉地回答道，并开始关门。

“他是和夫人——有人陪他去吗？” 基德才转身走了几步，又突然问道，来访者随口抛出一个不经意的问题。

仆人简短地回答道：“没有，先生，他一直待在后房，然后就独自出去了。”说完粗鲁地关上门，但脸上一副无能为力的表情。

对于这样的接待，他感到十分恼怒。他有种强烈的欲望想把这院中的人赶在一块儿，好好地教教他们待人接物的礼节。那灰白的老狗，那头发斑白、一脸蠢相还穿着旧式衬衫的老佣人，挂在天上那轮昏昏欲睡的老月亮，当然，首先还是那个轻率的不守诺言的老人，统统都是被教训的对象。

卡尔霍恩·基德自言自语："如果这就是他平时做事的作风，他妻子对他不忠就简直是活该，不过，也许他是去那儿吵架去了。假使是这样的话，我作为一名《西方太阳日报》的记者，就不该错过这样的场面。"

拐过敞开着的门房，记者高一脚抵一脚地走上了一条长长的、两边栽满黑松木的大道。其实一走上这条道路，邸园的内院就呈现在眼前了。那些树像灵车上的羽饰一样黑而整齐，天上还挂着几颗星星。基德是个文学联想多于自然联想的人，因为"黑林"那词不断出现在他脑海里。另一部分原因是出于某种不可描述的气氛，几乎就是司各特在其大悲剧中描写的那种气氛；一种18世纪就已经死亡并腐烂的东西所发出的气味，一种潮湿院子里掘开坟墓的味道，一种冤屈永远得不到洗雪的气氛，一种因为极不现实而无论如何也没法医治的哀伤。

基德不只一次因为突然惊吓而停了下来，当他走上那整洁、黑暗而阴森的鬼魅之路的时候。有时他听到有脚步就在他前面，但走过去时，除了两面阴暗的松木墙和墙院上方镶着小星星的天空外，什么也没有。起初，他还以为是自己空想出来的，或是被自己的脚步声欺骗了。

但是，当他继续往前走时，他越来越肯定那儿确实还有另一个人的脚步声。他马上想到了鬼魂，他很惊讶这么快就能看到一个乡间鬼魂的样子：脸苍白如同擦白脸的走江湖小丑，但有几块儿黑斑。蓝色天空的三角形顶端正变得更亮更蓝，他却没有注意到那是因为更靠近有灯光的庭院和房子的缘故。他只感到那种悲伤的气氛更激烈、更神秘，更……

他犹豫着，不知该选哪个词，然后吓人地笑着，说出了一个词：灾难主义。更多的松树和小路闪过他身旁，然后，他仿佛给施了魔法一样，在那儿站定了。

这时候，他确确实实感觉进入了书中幻景，要说他感觉进入了梦里是没意义的。我们人类已习惯于不适当的事物，习惯于不协调的碰碰撞撞，但那种调子已老掉牙，会让我们昏昏欲睡。如果一件恰如其分的事发生了，在这样一个地方发生的某些事，就如被遗忘了的故事。我们犹如胸口上一阵剧痛，然后会马上惊醒。

一把出鞘的剑越过黑色的松木飞了出来，在月光下闪闪发亮，这么一把细长、发亮的剑，似乎在这个古老的邸园里参与了许多不公正的斗争。它落在前面离他一大截的地方，躺在那儿像枚大型的针一样发光。记者像兔子般窜了过去，然后弯腰去看，这才发现那是一把十分华丽的剑。剑柄上的颗颗红宝石与护手圈是真是假，还多少有点令人怀疑，但不容置疑的是，剑上还有红色的血滴。他愤怒地朝飞出剑的方向望去，那个位置上正好能看见一条岔开的小路，与主路成直角，小路把昏暗的冷杉和松树分开。

他走上那条小路，只见长长的、亮着灯光的房子就完全展现在眼前了，屋前有湖有喷泉。但是，他没看这些，因为有让他更感兴趣的事。在他上方，在那梯田式的花园里，在被绿色覆盖的陡直的土堤的一角，一派绘画般的景色，让人叹为观止。即使这样的景色在这旧式风景的庭院里，也是随处可见的。

鼠窝般圆圆的土丘上，三排密集的玫瑰环绕着，犹如给土丘戴上了皇冠。在那圆顶的最高处有一架日晷仪，基德可以看出，夜色中挺立的日晷仪如同鲨鱼背上的鳍一般，无聊的月亮粘着悠闲的记时针。刹那间，他仿佛看见上面还有其他东西，他认识到那是一个人。虽然他只盯着看了一会儿，虽然那人穿着奇异的、令人不敢相信的戏服，从脖子到脚套着紧紧的深红色，身上还有金色的闪亮，但在朦胧的月光底下，基德还是一看就知道那人是谁。仰面对着天空的脸，刮得干干净净，化妆过后勉强显得年轻些，拜伦式的鹰钩鼻，已渐渐斑白的黑色卷发——这些他都见过无数次，是在克劳德·钱皮恩爵士的公众画像上。

只见那古怪的红色人影在日晷仪上蹒跚地走了一步，就从陡直的土堤上滚了下来，摔在了美国小伙子的脚边，胳膊还微微地动了动。那胳膊上俗丽、奇异的黄金首饰让基德一下子想起了《罗密欧与朱丽叶》。那么，深红色的紧身衣裤一定是戏剧中的演出服了。然而，从堤上径直滚下来而留下的道道血迹，被刺穿身体，可就不是剧情所需要的了。

又一次，他像是听到了那幽灵般的脚步声，接下来，就发现另一个身影已经靠近了他。卡尔霍恩先生大声地喊人，他知道那是谁，但还是被吓了一跳。那自称达尔诺、闲游浪荡的家伙有着可怕的沉着；如果说博尔诺斯没有遵守说好的约定的话，达尔诺却信守了一个没有说好的约定，脸上还是一副阴险的样子。月光让万物变色，衬着达尔诺红色的头发，他愁苦的面容也不是那么苍白地泛青了。

“是你干的？你这魔鬼！”这一切恐怖的情景刺激了基德，他粗鲁地、又毫无道理地大喊。

詹姆斯苦笑了一下，他还来不及开口，那摔倒在地的人又动了动胳膊，隐约地指向剑掉下的地方；伴着一声呻吟，他努力地想开口说话：“博尔诺斯……博尔诺斯，我说……是博尔诺斯干的……妒嫉我……他妒嫉，他是、他是……”

基德弯下腰，想听清楚一些，他勉强听清了几个词，“博尔诺斯……用我的剑……他扔的……”

他渐渐瘫软的胳膊又指了指剑，然后僵直地砰然落下了。这时，基德的内心深处出现了一个古怪念头，那是他种族特有的认真办事的态度。

他尖锐地命令道：“喂，你必须带个医生回来。这人快死了。”

“我想，还应该有个神父，”达尔诺以一种无法解释的风度说道，“钱皮恩一家都是天主教徒。”

基德跪在僵直的身体旁，探了探心跳，然后支撑起他的脑袋，想最后努力一下，维待住那逐渐微弱的生命。当另一个记者带着医生和神父出现的时候，他有些埋怨他们来得迟了些。

那留着腮须、结实富态的医生边问边用灵活的眼睛怀疑地打量着基德，“你不也迟了吗？”

“从某种意义上说，我是太迟了，没来得及救这个人。但是，我想，我还是及时地听到了一些重要的事情。我听到了这人指责凶手。”《西方太阳日报》的记者故意拖长了语调。

医生皱起了眉头：“他说凶手是谁？”

“博尔诺斯。”基德轻轻地吐出了一个名字。

医生的脸涨红了，他幽暗地瞪着基德，却没有反驳。比医生还矮的神父站在一个偏僻处，他温和地说：“我知道博尔诺斯今晚没有到邸园来。”

美国佬冷冷地开腔了：“看来，我又要提供一些真相了。阁下，约翰·博尔诺斯是要在邸园呆上一晚上的。他本来与我有个约会，却又改变了主意。他家的佣人告诉我，一两个小时前，他突然一个人离开了家，到这个该死的邸园来了。我想，我们抓住了线索，正是那些智慧十足的警察所需要的线索——你们还没通知他们吗？”

“通知了，但没惊动其他人。”医生说。

詹姆斯·达尔诺问：“博尔诺斯夫人知道了吗？”基德心中又升起了那种不理智的欲望，想一拳打在他扭曲的嘴上。

“还没有，警察到了。”医生粗声粗气地说。

矮个神父已走到主道上去了，他捡起剑又走回来。剑佩在他矮胖的身上显得那么可笑、那么戏剧化。只见神父很快在备忘录上记了些什么。“得在警察赶到之前，”他解释道，“有人带火了吗？”

美国记者掏出口袋里的手电筒，神父把它举到剑刃的中间部分照着，他眨着眼仔仔细细地审视了一番，然后看都没看剑尖和剑柄，就把它递给了医生。

“恐怕我在这儿是派不上用场了。各位，再见了。”神父短促地叹了口气，他转身走上了那条黑洞洞的林荫道，大脑袋垂着，手紧握着背在身后，显然在想一些事情。其他几个人疾步走向了门房，那里一个检查员和两个警官正询问看门人。而神父在那阴暗的松林道上越走越慢，最后在房子的台阶上索性停了下来。这是他向那悄悄靠近的人打招呼的方式，这时出现的正是基德不断寻找的、美丽而高贵的“鬼魂”。

那年轻女人穿着文艺复兴时期的银缎衣服，她的金色发亮的头发分成两股，头发下的脸苍白得令人吃惊。她整个人如同用象牙和金子做出来的一样，就像古希腊的雕像，但她的眼睛明亮照人。她说话时嗓音虽低，却很沉着：“是布朗神父？”

“是博尔诺斯夫人？”他面有忧色，看着她直率地说，“我想你已经知道克劳德爵士的事了。”

“你怎么知道我知道了？”她的声音很稳定。

“你看见你丈夫了吗？”布朗神父没有回答，却问了另一个问题。

“我丈夫在家里，他跟这事没有关系。”

布朗神父还是没有回应，那女的走近些，脸上带有奇特的紧张表情。

“我应该多告诉你一些，是吗？”她脸上的笑容有点吓人，“我认为他不会这么干的，你也是这么认为的，是吗？”

布朗神父迎着她的注视，严肃地凝视了她很长一段时间。然后，他点了点头，但脸色更凝重了。

“布朗神父，我准备把我知道的一切都告诉你，但我先请求你帮个忙。你能告诉我，为何你没有像其他人那样，匆匆得出结论，说是可怜的博尔诺斯犯的罪呢？请不要顾忌你所说的话，我知道外面的流言蜚语和形势对他都很不利。”

布朗神父看上去真的很为难，他把手举过前额，说道：“两件很小的事情。起码，一件是很微小平常的事，一件是很模糊的事。但，尽管如此，它们已足以证明博尔诺斯先生不是凶手。”

他抬起茫然的圆脸，面对星空，继续漫不经心地说：“先说那个模糊的想法吧。我捕捉到了许多重要的事来证实这个想法，而这些事都是那些不是证据的事情，让我确信博尔诺斯先生是无辜的。我想，良心上不犯罪才是最不可能犯罪的。我对你丈夫了解甚少，但我敢肯定他是属于那种良心上不可能犯罪的类型。不要误解我的意思，我不是说博尔诺斯先生不会这么坏。

每个人都可以变坏——可以坏到他自己愿意的程度。我们可以支配自己的良心意愿，却一般不可能改变自己本能的爱好和做事的方法。博尔诺斯也许会杀人，却不会是钱皮恩。他不会从浪漫的剑鞘里拔出罗密欧之剑，不会像在祭坛上一样把敌人杀死在日晷仪上，不会把尸体留在玫瑰花丛中，更不会把剑从树林中扔出来。如果博尔诺斯杀人的话，他会悄悄地、沉闷地干，就像他干其他事一样——喝第十杯葡萄酒，或读一本未装订的希腊诗人的诗集。不，出事地点的浪漫的布景不像是博尔诺斯的作风，却像是钱皮恩的。”

“啊！”她盯着他的眼睛，那眼睛如宝石般熠熠生辉。“那件小事是这样的，在那把剑上有手指印。如果在光滑的表面，比如说，玻璃或是钢的表面留了手指印，很长一段时间后还是能看出来。那把剑上的手指印在剑刃的中段靠下面点，我无法说出那到底是谁的，但谁会握剑握在中下部分呢？那是把长剑，但以它剩下的长度来说，刺死仇人已绰绰有余。起码，可以刺死大多数的仇人。所有的人除了一个。”

“除了一个！”她重复了一遍。

“只杀一个人用短剑比用长剑容易得多。”

“我知道了，是他自己。”

长时间沉默。接下来神父平静而突然地说。“我说的对吗？克劳德爵士杀了他自己？”

“没错，我看见他干的。”她的脸皎洁光滑如大理石一般。

一个异常的表情闪过她的面孔，那不是遗憾、害羞、后悔，抑或是神父以为的那种表情。她的嗓音也突然变得强有力而且饱满，“他对我是毫不在乎的，他只是恨我的丈夫。”

“为什么？”他的圆脸从星空转向了那女人。

“他恨我丈夫是因为……那很奇怪我不知道该如何说……因为……”

“嗯？”神父耐心地等待。

“因为我丈夫不会恨他。”

布朗神父只是点了点头，像是等待下文。事实上，在一个很小的方面，他和大部分的侦探以及小说中人物不一样，他对已经知道得很清楚的事不会装作不知道。

博尔诺斯夫人又靠近了一些，脸上闪着泰然自若的光辉：“我的丈夫是个卓越的人。克劳德·钱皮恩爵士虽有名气、成功，但却不是一个优秀的人。我丈夫从来没有出名没有成功过，但他也从没想过要那样。他不想因为有理性而出名就像不想因为抽烟而出名一样，在那方面，他有种了不起的傻劲。他从来没有长大，我丈夫还如以前在学校里那样喜欢钱皮恩；他喜欢他就像喜爱饭桌上玩的一个魔术。他从没有过妒忌钱皮恩的念头，但钱皮恩却希望被妒忌，他想让我丈夫嫉妒都想到了发狂的程度，最终结果杀了自己。”

布朗神父说：“我想我开始有点了解了。”

“哦，你能了解了？”她喊着说，“整个情景都是为此而计划好的——地点也是选好的。钱皮恩把约翰的房子就安置在他邸园的大门旁；弄得就像他的仆人一样——这是为了让约翰感觉一种失败。但我丈夫从没这种感觉，就像从不想到一只漫游的狮子，他也不会考虑到这种事情。钱皮恩会带着令人炫目的赠物，在约翰最拮据的时候出现。有时会有人先通报一声，有时就干脆突然出现，简直就像是哈龙·阿拉斯契德的来访一样。约翰则会敦厚地接受或是拒绝，可以说，就像一个懒惰的学生，同意或是不同意别人的意见对自己都无关紧要。这样，过了五年，约翰还是丝毫未变，克劳德·钱皮恩爵士却成了一个偏执狂。”

布朗神父说道：“哈曼告诉他们所有国王承诺的事，他说‘当我看见莫迪凯（见《旧约全书·以斯拉记》书中的莫迪凯像本文的约翰·博尔诺斯一样被人陷害，差点走上绞刑架。《以斯拉记》常在犹太教集会的早晚礼拜上诵读，作为对犹太人忠贞的象征，人们把犹太教的普洱节，也就是闰月 14 日 <犹太人历法> 那天，作为纪念他和他的敌人哈曼 <也是最终被绞死的人> 的节日。），一个犹太人坐在门口时，所有的事对我都不会有利。’”

博尔诺斯夫人继续说：“当我说服博尔诺斯，让我把他的理论写一些下来，并寄给那份杂志的时候，事情的转折点到来了。这些文章引起了人们的注意，尤其是在美国，一家报纸还想采访他。当钱皮恩（他几乎天天接受采访）听说那一向默默无闻的对手最近有了点小小的成功时，他们之间的最后那点联系——原本还抑制着钱皮恩对约翰的强烈恨意——也就荡然无存了。

随后，他把不健康的纠缠强加在我的爱好和名誉上，弄得这地方蜚短流长。你肯定会问我，为什么容许发生这些只会引起争议的事，是因为我除了向我丈夫解释清楚外，就简直无法拒绝。有些事情灵魂不允许干，就像尸体不会飞一样。以前没人能向我丈夫解释清楚，现在也一样。如果你对他说：‘钱皮恩在偷你老婆。’他会想这个玩笑有点粗俗。这样一个玩笑的想法在他脑海里绝对找不到容身之处。

今晚他是打算过来看我们表演的。但就在开幕前一会儿，他说他不来了，因为他有了一本有趣的书和一支雪茄。我把这消息告诉了克劳德爵士，那对他是个致命的打击。偏执狂一下子使他绝望了。他刺伤了自己，还像魔鬼一般地叫着，说是博尔诺斯杀害了他。他躺在院子里，满心妒忌。后来，就在妒忌中死去了。而约翰还坐在进餐间里看书，毫不知晓而安之若素。”

又是一段沉默，神父开口道：“博尔诺斯夫人，你的生动的描述中只有一个漏洞。你的丈夫并没有坐在进餐间里读书。那美国记者已去过你家，而且是你家的佣人管家告诉他，你先生去了彭德拉根邸园。”

她的明亮眼睛几乎瞪成了电灯泡，但是她的表情还是慌张多于迷惑或是害怕。“你想说什么？”她叫喊着，“所有的佣人都过来看戏了，而且我们没有佣人管家。上帝啊！”

神父惊讶了，他像个四方陀螺一样原地转了半圈，“什么？什么？”他像是给电击中了一般，“喂，我说，你丈夫能听见我敲门吗，如果我去你家的话？”

“哦，佣人到现在都该回去了。”她觉得很奇怪。

“好！”他马上又回复到了精力充沛的神父的样子了，布朗匆匆地走上了通往大门的路，又回过头来说了一句话，“最好逮住那个美国佬，是他为了轰动效应有意或无意地编造了克劳德爵士的遗言。否则，明天的美国报纸上就会用大号字刊登《博尔诺斯的罪行》。”

“你不了解的，”博尔诺斯夫人说，“他不会介意。我想他想象不到美国其实是个国家。”当布朗神父到达那个有蜂房和狗屋的房子时，一个个子矮小、衣着整洁的女佣把他带到了餐厅。在那儿，博尔诺斯正借着朦胧的灯光，安静地坐着读书，手边放着一瓶餐桌上用的葡萄酒，还有一只酒杯，完全如他妻子描述的那样。神父一进门，注意到的就是博尔诺斯雪茄上一段长长的未掉的烟灰。

布朗神父心里想，他在这儿起码有半小时了。其实，他的样子像是晚餐过后就一直坐在那儿了。

神父以平常的、略带高兴的语调说道："不用站起来，博尔诺斯先生，我不应该打扰你。恐怕，我打断了你的研究了吧？"

"没有，我在读《沾满血腥的手指》。"博尔诺斯在说话的时候，既没皱眉又没微笑，毫无表情。布朗神父感觉到了他身上那种深深的、强烈的冷漠，这就是他妻子形容的所谓的"卓越"。他放下血污的、耸人听闻的"粗俗小说"，却没发现它的不协调是需要几句幽默的评语来掩盖一下的。博尔诺斯先生是个身材肥胖、行动缓慢的人，硕大的脑袋，一部分头发已经灰白，一部分则已脱落，粗大的面容却有一股率直。他穿着一件很旧的老式晚礼服，胸前还有个插花的三角形小洞——他原打算是去看他妻子演朱丽叶的。"我不会打扰你很长时间，也不会让你看不了《沾满血腥的手指》，或诸如此类的灾难事件的书的。"布朗神父微笑着说，"我过来只是问一下，今晚你干了什么坏事。"

博尔诺斯平静地看着神父，但他宽阔的额头已慢慢涨红了。他看上去就像第一次碰上这种尴尬事。

"我知道那是件古怪的坏事，"他声调低低地开腔了，"也许比谋杀还古怪——对你来说。有时，小的过失比大的错误更难承认。时髦的女主人一星期有六次干与你一样的坏事，而你发现那是一直被你视为令人不齿的坏事。"

他又慢慢地说："那让人感觉到自己是个蠢到家的笨蛋。"

"我知道，"神父表示同意，"但一个人常常得在两者间做出选择：是感觉自己是个傻瓜，还是本来就是个傻瓜？"

"我无法分析清楚自己，"博尔诺斯继续道，"但当我坐在那张椅子里，看那本书的时候，我是那么愉快，就像学生放了半天假。那儿是安全的、永恒的——我无法自拔。雪茄随手可得，火柴随手可得，《沾满血腥的手指》还有四个场景，那不仅是个安宁的世界，还是丰富的世界。而后门铃响了，我想了足足有一分钟，我不愿意离开那张椅子——无论是从实际，从身体，从肌肉，一点都不愿意。但我知道所有的佣人都出去了，只好做一回管事的人。我打开了前门，一个年轻人站在那儿开口说话，打开笔记本写着东西。我这才想起被遗忘的美国记者，他的头发从中央往两边分。我得告诉您，那起谋杀——"

神父说："我知道，我已见过他了。"

"我没有杀人，"灾难主义者继续温和地说，"我只是违背了诺言。我说博尔诺斯先生去了彭德拉根邸园，然后当着他的面关了门。这就是我干的坏事。布朗神父，我想知道为了这事你会怎样惩罚我。"

"我不会对您施加任何惩罚。"神父很绅士，一副悠闲的样子，不慌不忙地理了理头发和伞，"相反，我来这儿是要证实你没必要受这个小小的惩罚——那是犯罪的人必受的。"博尔诺斯笑了笑："请问我幸运地躲过的那个小小惩罚是什么呢？"

布朗神父回答道："绞刑。"

13. 锣神

太阳丧失了金灿灿的光泽，呈现出白蜡般的银灰色，这是一个初冬寒冷空旷的下午。一家家办事处毫无生气，一户户人家的起居室令人呵欠不断，昏昏欲睡。假如这一切还仅仅是沉闷的话，那么，埃塞克斯的平坦海岸线就简直是死气沉沉了，海滨的乏味更透出了几分残忍。稀稀落落的路灯杆比树木更缺少文明色彩，而树木又比路灯杆更多几分丑陋。刚下的一场小雪已经在地面融化得只剩下一些细细的条带，让霜给封冻起来，显得依然是那么沉闷呆滞，似铅不似银。老天爷未曾降过丝毫的新雪，但昔日的残雪与海水的苍凉白沫所形成的饰带比肩并行，沿着海岸线伸展。

海洋的线条仿佛冻僵的手指中的血管，成了鲜亮鲜亮的紫蓝色。漫漫长途上，无论朝前还是朝后，若干英里内见不到一个呼吸空气的生灵，只有两个行人迈着活泼的步子并肩疾行，虽然一个人的腿比另一个人的腿更长，步子也比他跨得更大。到这样的地方来度假看来很不合时宜，但由于布朗神父差不多没有什么假日，所以一旦有了假日，就非得利用起来休养一下不可。

此外，如果可能的话，神父就总愿意与他的老朋友弗兰博结伴同行，这位朋友从前是一名罪犯，继后又当了侦探。神父老早就心痒痒地想要去科布霍尔看看他的老教区了，此刻他正沿着海岸朝东北而去。再往前行走一二英里之后，他俩发现海岸渐渐得到了人们的刻意整治，出现了筑坝防波的景象，防波堤恍若一条游行队伍似地从眼前延伸出去；丑陋的路灯杆变得更加零落稀疏起来，虽然还是那么难看，但彼此间距离的增大，使得这些路灯杆几乎丧失其自身作用，反倒富有了一点点装饰性。

再走半英里，布朗神父首先就为路边摆放得颇有点错综复杂的花盆而困惑起来，盆中没有花卉，长满了低矮肥硕，色调朴素的植物，这些植物使得这地方不怎么像花园，倒更像镶嵌的人行道，夹在不够标准的弯曲道路与成排的配有曲形靠背的座椅之间。对于并不怎么感兴趣的海滨城市的某种气氛，神父含含糊糊地表示嗤之以鼻，而在他顺着蜿蜒不绝的防波堤向前展望时，他清楚地看见远处海滨疗养院的大型演奏台就像是一只六条腿的大蘑菇，灰蒙蒙的，高高地耸立着。

“我想咱们正走近一处令人赏心悦目的风景名胜吧。” 布朗神父翻起大衣领，将脖子上的羊毛领紧了紧说。

“恐怕现在没有几个人会到这儿来游玩吧，”弗兰博回答道，“人们利用冬天竭力修缮好这些地方，但除了不列颠南部海岸的休养地，以及其它一些古老名胜外，这样的努力绝不可能获得什么成功。我敢肯定，这地方应该是普利勋爵的试验基地西尔伍德了；勋爵在圣诞时节就把那些西西里歌星请来，还大肆张扬地谈到要在这里举行一场空前盛大的拳击赛。但他们将不得不把这个破地方扔给大海，这种事就同错过火车一样令人难堪。”

他俩来到巨大的演奏台下面，神父特别好奇地仰望着建筑物的上部，仿佛那上面有什么古怪的东西似的。他的头偏着，像一只鸟儿的脑袋一样。演奏台建造得颇为正规，并非那种为满足一时所需而建造的廉价、俗丽之物。平整的圆顶天篷，处处镀金镂花，六根上漆的木质细柱将演奏台撑起，整个圆形木台高出堤坝五英尺，像一只巨型大鼓。这里流传着一些关于雪的荒诞不经的故事，结合一些有关金子的人工编造的东西，不光困扰着布朗神父，还萦绕在他的朋友弗兰博的脑子里，使其产生某种难于捕捉的联想。这种联想不过是艺术性的，超常的，弗兰博即刻就明白了。

弗兰博终于说道："我懂了，这是日本式的建筑，看起来真像那些奇异的日本油漆画，那山上的雪就像是白糖，塔上的镀金就像是姜饼上的表面装饰。嗨，这玩意儿真像是一座异教徒的小庙。"

"不错，"布朗神父说道，"咱们去瞧瞧小庙里供奉的是哪尊神。"只见他用一种在他身上很难见到的灵活敏捷，纵身跃上台子。

弗兰博边说边笑道："噢，真不错啊，"只一瞬间，他自己那雄峙伟岸的身躯就出现在这古雅的台子上了。高度差尽管很微小，但是演奏台搭建在平整的荒地上，还是产生了一种超越感，可从这里越过陆地海洋，看得愈来愈远。朝内陆方向看去，只见冬季里荒疏的园林与灰蒙蒙的杂树林混在一起，一派萧索的景气。视线前移，到了远方，便见到一所孤独农舍及其低矮的牲口棚，农场后面便什么也没有了，只是茫茫一片，那是悠长的东安格利安平原。朝海面看去，没有帆影，没有任何生命的迹象，只有几只海鸥在飞着，而且就连这几只海鸥，似乎只在降落而不是在飞翔，看起来也好像只是几片残余的落雪。

弗兰博突然因为身后出现的什么东西而惊呼起来。那东西似乎来自下面某个不可思议的地方，不是一下子降临到弗兰博的后脑勺，而是发生在他的脚后跟。他立即本能地出手，但即刻便为自己所见到的情况而哈哈大笑起来。也不知是什么原因，台子竟然在布朗神父的脚下塌了下去，弄得这位不幸的小个子男人掉在堤坝的地面上了，他的个头正好高度适中，也可说矮度适中，使他的头还留在破碎的木孔之上。看起来仿佛是施洗者圣约翰的头，伸在被指控的台子上。神父的面孔带着一种仓皇失措的表情，或许正像当初施洗者圣约翰的表情。

“这木板一定是他妈的朽木头。”他咒骂道，笑声也消失了，“不过看来还有点古里古怪，竟然还能承受住我。你或许踩到了脆弱之处了吧？来，我拉你上来。”

但小个子神父此刻已经变得十分好奇，正瞪眼看着所谓的朽木的边角，他的额头上显出遇上了某种麻烦的神色。

“来吧，”弗兰博不耐烦地叫道，黑黝黝的大手还向前伸着，“你不想从这鬼窟窿里出来吗？”

神父用指头捻着一小块碎木片，并没有立即回答。终于，他带着沉思的腔调说道：“想要出来？哦，不，我倒是想要进去。”说着他就没入到木地板下面的黑暗中去了，去得那样急促，他的曲边大教士帽也从头上脱落下来，盖在了地板的孔洞眼上。弗兰博再次向内陆方向眺望，继而向海面望去，但他看到的还是那萧索的、寒雪一般的海面，以及和海面一样平静的雪原，除此之外就什么也见不到了。

弗兰博的身后发出了急急转动的声音，接着就见小个子神父飞快地从孔洞中爬了上来，超过了他先前掉落下去的速度。留在他脸上的不再是仓皇失措的表情，而是十分的坚定，只是因为雪的映衬，才使他的脸色显得比平常稍稍地苍白一点。

高个子的朋友问道："呃？找到庙神了吗？"

布朗神父回答："没有，我倒是发现了有时看来会更显得重要的东西：祭品。"

"你这到底是什么意思？"弗兰博警觉地叫道。

神父没有回答。他的眉头紧锁，注视着周围的景观，突然他指着前方问道："那房子是干什么用的？"

弗兰博顺着他的手指望去，这才首次看见一座房屋的屋角，比农舍离得近一些，大部分都给一片树林给遮住了。那不是大家邸宅，它坐落的地方离海岸也比较远；但其闪耀的装饰却表明它与这座演奏台、那些小花园的装饰如出一辙，都是同一项海滨游览处规划中的一部分。

当他们朝着那方向走去时，那些小树林时左时右地沿路生长，最后他们见到了一座小而浮华的旅馆，那是风景名胜地常有的那种小旅馆——名副其实的酒吧旅馆而不是宴客旅馆。几乎整个房子的正面都装饰着镀金花纹与雕花玻璃，但由于房子是处在灰蒙蒙的海域与影影绰绰如鬼似魅的丛林之间，它这华而不实反而在阴郁之中平添一份恐怖。两位来者都依稀感觉到，这只会是一些纸板做成的火腿以及表演哑剧式的空杯子而已，即使由这样一家旅馆主动提供什么食物或饮料的话。

随着他们走得离那地方越来越近，他们这时还并不十分确定。他们看见了分明紧闭着的小卖部，在小卖部的前面，同样放着一张有着弯曲靠背的花园铁凳，但这一张却要长得多，几乎与整个旅馆正面的长度相当。把它安置在这里很可能是为了客人们能够坐在这里观赏海面。在这样的季节里，不可能指望有任何人会坐在这儿观赏海景。

可是一张餐用小圆桌被摆在铁凳的最前端，桌上放着一小瓶白葡萄酒和一盘杏仁和葡萄干。桌子后面的铁凳上坐着一个深色头发的年轻人，没戴帽子，两眼发呆地看着大海，模样令人惊异，仿佛一动不动的定在那里。尽管年轻人静得像一尊蜡像，但是当两位客人走到离他约四码开外时，他却像魔术箱似地突然弹跳起来。片刻之间，三人便凑在了一起，以彼此恭恭敬敬，但又毫不拘泥的态度交谈起来。

“恭请光临，恭请光临，先生们，请进来吧。我眼下没有帮手，不过单靠我自己就能使你们舒心如意了。”

“真够尽责的，”弗兰博说道。“那么您就是旅馆主人喽？”

“不错，”深色头发的人以他特有的静谧方式向后微微退了一点说道。“我的侍者都是意大利人，我想，你们是明白人，知道如果有可能的话，让他们亲眼去看看他们的同胞如何打败尼格尔，这应该是合情合理的。你们知道，马尔沃尼和尼格尔·内德的拳击大战已经到了收尾阶段吗？”

“恐怕我们不能停留那么久，认真说不敢有劳盛情接待，”布朗神父说，“但可以肯定，我的朋友会很高兴来上一杯雪利酒暖暖身子，并且还很乐意为马尔沃尼夺取冠军而干杯。”

弗兰博并不喜欢雪利酒，但是喝一杯他至少也不会反对。他和颜悦色地说道：“哦，非常感谢。”

“雪利吗，先生——当然，”旅店主说道，转身走向旅店。“请原谅我耽搁几分钟。正如我刚才告诉你们的，我现在没有店员——”说完他就走向他那用百叶窗遮闭着的、不透光的黑色橱窗。

弗兰博开口说道：“喔，实在没必要费那份心思。”

但店主转过身来安定他的心说道："我有钥匙，我在黑暗中走熟了路。"

"我无意——"布朗神父开口说道。

他的话被一个人的吼叫声打断了，声音来自无人居住的旅馆内部。轰雷般的叫声中响亮地出现了某个外来名字，响亮却又辨别不清，但叫声却使得旅店主人更加急促地跑过去，比片刻之前应付弗兰博的雪利酒还要殷勤。事实证明，店主当时和随后都是不折不扣地在说真话。但弗兰博和布朗神父总是这样坦白地承认：当时那一声食人魔鬼似的喊声，是他们所有的冒险（包括常常遇上的暴力冒险）当中最令人毛骨悚然的声音，就从那安静而空虚的小客栈中发出。

店主人慌张地叫道："是我的厨师，我把我的厨师给忘掉了，他即刻就会动手。只要雪利酒吗，二位先生？"果然，门厅中实实在在地出现了一个肥硕的身躯，带着白帽子，围着白围裙，一身厨师的打扮，与那黝黑突出的面孔实在有点不相称。弗兰博常常听说黑人善于烹饪。但不知怎么的，某种种族与世系的鲜明对照增加了弗兰博的诧异。

干嘛是店主回应厨师的呼叫，而不是厨师回应店主的呼叫呢？他即刻又反应过来，有些大厨师或厨师长往往都表现得十分傲慢；再说，当时主人出来了，在提供雪利酒的服务，而里面又遇上了要紧事情。

布朗神父说："我有点奇怪，当这次拳击大战终于来临之际，到这海湾来游玩的人还会这样少。不是吗？我们走了好几英里才碰上一个。"

"他们是从小镇的另一边过来的，你们知道——车站那边，离这儿三英里远。他们这些人只对体育运动感兴趣，在旅馆停留只是为了过夜。毕竟，现在也差不多过了来海滨晒太阳的季节。" 旅店主耸耸肩。

“也不是闲坐在茶亭谢酒的季节，”弗兰博指指小圆桌说道。

“所以我总得留神，”旅店主人说话时脸上毫无动静。他是一个安静而体态优雅的人，气色有点不好；他的深色衣服不能使他具有任何特色，只有他脖子上的那条黑色的领结，系得高高的，显得有点特别，好像一个托盘，领结还用一枚金别针牢牢地稳定住，别针头上刻着一些怪异图案。他的脸上也没有任何引人注意的地方，除了某种似乎神经质的迹象——一只眼比另一只眼睁得开一点什么的，让人以为他的一只眼是假眼。接着，沉寂被旅店主人的话打破了，他说道：“你们在路上大概什么地方碰见一个人？”

神父回答道：“真有点怪，离这儿很近——就在那座演奏台旁边。”

弗兰博这时放下酒杯，站起身来，十分惊讶地瞪着自己的朋友。他刚要张嘴说什么，却又忍住了。心想：“怪了！我们在什么地方碰上人了？”

“奇怪，”黑头发店主沉思着说道。“他的外表怎么样？”

“我们看见他的时候天已经很黑了，”布朗神父开口说道，“但是他——”

正如前面说到的那样，旅店主人说的话都是不折不扣的实话。他说厨师立即就下厨烹饪，事情果然就这样一丝不苟地进行，因为当厨师出来的时候，已经戴上了做饭的手套，尽管只是刚刚才说到这件事。但在白人和黑人的混合人群中，他这人却显得非常不一般。如果可以这样说的话，他简直就像是用纽扣和纽带从脚到头全身密封起来，一直到那对熠熠闪光的眼珠，而且用的是最耀眼最时髦的外包装。一顶高高的黑色礼帽斜戴在他那黑发阔顶的头上，那是一顶法兰西智者们所谓的八面镜那样的礼帽。

但不知怎的，这位黑人竟与这顶黑黑的礼帽十分相像。不错，他是很黑的，他的平滑而富有光泽的皮肤朝八个角落或更多的方向投出光亮。不用说他在背心里面抹上了白色的蚝油和滑粉。他插在纽扣孔里的那朵红花显得十分刺眼，仿佛是突然从那孔里生长出来的。而他一手拿手杖一手拿雪茄，站在那里的模样好像是天经地义的样子，是我们谈及种族偏见时就总会记起来的样子，抑或是某种既无辜又掺和了傲慢的样子。

弗兰博从后面盯着他说道："有时，我对他们遭受私刑的说法也不会感觉奇怪。"

"我也绝不会感觉奇怪，"布朗神父说道，"无论用的是地狱中的任何酷刑，但是正如我刚才说的那样。"就在他继续讲下去时，黑人戴上了黄色手套，精神抖擞地向那灰蒙蒙露津津的海滨走去，那里不过因为有一座怪模怪样的音乐演奏台，便成了所谓的胜地——"不错，如我刚才说的那样，我不能详细地描述遇见的那个人。但他蓄着密密匝匝的老式胡须，颜色很深或是染过的，使他显出一副照片中的金融家模样；他的脖子上绕着一根长长的紫色领结，领结简直给系到了喉头，好像是保姆用安全别针给孩子系上的羊毛围巾，随着他的走动在风中不断地摆动。只是这东西——"神父静静地看着辽阔的海面，顿了一下补充道，"不是安全别针。"

现在弗兰博又处于十分平和的心态了，所以很有把握地感觉到这人的眼睛天生一只大一只小。现在两只眼都完全睁开了，使弗兰博几乎可以想象到他的左眼在瞪视时会变得更大一些。坐在长铁椅上的男子也是十分安静地瞪着辽阔的海面。

神父继续说道："那是一支很长的金别针，头部雕刻成了猴子或别的诸如此类的动物的头，别上去的方式很古怪——他还戴了一副夹鼻眼镜，穿了一件宽大的黑色丧服——"

椅子上一动不动的男子还继续瞪着海面，长在他头上的两只眼睛似乎很可以归属于两个浑然不同的人。一只眼望着一处，随后他快速地闭了闭眼。布朗神父转过去面向着他，这一瞬间，一把匕首的闪光像死亡的影子闪现在他的脸上。弗兰博没有武器，但他那双紫铜色的大手已经搁在了长长的铁椅子的一端。他的双肩迅速地改变了姿势，只一拱铁椅就竖了起来，向店主倒去，仿佛利斧正高举着要劈下来一样。这张椅子直立起来，单单就其高度而言，就显得完全像是一架长长的铁梯，他正站在旁边，邀请人们爬上去摘取天上的星星。

但在晚间，从平面方向射来的灯光使得它的长长的阴影恍若一个巨人在舞动着埃菲尔铁塔。就是这摇曳的光影使得店主人畏怯，躲避，然后急急躲进他的小旅店，把锃亮的匕首"啷当"一下扔在了地下。

弗兰博嚷道："我们得赶快离开这里！"说着他纵身弹开长椅子，怒气冲冲使他对海滨的情况毫不理会。他抓住小个子神父的手肘，拽着他跑过荒凉灰暗的后花园，后花园尽头有一道紧紧关闭着的后院小门。弗兰博愤怒而又沉静地弯腰捣弄了一会儿，说道："这门给他妈的锁住了。"

在他说话之际，他大吃了一惊，一棵装饰性的杉木树上落下一片羽毛，擦过他的帽边，比刚才听到远处一声沉郁的爆炸声还要惊骇。接着又发生了一声爆炸，一颗子弹打来，陷进了他正试图弄开的门板中，使门震动不止。弗兰博双肩再度凝聚力气，然后猛力撞上去，三个铰链与锁同时给撞脱，弗兰博冲出去，好像大力士参生负起了加扎之门，连着院门一齐扑上了门外空荡荡的小路。然后他将花园门抛过院墙，扔进院子里，与此同时，一颗子弹打在离他脚后跟不远处的地上，将地面的雪和土溅起一团。

他不再顾全礼节，一把抓起小个子神父，将他横跨在自己肩上，迈动长腿飞步跑向西尔伍德。直到跑出将近两英里后，他才把自己的伙伴放下来。布朗神父却只是露齿而笑。这当然说不上是一次体面的逃亡，尽管可以用经典的安奇塞斯（见维吉尔所著《埃涅阿斯纪》，叙述特洛伊城被希腊人攻陷后，埃涅阿斯被儿子安奇塞斯负起逃离，最后到意大利建立罗马的故事）模式来圆场。

弗兰博不耐烦地忍受了一段时间的宁静后说道："啊哼，我不明白这一些都是什么意思，但我认为，我可以相信自己的眼睛没有看错。"这时他俩已经恢复了正常的徒步旅行，正在小镇的边缘部分穿街而行，这种地方不必担心会出现什么暴力行为。"我看你从来没有遇见过你那么详尽描述的人。"

"从某种意义上说我确实是见过他。"布朗说道，颇为神经质地咬着手指——"确实见过。只是光线太暗，看不大清楚，这是因为在演奏台下面的缘故。但我恐怕我到底没能如实准确地描述好他，他的夹鼻眼镜被压碎了，那长长的金别针刺穿的也并不是他的紫色领带，而是刺穿他的那颗心。"

"我想，"伙伴用低沉的声音说道，"那个配上玻璃假眼的小子一定与此事有关。"

“开始我希望他与此事没有多大关系，”布朗道，声音显得颇为烦恼，“我当时点出来可能是错误的。我有点一时冲动，这件事一定有更深更阴暗的根源。”

两人默不做声地迈步前进，穿街过巷。此时夜色低垂，寒气阵阵，沿街的黄色路灯渐渐亮起来了。显然他们正越来越走近小镇的中央部分，色彩鲜艳、耀眼夺目的广告牌告知人们尼格尔·内德与马尔沃尼拳击系列大战已经到了白热化阶段。

弗兰博说道：“嗯，我一生中没有杀过人，哪怕在我的那些犯罪的日子里。但对任何在这种沉闷的地方杀人的罪犯来说，我是绝不同情的。我想天底下所有被天主遗弃的废地当中，最令人心碎的就是诸如演奏台那样的地方。按照初衷，它或许是要搞成欢乐喜庆的地方，结果却成了荒芜凄楚之乡。我可以想象到，一个病态的人处在这样一种孤寂而又具有讽刺意味的环境中，自然会感到必需干掉自己的敌手。记得在你创造过辉煌的萨里郡的群山中，我曾经作过一次徒步旅行，当时想到的只是要采集金雀花，捕捉云雀之类的。后来不知不觉地到了一片环形的开阔地，迎面无声无息地耸立着一座巨大的建筑结构，层层叠叠的座位，整个建筑活像罗马的圆形竞技场，但又像信件架一样空空荡荡。一只鸟在建筑物顶上的天空盘旋，那建筑就是萨里郡大赛马场。我当时就感到，在那样的地方，再也不会有人会获得快乐了。”

“真奇怪，你竟提到了赛马场，”神父说道。“你还记得所谓的萨顿之谜吗？就因为两个可疑的人——我想是两个卖冰激凌的吧，碰巧住在了萨顿。他们最终还是给释放了。据说发现有个人被扼死在公园附近的丘陵草原上。其实，我从一名爱尔兰警察（我的朋友）那里得知，死者是在离萨里郡大赛马场很近的地方被发现的——身上盖着一扇很低矮的门。”

“那真是古里古怪，”弗兰博说道。“这个萨顿之谜坚定了我的看法：这样的娱乐场所到了淡季会寂寞得可怕，否则那人就不会被杀死在那里了。”

“我不敢肯定他——”布朗欲言又止。

伙伴疑惑，询问道：“不敢肯定他是被杀死的？”

小个子神父口气简朴直率地回答道：“不敢肯定他是因淡季被杀的。你不认为有着应付这类孤寂的某种伎俩吗，弗兰博？你敢肯定，聪明的杀人犯总要找到僻静的地方，然后才作案吗？一个人要完全独处一乡，那是非常非常难于做得到的。除掉这一点以外，一个人越孤独，他就肯定会越引人注目。不，我想一定还有别的原因——啊，我们现在是在什么亭台楼阁，或是宫廷殿堂，或是别的地方？”

他们来到一个灯火辉煌的小广场。在灿灿的贴金箔和灯柱上华灯的映衬下，广场上的主建筑显得灰不溜丢的，侧面相接的是马尔沃尼和尼格尔·内德的巨幅照像。

“喂喂，”弗兰博十分惊讶地叫道，与此同时，他的教士朋友径直踏上了宽阔的阶梯。“我不知道拳击是你近来的业余爱好，你要去看看这场拳击赛吗？”

布朗神父回答道：“我想不会有任何拳击比赛的。”

两人走过击斗厅时，只见斗台给升高起来，有粗绳围栏，设有无数座位与包厢。这时神父仍然没有左右顾盼，或做片刻停留，而是一直走到书记桌前的办事员跟前，书记桌位于一扇门前，门上标有“赛务委员会”的字样。神父在这里停下来，要求见普利爵士。

布朗神父很有耐心地反复重述自己的要求，书记员回答说爵士阁下此刻非常忙，因为拳击搏斗最近就要举行了。这样的单调是一般的公事公办的头脑所始料不及的。片刻之后，弗兰博就颇感迷惑地随神父一道，出现在一位男士面前，只见这位男士正在朝门口走去的另一男子“嗷嗷”吼叫。“给我小心，你知道有哪些绳子在第四个回合之后——呃，那么你们想要什么，告诉我！”

普利爵士很有绅士风度，和大多数仅存于我们这个时代的贵族一样，对钱尤其操心不已。他的头发半灰半黄，眼睛里闪耀着兴奋，鼻梁高高的，鼻尖上生着冻疮。

“只说一句话，”布朗神父说道，“我来为了阻止——一个人被杀死。”

普利爵士一下子从椅子上跳起来，仿佛那椅子上安有弹簧，把他突然弹了起来。“假如我还能忍受这种事情再度发生我就该死！从前难道就没有教区神父吗？那时人们拳击不戴手套？现在他们比赛按规定戴手套，上场运动员没有哪方会有丝毫被打死的可能。”

“我的意思不是两位参赛拳师中的哪一位。”小个子教士说道。

“天呐，天呐，天呐！”贵族爵士语调中不无幽默地说道。“到底是谁要被打死呢？裁判吗？”

“我不知道谁会被打死，”布朗神父回答，直瞪着眼，一脸深思的神色。“假如我知道是谁，我就不会来搅扰您的雅兴了。我可能直接设法，让他躲过劫难就成了。关于奖金拳击，我还从来没有发现这种有奖拳赛自身有什么弊病。既然如此，我得请求您宣布现在停止拳赛。”

“还有别的请求吗？”爵士眼里闪耀着兴奋，用嘲弄的口气说道，“您要对两千名已经赶来看比赛的人说什么呢？”

“我说等他们看完比赛后，就只会剩下一千九百九十九个人还能够活下去。”布朗神父说道。

普利爵士看着弗兰博问道，“您的朋友疯了吗？”

“还差得远。”弗兰博回答道。

普利回复到了先前的不安神态：“那么听我说，这就比你们说的还要糟糕。有一大群意大利人反目，支持起马尔沃尼来了——这些黑黝黝、粗野的家伙不知是从哪个乡下跑来的。你们知道这些地中海人种是怎样的性格。如果宣布停赛了，我们就会看见马尔沃尼率领整个科西嘉部落冲到这里来。”

“我主神明，那可真是生死攸关了，”神父说道，“按一下铃吧，把您的声音传出去，看看回答的是不是马尔沃尼。”

这位贵族先生按了按桌上的电铃，心中怀着油然而生的，莫名其妙的好奇。不一会儿，书记员就出现在了门口，爵士对他说道：“我有一项严峻的通知，要赶快向观众发布。同时，请你费费心，告诉两位夺标拳师比赛不得不推迟举行。”

书记员两眼直愣愣地一动也不动，仿佛看见了鬼怪，随后他便转身消失在门外了。

“你说那些话有何根据？”普利爵士突然转身问道，“您和谁商谈过？”

“和一座音乐台，”布朗神父说道，挠挠自己的头。“哦，不，我弄错了，我还和一本书商谈过。那是我在伦教的一家书店顺手买来的——

而且还很廉价呢。”

说话时，他已经从口袋里掏出了一本结实的皮面小书，同时，弗兰博从他的肩膀上方窥探过来，看到那是一本陈旧的旅游手册，其中一页向里面折进去，以便参阅。

布朗神父开始大声朗读：“‘这是巫渎（源于美洲的宗教信仰或巫术，最初出现在西印度群岛和美国南方诸洲的黑人当中。参看《福尔摩斯探案集》的《最后致敬》，其中的《红发会》描述了令人心悸的巫渎教厨师。《最后致敬》发表于 1917 年，但最初是以《搁浅》为名发表于 1908 年 10 月至 11 月。据推测，切斯特顿创作本篇故事时，便是从上文中获取的有关知识。）中的惟一方式了——’”

爵士阁下追问道：“在什么之中的？”

朗读者几乎是有滋有味地重复，并接下去念道：“‘以这种方式，巫渎蔓延出了牙买加本土，组织广泛发展，其象征形式是猴子，抑或是他们的锣神。在南北美洲两块大陆，许多地方锣神具有非常强大的魔力，尤其是对于那些混血儿，那些看上去完全像是白人的混血儿。巫渎不同于大多数其他的拜鬼和祭人方式，事实上在祭坛并没有正式的流血，而是通过在人群中进行某种形式的刺杀。当神龛门或庙门打开的时候，锣声就打得震耳欲聋，同时将猴神放开；几乎整个的集会都给铆钉铆住了一样，狂喜的眼睛死盯着猴神。但就在这之后——’”

房间门“嘭”地一声打开了，那位八面风光的黑人拳师站在门框之间，两眼转动着，锦缎礼帽侮慢地斜戴在头上，“哼！”他张嘴叫道，露出猴牙般的牙。“这是什么？嗯！哼！你们偷走了一位黑人绅士的奖金——已经到他手里的奖金——还自以为那个意大利白人混蛋——”

“这只不过是个延期的问题嘛，”爵士平静地说道，“我过一两分钟来向您解释。”

“向谁——”尼格尔·内德嗷嗷直叫，他一下子就暴跳如雷了。

“我的名字叫普利，”他回答道，语气中透出使人信赖的冷静。“我是组委书记，我奉劝您现在离开这个房间。”

“这家伙是谁？”黑人冠军喝问，侮辱性地指着神父。

“我叫布朗，”回答道，“我现在也奉劝你，离开这个国家。”

奖金拳击师两眼发呆地站在原地，僵了片刻之后，突然跨步出去，“嘭”地一声将门在身后带上，弗兰博和其他人不由得大吃一惊。

布朗神父边把风尘仆仆的头发向上掠了一掠，说“请问，您认为利奥那多·达·芬奇如何？了不起的意大利头脑？”

“瞧这里，”普利爵士说道，“我对您的无遮无掩的话已经承受了相当大的责任。关于这件事，我想您应该让我知道得更多一些。”

“很好，我的爵士，”布朗神父答道。“费不了多少事就可以向您讲清楚，”说着他把皮面小书装进大衣口袋。“我想凡是这本书能告诉我们的，我们都知道了，但我说得是否正确，您可以通过它来判断。刚才在这里虚张声势，唬唬吓人的那个黑人，其实他是世界上最危险的人物，就因为他具有欧洲人的头脑，又有食人者的本能。在他们那些野蛮人当中同类间的屠杀可谓是直截了当的，常见的事了。而他把这些屠杀伙伴组织成了一个非常现代化的、武装了科学知识的秘密刺杀社团。他不知道我知道这个社团，也不知道我不能证明它的存在。”

接下来一片沉寂，小个子神父继续道：“但假如我要谋杀某个人，只有当我和他单独在一起时，才算是真正的最佳方案吗？”

普利爵士看着这位小个子教士，两眼又恢复了先前的那种冷淡。他只说道，“假如您要谋杀什么人，我应当与您商量。”

布朗神父摇摇头，像一个经验颇为老到的谋杀者。“弗兰博也这样说过，”他叹息一声回答道，“但是想想看，一个人越感觉孤单，就越没有把握他是独自一人，必须说清楚他的周围都是一片旷野，而这样的环境又使得他明显突出。您曾经从高处观看过一个人耕地吗，或是一片谷地中的牧羊人吗？您从来没有孤身一人沿峭壁行走，而同时观看另一个人沿沙滩漫步？您就不知道他曾干掉了一只螃蟹吗？而且您断然不会得知他干掉的是不是一位债权人吧？不！不！不！对于您我这样聪明的谋杀者来说，在这种场所中要确信没有人看见您，那简直是不可能的。”

“那还有别的什么方案吗？”

“只有一种，”神父说道，“那就是确保每个人都正注目在别的事情上。当一个人在紧靠赛马场大看台的地方被扼死时，虽然大看台上空空如也，这件事还是可能给任何人看见——给任何一个篷盖下徒步而行的路人，或是任何一个正在山间行驶着的汽车司机看见。但是，当看台上人山人海的时候，当整个圈子喊声如潮的时候，当人们心爱的马儿一马当先、首当其冲的时候，或是当它落伍下去、目不忍睹的时候，这时领带纠缠，把尸体猛推到门后等行为只在转瞬之间也就足够了。当然，”说到这里神父把目光转向弗兰博，“这与演奏台下那可怜家伙的情况完全一样。就在娱乐活动令人如痴如狂的时候，就在某个天才小提琴家躬身行礼的时候，或是在某个大腕歌星的悦耳歌声将晚会推向高潮的时候，他——给什么东西摆弄了一下，掉进了一个并非偶然的孔洞。在下面，一下重击将他干掉——这当然就是无独有偶的喽。以上就是尼格尔·内德从他的老师那里借用过来的小小花招。”

普利开口问道：“顺便问一下，那位马尔沃尼呢——”

神父说道：“马尔沃尼和这一勾当毫不相关，我可以斗胆地说，在他的身边包围着一些意大利人，但我们这些和蔼可亲的朋友却不是意大利人。他们是一些有八分之一黑人血统的混血儿，是些形形色色遮掩下的非洲混血儿。我恐怕我们这些英国人会以为所有的外国人，只要肤色深、肮脏，就都大同小异、里外一样了。再者”，他停顿一下，微笑着补充道，“我恐怕英国人的区分能力越来越差，对于我们的宗教所造就的道德人格与巫渎教滋养下急速发展起来的人物之间的细微差别，我们是越来越没有鉴别能力了。”

社团分子的神秘目的几乎在各个方面都腐烂了，消逝了。旅店主的尸体被人发现像一团海草那样漂浮在海上；他的右眼平和地阖着，但左眼却瞪得老大，像反射月光的玻璃镜片一样，放射着阴森森的光芒。春季的热浪一下子蔓延到了西尔伍德，不等两位朋友再度涉足此间，就已经将海滩星星点点地缀上了一簇簇家人，一套套沐浴设施，还使得到处都是游牧式的传教士和黑人吟唱诗人。

这时大规模追捕那些透着古怪的秘密社团分子的行动，也还在如火如荼地进行着。尼格尔·内德逃出不到一两英里就给追上了，搏斗中他用左手打死了三名警察。余下的一名警官惊呆了——不但如此，还伤痛不堪——于是黑人拳师逃之夭夭。但这次行动在英国各报刊上闹得沸沸扬扬，以至于整个大英帝国在随后的一两个月中，主要目的就是防止他从任何一个英国机场逃走。与他稍微相似但差距甚远的人，都难免要受到严密盘查，须得使劲擦洗脸面之后，才会让其登机或上船，仿佛每一个白肤色的人都是靠油脂染料用力涂抹、化妆而产生出来的一样。英国的所有黑人都受到特别的限制，他们被强迫去报名登记；出海的轮船不许搭载黑人，仿佛他们都是怪蛇（神话中的怪物，传说一瞪眼或一吐气即能致人于死命。根据古罗马学者普林尼的《博物志》，该物的西文名称 BASILSK 山，因其皇冠似的头而得名，而在古希腊语中，BASILSK 亦即“国王”之意）。鉴于人们已经知道这个野蛮的秘密社团有多么可怖，多么庞大，行事多么不动声色，所以等弗兰博和布朗神父四月份再度来到海滨，站在防波堤上凭栏远望时，黑人（THEBLACKMAN 一语在古苏格兰语中意为魔鬼 THEDEVI）这个词，在英国差不多已经恢复了它从前在苏格兰语中的意思——魔鬼。

“他一定还在英国，”弗兰博望着远方说，“不过藏得非常隐蔽。假如他只把脸涂白，他们就一定会在哪个港口发现他。”

“你知道，他确实是个聪明人，”布朗神父不无遗憾地说。“我敢担保他不会把自己化妆成白人。”

“嗯？那他会怎么做呢？”

“我想他会把自己涂黑，”神父说。

弗兰博一动不动地靠在栏杆上，哈哈大笑着说，“啊，真想得出！”

布朗神父也是一动不动地靠在栏杆上，迅速指了指那些用煤黑化妆成黑人的歌手，此时他们正在沙滩上吟唱。